寮國
Laos

柬埔寨
Cambodia

越南
Vietnam

緬甸
Myanmar

泰國
Thailand

明日世遺

走過印支半島前世今生

項明生

自序

　　自編自演自製節目《明治憑甚麼》在香港開電視播出之後，很多觀眾希望我繼續拍攝日本系列文化旅遊節目，例如以大正、昭和、平成甚至令和為主題。但我很害怕第二季、更恐懼重複自己，所以我義無反顧走出大和溫室的安全地帶，找尋一個陌生的不安全題材來挑戰自己。

　　《世界遺產》是日本 TBS 電視台製作的經典長壽節目，由 1996 年一直播到現在，早已超過一千集，無綫電視也曾購入，並找來蘇玉華等人配音播放，節目歷史已經長過香港特區，仍然寶刀未老。

　　以香港開電視及小弟之力，無法達到這個神枱級節目。我於是另闢蹊徑，找尋尚未成為世遺的隱世景點，命名為《明日世遺》。BBC 在 2018 年的大型紀錄片《Civilizations》令我醍醐灌頂，於是放棄了 Location Based 的攻略遊記，而是以歷史、宗教、建築、文化為主題，瞬間穿越五國千年廿多個城市。節目用倒敘方式，由旺角電腦中心出發、進入熱血沸騰的東南亞近代史、集中比較英法殖民，包括英屬緬甸和法屬印度支那的異同優劣，包括城市規劃、建築、交通、宗教、酒店、飲食等。

遠在英法殖民之前的二千多年，兩個主要的亞洲文明，已經在東南亞展開第一次角力，五國接受南邊傳入的印度教、佛教，同時越南接受西北邊中國傳入的儒家及道教，這就是「印度支那」一名的由來。中印兩國軟實力，第一次在這裏正式較量，結果是印度全勝，導致今日東南亞的上座部佛教嚴重印度教化。

　　最後，沿着湄公河順流而下，由上游的世遺古城寮國龍坡邦、首都永珍、進入柬埔寨東南亞最大的淡水湖洞里薩湖、小巴黎金邊、最後流入越南最富庶的魚米之鄉：湄公河三角洲，匯入南海。

　　《明日世遺》一共十三集，播出之時正值硝煙四起的香江 2019 年動盪之夏。播出時間為週末十時半，更加是警民衝突高峰時刻。有甚麼節目比得上新聞直播的震撼和痛心呢？最後成為收視炮灰，也是意料中事。相距半年，一波未平，一波又起，新冠肺炎蔓延全球時，日韓台泰紛紛封關，我被迫宅在家，正好著書，完成這本狼煙遍地時被遺忘的作品，希望下次你去東南亞時，有了一個歷史文化的 GPS。

項明生執筆於 2020 年初春

目錄

自序 2

引言 6

第一章　MK 國父三國志 17

第二章　赤色半島 33

第三章　上座部佛國泰緬 59

第四章　全球一體化實驗室 97

第五章　Home away from Home 125

第六章　中英角力東南亞 153

第七章　中印大戰軟實力 177

第八章　印度教化的上座部佛教 199

第九章　東南亞五國的佛教建築 229

第十章　玉佛千年漂流記 247

第十一章　千年榮光半島史 271

第十二章　活着的文化遺產 287

第十三章　泛舟湄公河 305

後記：一年一會 324

鳴謝 326

引言

東南亞的誕生

這片熱土位於中國、印度這兩個亞洲古代文明之間，數千年來都深受兩國的文化所衝擊。中國的儒家、道家、漢字、以至是筷子，印度的婆羅門教、南傳佛教、印度教，都對東南亞文明產生了深遠的影響，所以在法國殖民中南半島時，也以印度支那（Indochine）來形容這一片地方，既包含地理上位於中國和印度之間的意思，也是中國印度對這片土地影響的一個明證。

東南亞的歷史，是一個源遠流長的戰爭史，也是一個不同民族王國輪流崛起，在這片土地綻發光芒的故事。此起彼落的王朝、例如越南中部的占婆、柬埔寨的高棉帝國、暹羅的大城文化、寮國的瀾滄王國、緬甸的蒲甘王國等，都曾經在這片土地上輝煌過。

輾轉來到近代，在地區爭霸的由中國與印度，變成由歐洲遠道而來的殖民者，緬甸被英國殖民，柬埔寨、寮國以及越南則成為了法國的殖民地，並統稱為「印度支那」。直到 1839 年，美國牧師馬爾甘（Howard Malcolm）在其著作《東南亞旅行》中，首次將這片土地稱為「東南亞」，狹義上的東南亞地區正式誕生。

在《明日世遺》一書中，我將會用倒敍的形式，由近代史開始，帶大家遊歷殖民百年、中英角力、中印交匯、古代王朝、原生文明，最後沿着這個半島的「母親河」湄公河順流而下，尋找一個個明日的世界遺產。

導覽

　　我們會穿梭五個國家：泰國、越南、緬甸、柬埔寨、寮國，走進各個不同的城市，有熱門的曼谷河內，也有冷門的眉曲、龍坡邦，帶大家進入二千多年的歷史長河，了解這片土地的前世今生、來龍去脈。

　　中南半島的幾個國家，近代都不約而同的出現了國父般的人物，柬埔寨的西哈努克、越南的胡志明、寮國的豐威漢，以及緬甸的昂山素姬，他們將會成為我們的明星導遊，帶領我們了解這些國家的歷史。

　　金邊最著名的景點，莫過於S21 赤柬監獄，當年的大屠殺令世界震驚，但原來這條通往地獄之路，竟然是由烏托邦的善意地磚鋪成？另一個標誌着赤柬大屠殺的景點 Killing Field，內裏有多達上萬個亂葬崗，但這個地獄的場景，竟然預示了在上千年前的吳哥窟壁畫中？

　　然後我們會進入兩個和風細雨

臭名昭著的柬埔寨
Killing field 殺戮戰場

緬甸的佛教聖
地：大金石

的佛國，這裏每天黎明，都重複着釋迦牟尼在二千五百年前的行動。而他們和漢傳佛教的分別，並不止於此，這裏用的是巴利文經典，更比白馬托經的梵文佛經更為古老。這就是上座部佛教，保守原始，千年如一。

　　一朵無堅不摧的鋼鐵蘭花，令世人對神秘國度緬甸刮目相看。一個曾經的家庭主婦怎麼度過長達十五年的軟禁生活？昂山將軍和她漂亮的女兒素姬，將帶我們遊覽這個黃金之國的最大城市仰光。

　　軍政府鎖國半世紀，宛如將仰光放進了時光膠囊，令這裏保存了大量的英國殖民地建築，由維多利亞時代風格的秘書處大樓、Rowe & Co 百貨公司、The Strand Hotel，安妮女王時代風格的高等法院等等，多達數百座，其中百多座已經被政府保育，彷彿就成為了一座巨型的博物館。

　　作為東南亞最大的佛國，泰國剛剛即位的拉瑪十世，登基儀式為甚麼採用印度教儀式？唯一沒有被殖民的泰國，怎麼在上世紀西方列強的殖民潮中，始終維持獨立？拉瑪一世定都曼谷，開拓了曼谷王朝，到了五世王，經歷日本明治維新式的現代化運動！

仰光保存了全亞洲最多
英殖建築物

拉瑪五世的西化改革 vs 日本明治維新

法國人留下的火車,現在變成河內最潮
的火車 Café。

英國人留下的環城火車,仍然是
仰光市民日常通勤的交通工具。

法國人留下的火車，現在成為河內最新潮的火車咖啡店；英國人留下的火車，仍然是仰光市民日常通勤的交通工具。

　　法國人和英國人還帶來了先進的郵政系統，不論是胡志明市的中央郵局、曼谷中央郵局或是仰光的郵政總局，運作百年，未曾間斷。

　　比較法國人留在河內的聖約瑟天主教大教堂與英國人留在仰光的聖三一大教堂，他們不同的建築風格恍如展示出天主教和基督教在東南亞不同的勢力範圍。

　　印度宗教在多年來一直發展，不論是婆羅門教、佛教還是印度教都風行於緬甸、泰國、柬埔寨、寮國之中。東南亞流行的佛教和中國佛教大不相同，上座部佛教由巴利文經典、托缽方式、僧團體制以至修行方式都完全獨立於中國漢傳佛教。印度教教徒雖然不多，但東南亞的上座部佛教深受印度教影響甚至已經融為一體，變成一半印度教、

作為法屬殖民地，胡志明市的天主教堂

英國人在仰光留下了基督教堂：仰光聖三一大教堂

為泰國財神像貼金

一半佛教的新宗教，而我暫稱其為 Hindu Buddhism。

曼谷最盛香火的四面佛本是印度教的大梵天，毗濕奴的座騎大鵬展翅鳥成為泰國皇室的標誌，因為拉瑪一世到現今的十世，均自稱是毗濕奴神的化身；大鵬展翅鳥的食物 Naga 蛇神點綴着寺廟的樓梯，以及曼谷的商場；濕婆神的象徵林加遍佈柬埔寨吳哥王朝發源地的荔枝山河流，越南的美山聖地；濕婆神的兒子更忙碌，造型趣致的象神變成財神，年終無休，因為曼谷象神廟就像 7-11，越夜越旺越多信徒……

印度教的創世紀故事「乳海攪拌」由千年前的吳哥城的城門，一直延伸到大小寺廟，以及今天曼谷的新國際機場！

相比起印度教的廣傳，中國儒教及道教唯一流行過的地方，是美山以南的越南北部。河內香火鼎盛的文廟，孔子被當成教育部長，被越南小學生及幼稚園兒童崇拜。

不過中印文化匯聚的交叉點，原來是一隻猴子！印度史詩《羅摩衍那》中的神猴哈奴曼，啟發了吳哥城的壁畫，來到曼谷大王宮做埋托塔天王，在柬埔寨的宮廷舞中英雄救美，最後還啟蒙了吳承恩創作出孫悟空這個角色！

東方沒有專職傳教士，印度教、佛教、道教傳播到東南亞，均是透過貿易商人。中國人下南洋的歷史，遠早於英法殖民及西葡航海，

曼谷是潮州人下南洋做生意的大本營，據統計現在四成泰國人都有華人血統。

越南會安就是明清時的小香港，名貴的越南沉香在這裏上了中國商船，乘着季候風送到廣州，而會安留下了大量華人會館，今天變身成為酒店，招待遊客。

沿着湄公河順流而下，先由上游的世遺古城寮國龍坡邦開始，看看這個東南亞蓄電池的巨變。世界最近邊境的首都永珍，湄公河畔每晚都有廣場舞和夜市。離開寮國，湄公河進入柬埔寨，形成東南亞最大的淡水湖洞里薩湖。湄公河邊有金邊，不過就沒有金邊粉，有的是法國人留下的 FCC 法餐。最後湄公河流入越南最富庶的魚米之鄉，湄公河三角洲，最終母親之河在此百川匯海流入南海。

普世價值的存在感

人不為己、天誅地滅。普世價值，往往被認為不適合於自私自私的小農思想社會。不過，這個是否真理呢？

人真的可以不為自己、自己的國家、民族的利益、做出無私的貢獻，給予另一外國勢力？

1959 年埃及打算修建亞斯文大壩，可能會淹沒尼羅河谷裏的珍貴古蹟，包括阿布辛貝神殿。1960 年聯合國教科文組織發起了「努比亞行動計劃」，其中有四千萬美元是由五十多個國家集資的，最後成功地將整個神殿一磚一瓦拆下來，在高地重建。

這個三千年來破天荒的行為，證明人類並不是自私的動物、國家之間並不是只有戰爭。不同國族可以進化到共同認可的超越利益的價值觀，這就是真正的普世價值。這就是世界文化遺產的啟示。

世界遺產不只是一種榮譽，或是旅遊金字招牌，更是對人類共同

遺產保護的鄭重承諾。一項世界遺產在遭到天災人禍時,可以得到全人類的力量協助救災,保存原蹟。

世界文化遺產的條件

要成為候選世界文化遺產並不單單以歷史長短為原則,要分別在文化與自然方面符合最少一個條件包括自然遺產原則:

1. 構成代表地球演化史中重要階段的突出例證;

2. 構成代表進行中的重要地質過程、生物演化 過程以及人類與自然環境相互關係的突出例證;

3. 獨特、稀有或絕妙的自然現象、地貌或具有罕見自然美的地帶;

我和負責世界遺產的聯合國文化部部長 Ms Duong Bich Hanh 合照

4. 尚存的珍稀或瀕危動植物種的棲息地。

文化遺產原則：

1. 代表一種獨特的藝術成就，一種創造性的天才傑作；

2. 能在一定時期內或世界某一文化區域內，對建築藝術、紀念物藝術、城鎮規劃或景觀設計方面的發展產生極大影響；

3. 能為一種已消逝的文明或文化傳統提供一種獨特的至少是特殊的見證；

4. 可作為一種建築或建築群或景觀的傑出範例，展示出人類歷史上一個或幾個重要階段；

5. 可作為傳統的人類居住地或使用地的傑出範例，代表一種（或幾種）文化，尤其在不可逆轉之變化的影響下變得易於損壞；

6. 與具特殊普遍意義的事件或現行傳統或思想或信仰或文學藝術作品有直接或實質的聯繫。只有在某些特殊情況下或該項標準與其他標準一起作用時，此款才能成為列入《世界遺產名錄》的理由。

曼谷是聯合國教科文組織亞太區的總部，負責管轄 44 個國家，也是教科文組織巴黎總部以外最大的分支機構。現在有超過一百名員工，Duong Bich Hanh 女士是文化部的部長，負責教育以及世界文化遺產。她來自越南，已經在聯合國工作超過十年。我相信這種在 NGO 工作的人，一定是有某一種理想，因為人工不會太高，只有頭上的光環。

她以廣島和平記念公園的原子彈爆炸圓頂屋作為例子，該遺產因第二次世界大戰而出現，距今只有七十五年的歷史，但世界文化遺產名錄中也有古蹟是最少公元前 500 年建成，也有遠在公元前 2000 年建成的埃及金字塔群等。選出世界遺產的目的在於呼籲人類珍惜，保護，拯救和重視這些地球上獨特的景點，所以要成為世界文化遺產不一定要是古代文明，古蹟時間並非最重要的因素，歷史長短不是最重要的因素。

這次我發掘了十多個鮮為人知、具備重要普世價值的隱世景點，

點名為「明日世遺」，其中一個「緬甸蒲甘」在拍攝期間，真的被聯合國教科文組織宣佈列入最新《世界遺產名錄》，一語成讖，成為真正世遺，連教科文組織文化部部長 Ms Duong Bich Hanh 也在訪問中，盛讚此節目具備前瞻性！

Map of
INDO-CHINA
showing proposed
BURMA-SIAM-CHINA RAILWAY.

Railways

第一章

MK國父三國志

現代歷史中，香港與東南亞國家的關係密切，更有歷史名人曾在香港組織政黨促成其國家獨立，改變歷史。所以我們的明日世遺之旅，亦會由香港的 MK（旺角）開始。

旺角奶路臣街 8 號，今天是科技的集中地──旺角電腦中心，1930 年代為九龍華仁書院的校址，越南國父胡志明曾在這裏主持了一個改變歷史的會議。

1928 年 6 月 24 日，九龍華仁中學在此開幕，根據當日《南華早報》報道，新校「樓高三層而每層均有監獄」，周圍有「廣闊的空地」，整所建築「空氣流通」及「光線充足」，並稱華仁是香港最大的學校，有學生 500 人。

1930 年 2 月 3 日，三個越南共產主義組織印度支那共產黨、印度支那共產主義聯盟、安南共產黨在奶路臣街校舍召開由胡志明主持的統一會議。

1930 年 10 月改名為印度支那共產黨，1951 年 2 月後，印支共一分為三：越南勞動黨、寮國人民黨、高棉人民革命黨。所以這三個國家的執政黨，都可謂「MK 產物」！

鏡頭一轉，維多利亞港的對岸，大館的前身──中區警署建築群可謂見證了香港開埠一百七十年來的歷史。中區警署建築群包括了前中區警署、中央裁判司署和域多利監獄三組法定古蹟組成。在域多利監獄留低過足跡的人，包括一位影響過東南亞命運的重要人物──越南國父胡志

大館的前身是中區警署建築群，見證了香港百多年歷史。

明。第一次世界大戰結束後，民族自決在不同殖民地中興起，胡志明曾前往莫斯科參加革命並暗地從事越南獨立工作，亦因此而被法越政府判他死刑。因此，他在 1930 年潛逃到香港，並在如今的旺角電腦中心成立印度支那共產黨。1931 年，香港警察得到法越政府通知而拘捕了胡志明，並關押於域多利監獄中。

根據胡志明所著《旅程時的故事》形容，此監倉四面都是很黑的高牆，好似井底一樣，每天只有在又窄又長的天井中放風 15 分鐘，根據他的描述：

「頭頂有一扇半月形窗口，並裝上了鐵枝。日間只有微弱光線射進囚室。囚室的木板門非常堅固，門上開了一個瞭望孔，瞭望孔有如擴音器外窄內闊的形狀。」

一登龍門聲價百倍，遊客千倍。即使這裏還未成為世界文化遺產，不過我覺得這裏具備傑出的普世價值，而且對人類歷史曾有深遠影響，這裏就是大館和旺角電腦中心，這裏就是「明日世遺」。

胡志明離開大館後，他仍繼續越南的革命工作，可惜他未能見證越南統一的一刻，胡志明在 1969 年病逝於河內。六年後的 1975 年，越共統一越南，正式將西貢改名為胡志明市。那我們就由中環，一跳就跳去胡志明市！

以國父之名

用人名來命名城市有很多，由史太林格勒到列寧格勒，一脈相承繼承着戰鬥民族個人崇拜的最高境界。越共和胡志明都是受訓於莫斯科，自然也學習了史太林那一套路。但同時也埋下了 1979 年中越戰爭的伏線。

范五老街——胡志明市的酒吧一條街，夜晚時的燈紅酒綠絕對不

到訪「越南蘭桂坊」的范五老街

是胡志明想看見和建立的社會主義式模範城市。范五老是越南陳朝將領，因戰績彪炳而把這條街冠以他之名以作紀念。范五老的戰績再彪炳亦不及胡志明，因為全國最大城市因為後者而改名，由一個大館的監犯搖身一變成為越南國父，可謂一個傳奇。

西貢中央郵局

　　胡志明的身影，於越南無處不在，例如去西貢中央郵局寄信的時候。低頭數鈔票、抬頭望上去，都是胡伯伯！

　　拿破崙三世 1862 年建立交趾支那的時候定都於西貢，除了帶來了

先進的城市規劃和教堂之外，也帶來了先進的現代郵政設施。他在西貢建立了第一個現代化的郵局：西貢中央郵局。

現時的中央郵局已經沒有售賣印有胡志明肖像的郵票，如果大家想買有紀念價值的胡志明郵票，就要去郵局內的紀念品店購買。紀念品店內，你可以買到不同的明信片以及一些很有趣的胡伯伯郵票，有他年輕時的、年長時的甚至連他逝世時的版本。

在這裏，可以選擇寄一封信給自己，讓你想像一下當年法屬印度支那的疆土如此大的時候，究竟需要一個如何先進的郵政系統才可維持這個帝國正常的運作。

法國殖民時期的郵政總局，後面就是胡伯伯巨型相片。

這個時候可以問一問自己，其實這個年代，你甚麼時候會寫信呢？對大部份人來說，寫信就是寫電郵而已，不會真正寄一張明信片出去，不過我就喜歡間中在旅行時買明信片，寄給朋友或者寄給自己也好，以帶有溫度的一張明信片作為一個紀念，是電郵無法取代的。

　　1994 年，美國解除對越南的貿易禁運，2012 年起美國更成為越南最大出口國。以往反美的胡志明思想不再是越南的流行用語，但胡志明依然是越南人民日常生活中頻繁出現的符號，由每天使用的鈔票、塑像和畫像等，即使在遊客的手信店內，你亦能見到各式各樣的胡志明肖像和招貼畫。

　　社會主義的圖騰普遍由紅色與星星構成，這裏的海報都在宣傳胡伯伯，宣傳越南和蘇聯的友誼，即使蘇聯已經解體，海報上仍只有俄文與越南文，而沒有中文，寧願握着很遙遠、已經消失了的蘇聯的手，越南人也不選擇握着中國的手。這是一個有趣的觀察。

人屍情未了

　　保存死人屍體加以崇拜，源於古埃及、古印加等各地古代文明對永生的夢想。木乃伊張口眼凹的賣相不太佳，但幾千年來仍然廣受宗教崇拜歡迎，包括中世紀盛行的基督教的聖屍崇拜。作為無神論的列寧，曾經破壞東正教的聖屍。但更諷刺的是，他死後，列寧遺體保護小組發明了更先進的技術，每隔 18 個月就要對遺體進行一次防腐處理，然而展示在一個玻璃棺材中，和基督教聖屍一樣供後人崇拜。

　　第二個享受到這個社會主義福利的是斯大林。第三位就是蘇聯的好學生：胡志明。

　　1969 年 9 月 2 日，當時越戰正打得如火如荼，越南人領袖胡志明因心臟病逝世於河內。原本胡志明的遺願是要將遺體火化，之後骨灰

撒在越南北、中、南三地，不過礙於當時越南還未統一，當時南越還有其自己的政府，以致他的遺願未能實現。

次年越南政府花費天文數字請蘇聯專家攜帶醫療設備到越南為他進行遺體防腐，像五千年前的埃及法老王一樣。同年，美國人 Louis Armstrong 登上月球，講了：「個人一小步，人類一大步。」那一步，是進步，還是退步？

被 CNN 評選為全球最醜陋的十大建築之一的胡志明陵墓

如果大家曾經去過莫斯科，大概會覺得胡志明的陵墓熟口熟面，胡志明忠於第三國際，所以亦模仿至死方休，他的陵墓是模仿莫斯科的列寧墓而建成的。

直到 2012 年，CNN 評選出全球最醜陋的十大建築，其中之一就選出胡志明墓，雖然我仔細看就不覺得太醜，因為列寧墓看上去也是老翻二千多年前波斯帝國的摩索拉斯王陵墓（Mausoleum），我曾去過這個位於土耳其的遺址。胡伯伯這個版本只不過是山寨孫子吧！

越南話與廣東話的距離

　　1945 年 9 月 2 日，胡志明在巴亭廣場宣佈越南獨立後便入主了總督府，不過有宏大的法式總督府他不住，旁邊的 54 號豪華別墅他也不住，他就住旁邊用竹搭出來的越南傳統高架屋，證明他想過樸素、簡樸的生活，他的人品純樸也是越南人喜歡他的原因，他一直住在這間屋內直至 1969 年去世為止。

　　巴亭廣場，可謂越南的天安門廣場，面積有 35,000 平方米是越南最大的廣場。1945 年，這裏就發生「八月革命」，宣佈了越南獨立。為甚麼是 8 月？這是因為在 8 月 6 日和 8 月 9 日美國在日本投下的兩枚原子彈令二戰結束。日本在 8 月 15 日宣佈投降，之後一天胡志明就宣佈革命開始，就是「八月革命」。

　　9 月 2 日，正式在巴亭廣場宣佈越南民主共和國成立，成為一個獨立國家。當時參加盛典的人超過五十萬人聚集在這個廣場，由在旺角電腦中心成立印度支那共產黨，到成為中環大館的監犯，胡志明只用了十五年時間，就成為了越南的開國國父。

　　在胡志明陵墓兩邊有兩條標語，這條寫着「偉大的胡志明主席，永遠活在我們的事業之中」，其實如果你懂越南拼音的話，會發現發音和廣東

河內的巴亭廣場相當於北京天安門

話很相似，例如「偉大」、「主席」和「胡志明」的發音等。因為漢語和越南語曾經有很長時間磨合，越南曾使用漢語超過一千年。

胡志明能說流利的廣東話之餘，也能寫一手漂亮的中文毛筆字，不過到他執政後，開始去中國化，慢慢廢除了漢字。現在你在河內看到的漢字古蹟，反而本地人看不懂，華人才看得懂。

越南語的「Đồng」的本意是銅、青銅，對應的漢字為「銅」，「盾」為現代漢語的音譯。這是因為自古以來，中國銅錢為越南主要流通的貨幣，久而久之人們便慣於以「銅」代稱之。

在語言方面，粵語有九聲六調而越南語有八聲六調，而且也沒有普通話中受胡語影響的兒化音。越南語與粵語連語法也很近似，其中一項共同點是將修飾語放在名詞或動詞後，例如母豬的廣東話是「豬乸」，把先走說成「走先」。同樣，越南語中的越南話是「話越南」，這裏的門廊上方寫有「主席胡志明」越文大字，所以只要看拼音就證明越南話和廣東話很接近。

漢字文化圈曾經北至日本、韓國，南至越南。但二戰之後上述國定的語言紛紛投向羅馬化、西化。1945 年北越成立後，中文素養極高的胡志明為了掃除文盲，下令廢除越南語的漢字，取而代之的是 17 世紀由教會傳教士發明，越南殖民政府推廣的羅馬拼音國語字，所以現在的越南文字已經看不出漢字的痕跡了。

胡志明在越南官方的宣傳資料中，是一個極高尚的單身主義者和愛國主義者，他把他

越南文字

畢生生命都奉獻給祖國的獨立運動，從來不談男女感情，正如他的原名阮愛國一樣。不過資料顯示他在 1920 年代在中國廣州時娶了一位中國妻子，那就是曾雪明，但這段歷史到現在仍不被越南官方所承認。

曾有越南報章報道這件事，但報道的記者也被解僱。阮愛國為甚麼會改名做胡志明呢？傳聞是他為了紀念髮妻曾雪明。不過這些都不再重要，胡志明在他逝世後六年擁有一個城市以他命名，這就是胡志明市。

胡志明的頭號粉絲

胡志明在蘇聯和中國面前自稱是小弟弟，實情他在印度支那半島是大哥大，而他的徒弟就是寮國國父——凱山·豐威漢。

如果大家到過寮國，就會在所有的鈔票上見到凱山·豐威漢。讀者留意一下他的雕像，你覺得他像不像鄧小平呢？其實他也是開放寮國的改革之父，他在 1979 年和中國同一時間開放寮國，接受外國的經濟援助和投資，所以直到現在，他一直備受寮國人民的愛戴。

在旺角誕生的越南共產黨改名為印度支那共產黨，以解放整個印度支那為己任。直到 1951 年 2 月，印支共才一分為三，所以三個國家並不擁有對等的地位，越南在印支三國有超然的領導角色。

寮國國家的知名度和其國父一樣比較低調，國父凱山·豐威漢的樣子印在鈔票上但卻很少遊客能叫出他的名字。和越南的胡志明市、柬埔寨的西哈努克港一樣，寮國也有以國父命名的城市，分別叫做豐威漢市和豐威漢機場。

參觀了首都凱山·豐威漢的紀念館後，發覺他的確是胡志明的忠實追隨者，在一張寮國政府開會時的照片中，後面除了列寧和馬克思的畫像外，正中間放置了白色的雕像而這正正是胡志明的雕像，一個

寮國國父凱山．豐威漢的銅像

國家對另一個國家的國父如此尊敬並不常見。

　　1930 年，胡志明在旺角成立印度支那共產黨；1946 年就吸引了一個 26 歲的年輕人阮凱山入黨，他的母親是佬族，父親是越南人；胡志明在莫斯科學習，阮凱山就在越南河內大學學習，後來他成為旅越寮國僑民的反法運動領導人。1955 年，阮凱山成為寮國人民黨主席並擔任領導人半世紀直到 1992 年去世為止，他就是寮國國父，並在後來將越南名「阮凱山」改為凱山．豐威漢。

　　正如上述，寮國共產黨是印度支那共產黨分裂出來的，而且這位寮國國父其實並非正宗寮國人而是越南人。他的父親是越南人，而母親就是寮國人，所以他連就學也遠赴越南，操流利越南語。在越戰時，他就發揮了其功用，在寮國開闢了胡志明小徑，配合胡志明運送物資到越南南部以攻打南越。另外提醒讀者，紀念館內是嚴禁拍照的，大家切記不要帶相機進內。

　　與當地導遊和司機對談，他們似乎都很喜歡這位國父，這位國父

終身制，和毛澤東一樣。1992 年去世的那天，他還是國家主席掌舵寮國半世紀。不過和毛澤東不同，他在 1979 年開始改革，准許人民開設私營企業。同一年，鄧小平開始改革開放，凱山‧豐威漢亦主動打開寮國國門接受西方援助和投資，名為「新經濟體制」。加上左右逢源，同時得到中國和越南的支持，所以直到他在 1992 年逝世時，寮國經濟已經開始好轉。

西哈努克大道

有東方小巴黎之稱、金邊最闊的一條街——西哈努克大街。這條西哈努克大道參照了巴黎凱旋門前的香榭麗舍大道標準和規模，是柬埔寨首都金邊最主要的幹道。

我出身的城市成都，最寬的大街叫人民南路，和西哈努克大道一樣，參照了巴黎凱旋門前香榭麗舍大街的標準和規模，是 1965 年為了歡迎一個重要的柬埔寨人：西哈努克，訪問成都而興建。作為柬埔寨的王室，形象花花公子的他，和無產階級的代表毛澤東成為戰略夥伴，原因是甚麼？

來到柬埔寨，你一定要認識「西哈努克」，除了西哈努克大街外，還有西哈努克省、西哈努克市和西哈努克港。西哈努克港是柬埔寨最大的港口，亦是柬埔寨最大的經濟特區，每個星期有直航機來回香港。

如果沒有西哈努克，可能就不會發生柬埔寨的獨立。1930 年，胡志明在香港現時旺角電腦中心的位置成立了印度支那共產黨，而不是越南共產黨，胡志明的夢想是成立一個印度支那大一統的國家叫做印度支那民主共和國聯邦，包括現時的寮國、柬埔寨和越南，不過最終未能實現大一統。1945 年二戰結束，越南宣佈獨立的同時，西哈努克在金邊也宣佈柬埔寨的獨立，所以他直到現在仍被柬埔寨人視為獨立

山寨香榭麗舍大道——西哈努克大道

之父。

　　三國鼎立，最重要的是第三國的取向，這三個國家的執政黨都是脫胎於在旺角電腦中心成立的印支共產黨。胡志明招攬了凱山・豐威漢作為他的徒弟，寮國自然會選擇親越南。如果第三個國家柬埔寨也選擇了跟隨越南，印支半島就應該是個大一統的國家或者會成為大越南印支國。

　　但西哈努克選擇了北京，直到他病逝時，也是身處北京。1960 年，中蘇論戰導致中蘇交惡後，越南追隨莫斯科而柬埔寨與中國仍保持密切關係。赤柬奉行的是毛澤東主義，國父西哈努克親王長居北京，現任首相洪森是 2017 年中國孔子和平獎得主，所以無論是哪個政黨當權，柬埔寨都仍然會背靠北京。

西哈努克一生最具爭議性的事件，就是他將赤柬引狼入室。越戰時他允許越共利用柬埔寨南部開闢胡志明小道運送軍火，1970 年被親美的朗諾將軍推翻，流亡北京時，在中國的勸說下，選擇與紅色高棉合作。中國的打算是利用赤柬，對抗親蘇的越共，通過紅色高棉推翻朗諾政權。西哈努克當時被赤柬軟禁了。當紅色高棉在 1979 年被越南推翻之時，因為擔心成為越南人的俘虜，他再次流亡到了北京。這是他第二次流亡北京。直到 1993 年回國，再次加冕成為柬埔寨國王。回到國內的西哈努克沒有忘記中國這個老朋友，之後兩國的經濟關係發展迅猛，柬埔寨逐漸成了中國在東盟十國裏面最堅定的盟友。2004 年厭倦了國內政治的西哈努克退位，選擇長期留在中國安度晚年。直到 2012 年，在北京過世。

　　柬埔寨王國政府為紀念已故太皇，柬埔寨獨立及民族和解之父西哈努克為國家主權獨立、民族和解、和平與發展作出的貢獻，豎立西哈努克銅像。銅像於 2013 年 10 月 8 日建成，安置銅像的寶塔高 27 公尺，銅像高 4.5

柬埔寨國父西哈努克像

公尺並建設在獨立紀念碑旁邊。

如果看到這個獨立紀念碑，就會明白西哈努克的思想。他的終生思想是佛教社會主義，在佛祖的保祐之下實行君主制和社會主義制度，這就是佛教社會主義。

獨立紀念碑在 1958 年動工，1962 年才建成，底座有七層蓮花，頂部有一百尊七頭蛇神，代表佛教社會主義。

柬埔寨國力最鼎盛時就是曾雄霸中南半島的高棉王國，疆土廣闊，包括整個印支半島。但近代史就慘不忍睹，有「被詛咒的國家」的稱號，先後被泰國入侵、法國殖民、二戰時被日本入侵，但最致命的一擊是自己人發動的赤柬悲劇，國家至今仍是東南亞最窮，可說是多災多難。

這一章，我們由旺角電腦中心出發，由胡志明、凱山·豐威漢、西哈努克帶路，走過了印支半島一個世紀的近代史。在越戰結束二十年後的 1994 年，美國才解除對越南的貿易禁運。2000 年，克林頓首次訪問越南；2012 年，美國為越南最大出口國，經濟開始起飛。中國被稱為世界工廠，越南想做到的就是「中國 +1」，因為這裏的薪金比起中國更低廉。現時正值美中貿易戰中，很多人分析認為最大贏家是越南。對八十後的年輕人來講，越老柬是新興的旅遊打卡熱點，甚至投資熱點。對上一代人來講，印支半島是連綿的戰火焚城。

下一章，我們將深入越南、柬埔寨、寮國，找尋印度支那衝突最大的後台——中國和蘇聯在印支半島半世紀的角力。

Map of
INDO-CHINA
showing proposed
BURMA-SIAM-CHINA RAILWAY.

第二章

赤色半島

二戰之後，本應天下太平，不過這個半島被詛咒了，代理人的戰爭才剛剛開始。

東西兩大意識陣營在這裏打了二十年的越戰，戰場不單止在越南，還有寮國。然後同一意識形態的中蘇兩國，於上世紀又暗自角力，爆發中越戰爭。還有自殘式的柬埔寨赤柬地獄，原來也早在吳哥窟石雕中被預言了。

這一章我們會到當年的戰場：越南、寮國、柬埔寨，尋找戰火留痕。開放經濟也好、消費戰爭也好，這裏都是意識形態的現實博物館。

社會主義 Cafe

印度支那，由千年前印度和中國宗教的交融，到了近代成為東西方意識形態煎熬的地方，曾為法屬印度支那，但啟蒙運動思想發源的法國，並沒有為這裏帶來甚麼平等自由民權的思想。

位於河內的越共咖啡廳 Cộng Cà Phê（Cộng 是共，Cà Phê 是咖啡），以社會主義圖騰招攬西方遊客，在越南開了不少分店。不外乎都是鐮刀鐵錘星星，這些都是社會主義的圖騰。最重要的是代表鮮血的紅色，因為馬克思推崇暴力革命。流血，是必要而且被推崇。蘇聯、中國、越南、柬埔寨，共同擁有這些上世紀的圖騰，個個都話自己是馬克思主義者，個個國旗都用血紅色為主調的鐮刀鐵錘紅色星星，不過就互相打個不停。

想一想，為甚麼對家就沒有一家「資本主義 Cafe」？找來找去，這個資本主義光譜裏面可能有人權、平等、限制國家權力、法治、民主等普世價值，但是偏偏就是沒有圖騰！因為所謂的東西方二元對立，是假設虛構的社會主義國家宣傳而已。

「是誰創造了人類世界？是我們勞動群眾。一切歸勞動者所有，

哪能容得寄生蟲！」我又
想起這首《國際歌》。

位於河內的越共咖啡廳
Cộng Cà Phê

善意鋪成地獄之道

通往地獄的道路，往往是由善意所鋪成的。

「讓統治階級在共產主義革命面前發抖吧。無產者在這個革命中
失去的只是鎖鏈。他們獲得的將是整個世界。全世界無產者，聯合起
來！」

一百七十二年前，馬克思去工業革命重鎮曼徹斯特考察後，有感
童工受到嚴重剝削，回到倫敦寫成《共產黨宣言》，呼籲通過全世界
無產者，聯合起來，採取暴力形式推翻資本主義。《共產黨宣言》認
為資產階級私有制和剝削造成一切社會問題，所以要消滅私有制、消
滅家庭、消滅道德和宗教、取消祖國。

一百二十八年之後，終於有個無比勇猛的留法柬埔寨學生，將這
套馬克思理論，付諸實現，實驗場，就在這裏——柬埔寨。

無產者在這場革命中失去的不只是鎖鏈，還有生命，包括這裏
二百萬無辜小童和他們父母的生命。獲得毛澤東極力讚揚，稱「你們
做到了我們想做而沒有做到的事」，就是「波爾布特一舉消滅了階
級」！

由馬克思創立的第一國際，影響力只限歐洲。直到第三國際，影響到催生中國共產黨；但第三國際之中，尚無一個東南亞國家，因為那時尚是英法殖民及日治時代。二戰之後，民族國家興起，除一直都是君主立憲的泰國外，東南亞全面染紅，緬甸、柬埔寨、老撾、越南全部變成社會主義國家。導致全世界現在的四個社會主義國家，東南亞佔了兩席：老撾及越南！柬埔寨已經由二百萬人民的生命代價中放棄了馬克思主義，變成君主立憲。

　　時光倒流到 1975 年，越戰結束、微軟成立、英女皇首訪香港，第二次世界大戰結束後美蘇兩國海軍的首次互訪。世界似乎歌舞昇平，但明天不是更好。

　　對剛脫離法國殖民二十二年的柬埔寨來講，明天，將是馬克思理想的天堂提前來臨，明天，將是地獄降臨。

位於柬埔寨首都的 S21 集中營

吳哥窟的人間地獄

　　印度教、佛教都講因果報應，天堂地獄。吳哥窟很著名的浮雕：天堂與地獄，令我震驚的是它居然預測到，千年之後赤柬的人間暴行。

　　在最上面的當然是天堂，有 37 層之多，中間是人間，下面是 32 層的地獄，閻羅王坐在中間，他有 18 隻手，開始進行審判。做了壞事的人會在地獄接受各種酷刑，這些地獄的酷刑，包括拔舌頭、火刑、挖心、分屍、釘刑，很多恐怖的畫像都被畫了出來，結果一千年後，這些都在柬埔寨的人間，一一被赤柬實現了。

吳哥窟壁畫中的拔舌頭

天堂與地獄浮雕

地獄和人間的距離，有時候可能比我們想像之中近，吳哥窟壁畫中的拔舌頭，在現世出現了，而且原因令人震撼——只因為你會唱歌！所以反對任何文明的赤柬就會拔你的舌頭。

1975 年，波爾布特推翻了親美的朗諾政權，展開了三年多的赤柬統治，赤柬的極左理想，是想急速創立一個沒有任何階級的共產主義社會，代價就是人類史上最殘暴的政權。

「戰爭即是和平，自由即是奴役，無知就是力量。」這是《1984》中，真理部的格言，在這裏有一個現實的版本：「城市就是邪惡，殺戮就是潔淨，財富就是罪惡，死亡才得安寧。」這裏不是 1984 的虛擬世界，這裏是 1975 年的柬埔寨。

在柬埔寨全國，在赤柬時期後發掘出 150 萬具骷髏骨頭，全國有三百多個殺戮戰場，吳哥窟就是其中一個。

現在這裏風和日麗，鳥語花香，有誰能想像四十多年前，這裏曾是人間煉獄？

赤柬最高領導人波爾布特擁護毛澤東思想，但他比毛澤東做得更徹底，他廢除了貨幣、宗教，沒收私有財產，關閉銀行、學校，消滅城市，視知識為罪惡，禁止西方文化傳播，禁止講外語。再把城市人口趕到農村，參加強迫勞動，再加上一連串的政治清洗，非正常死亡人數超過二百萬，佔約全國人口四分之一。

佛教社會主義

一個唯心，一個唯物。

一個講因果循環，另一個講階級鬥爭。

一個是宗教，另一個是反宗教。

來自印度的佛教、來自蘇聯的社會主義，原本是兩個相反的思想，

結果來到柬埔寨這裏反而結合，成為西哈努克所謂的佛教社會主義。

佛塔看上去和一般佛塔沒有分別，但裏面放滿了被害者的骸骨。佛塔的頂部有 17 層高，代表着 1975 年 4 月 17 日這個日子，在那天，赤柬進入金邊，開始一個沒有階級、沒有財富、沒有城市的社會主義烏托邦。那一天，柬埔寨成為了一個人間煉獄。

柬埔寨國父西哈努克一生最大的污點，就是曾經在北京勸告下，在 1975 年支持赤柬奪權，驅使他這樣做的理論基礎，就是他獨特的一套佛教社會主義理論。

放滿了被害者骸骨的佛塔

可惜後來連西哈努克自己都成為赤柬政治清算的對象，由北京返回金邊後，於 1976 年被廢位，並軟禁在皇宮裏面，成為泥菩薩過江，自身難保。

納粹德國在二戰時發明了毒氣室，很快速和大量地殺害猶太人，赤柬的殺害方法則簡單原始很多，他們直接用土坑活埋人民，或者用樹枝打死人民，還有無辜的樹幹也變成了殺人工具。他們脫去小童的衣服後就直接吊在樹上，把他們活生生吊死。結果後來被農民發現樹上殘留了很多小童的頭髮、人骨和血漬，證明了這棵樹曾經殺死了百多個小孩。

這個位於金邊市郊的殺戮戰場，是赤柬時期的集體行刑場，類似

波蘭奧斯威辛集中營，時間遲過納粹三十年。但赤柬的殺人方式更加原始，更加恐怖。沒有毒氣室，連子彈都是珍貴物資，所以多數平民都是被活生生打死或者斬死。納粹和赤柬在科技方面有天壤之別，但從殘忍程度來說，兩者不相伯仲。

　　波蘭奧斯威辛集中營，因為發生了種族大屠殺，於 1979 年被列為世界文化遺產。這個種族屠殺中心其實並不足以形容這裏發生的罪行，因為 Genocide 這個英文字是指一個種族屠殺另一個種族，但在赤柬發生的是自殘，自己人殺自己人，其實已超出了人類思維的底線。法國學者為此發明了一個新名詞，去形容赤柬罪行，叫做 Autogenocide，自我屠殺。

　　這裏就是明日世遺：殺戮戰場。

令人毛骨悚然的 Killing field

無緣無故的恨

　　「世界上沒有無緣無故的愛，也沒有無緣無故的恨。」毛澤東這句話聽上去似乎很合理。不過獨立思考過後，世界上真的有無緣無故的愛，例如神愛世人。世界上也有無緣無故的恨，例如波爾布特和S21關押至死的老師，赤柬和全部知識分子，他們並沒有得罪任何人，但被當成階級敵人。正因為他們有知識，戴上眼鏡，就負上死罪，這比起中世紀歐洲最黑暗的獵巫，更加荒誕，更加恐怖，其中一個最著名的集中營，就是位於金邊市中心的 S21。

人類歷史的演進，不同生物的進化，生活到今時今日的動物，比起上世紀通常更加進化。不過上一個世紀的柬埔寨，比起千年之前的吳哥窟高棉王朝，更加落後、野蠻、血腥、暴力，不公不義。

有個主義不講愛，講仇恨。不講民權自由，講階級鬥爭。柬埔寨太窮，哪來資本家？資產階級？不要緊，國家最大的資本是人，那就「鬥人」吧。二元對立，沒有敵人就將人民樹立為敵人，這就是「柬埔寨特色的社會主義」，人鬥人，比大自然更加殘酷千倍。在

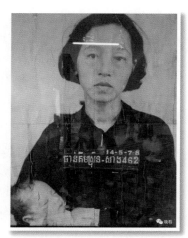

被波爾布特折磨至死的女老師

S21，我反省，國家機器是令人類進步了，還是退步了？

赤柬在三年多的時間裏，屠殺了全國四分一的人口，他們是否瘋了？

波爾布特形容他的對手和異己思想為細菌，他把全國人民分為新人類和舊人類，舊人類會被直接送到殺戮戰場，新人類則會被改造。

前身是學校的 S21 集中營

波爾布特覺得這是在追求民族潔淨，消除所有舊思想、舊思維，他殺掉了所有知識分子。這場運動令柬埔寨所有知識分子都被屠殺，運動完結後，整個柬埔寨不單止退步了超過一個世紀，連老師也沒有了。因為全國已再沒有人懂外語、數學、文學等等……

世事往往比小說更加諷刺荒唐，S21 的前身是金邊的一所學校。但這個傳承知識的地方，在赤柬時代就變成了一個囚禁知識分子，消滅知識的地方。如果說啟蒙運動由法國人帶領追求知識、理性、人權、自由、平等，赤柬就是反對理性、反對知識的極端。只有貧窮落後的土壤，加上外部勢力的左翼思想，才種出無知、野蠻的果實。

「起來，飢寒交迫的奴隸

起來，全世界受苦的人」

無產者在這場革命中失去的只是鎖鏈，他們獲得的將是整個世界。赤柬打着的旗號是極端的馬克思主義，他們想建立的是完全沒有階級、沒有貧富懸殊的所謂烏托邦，事實又是怎樣呢？這並非只是柬埔寨人民的不幸，也是全人類的浩劫。這裏是明日世遺，S21 赤柬監獄。

深受上座部佛教影響的柬埔寨人，溫和害羞，怎麼看也不像是比希特拉、史達林的睪酮素更高，性情更嗜血暴力。一切其實源於 1949 年，中華人民共和國成立之時。波爾布特以良好的成績獲得到法國留學的獎學金，在巴黎讀書期間，開始接觸到馬列主義，並成為堅定的共產主義者。一百七十二年前，馬克思在倫敦寫成《共產黨宣言》，呼籲通過全世界無產者，聯合起來，採取暴力形式推翻資本主義。不過無產者在這場革命中失去的不只是枷鎖，還有生命，包括這裏二百多萬無辜的小孩和他們父母的生命。

一個個囚犯就在這裏接受酷刑

罪惡空城

《聖經》中，所多瑪城充滿罪惡，被上帝天火焚城。金邊雖然沒有被焚城，但就曾經變成了一個死城。因為赤柬認為城市代表罪惡，1975年4月17日，赤柬將全金邊市人口驅逐出城，包括所有外國記者。

金邊FCC外國記者俱樂部，集酒店、餐廳和酒吧於一身。漂亮的建築源自1917年法國殖民時期，在赤柬時期變成鬼屋。直到1992年簽署巴黎和平協定，越戰結束，外國記者回到金邊，FCC再度成為外國記者的聚腳點。

FCC是我去金邊經常光顧的一家餐廳。它位於皇宮旁邊，對面就是金邊河，可以吹着河風，在如此漂亮的法國殖民地建築內，消磨一個下午。牆上掛上了很多黑白照片，是當年由法新社記者拍攝的珍貴新聞圖片，全部停擺在同一個時間。因為那一天，赤柬進入了金邊，將全城三百萬居民驅逐出城，記者也不例外，這裏當時頓變了空城。

FCC外國記者俱樂部
對着金邊河

我十分喜歡的FCC，是午餐及下午茶的好地方。

CAMBODIA-US-
WAR-KHMER-
ROUGE-BOY-1975

A Cambodian boy picks up a
helmet in a street of Phnom
Penh, 17 April 1975, while the
Members of the MONATIO
(Movement National)
(background) drive atop a truck
through the Cambodian capital,
the day Cambodia fell under the
control of the Communist
Khmer Rouge forces. The
Cambodian capital surrendered
after a three-and-a-half-month
siege of Pol Pot forces.

時間停擺在 1974 年 4 月 17 日赤
柬入城的那一天，街童開心拾起
赤柬的頭盔，未知死期已至。

　　每年的 1 月 7 日是柬埔寨
的公眾假期，稱為「大屠殺逾越
日」（Victory Over the Genocide
Day）。這一日，是 1979 年外部
勢力的越南軍隊攻入金邊的一天，
外國勢力來營救，但越南佔領柬
埔寨一個月後，中國即發動了「對
越自衛反擊戰」。

赤柬幸存者

　　當年赤柬對國民大規模逼害，受害者遠遠不止知識分子，連所有
懂得傳統武術的人，都是國家的敵人，攝製隊幸運地找到一位僥幸逃
離赤柬魔掌的柬拳大師 San Kim Sean。他自小就很喜歡武術和拳擊運
動，在 13 歲開始學習柬拳，直到共產黨在 1975 年來到這裏，一切都
改變了。

　　「這裏變得很危險，整個地區變得很差，很多人死去了。有些人
被殺、有些人病死，有些人則是沒有食物，我也沒有食物，我當時為
了生存很努力，只能夠吃草才能生存。那些不懂武術的人還好，避過
一劫，懂得武術的人，全都被殺，之後輪到商人、為政府工作的人甚
至是軍隊的人，都被殺了，連我也曾經五次差點被殺。」

破舊容易，立新很難，被赤柬滅絕的柬埔寨傳統文化，現在終於慢慢回歸。柬拳大師現在致力向國際社會推廣柬拳，而柬埔寨著名的宮廷天女舞，也在皇后推廣之下重現人間。

而在暹粒，也有一個表演團體，成立了一個感人的馬戲團。

一說起柬埔寨，大家的第一印象是赤柬沒

柬拳大師 San Kim Sean

完沒了的內戰，還是世界新七大奇蹟之一的吳哥窟呢，這個國家的確苦難深重。

直到 1993 年，柬埔寨正式更改國名為柬埔寨王國，翻開了新一頁，除了對外開放自由經濟，柬埔寨現在也多了社會企業，就像社企馬戲團 Phare。

Phare 是在 2013 年成立的，目的是為了提供一個工作平台，給馬德望的學生和表演工作者。馬戲團團員中，有在馬德望學習舞蹈的學生，有些來自較有錢的家庭，有些則是流連街頭的兒童，有些是來自其他地區。

這裏有一個節目叫《White Gold》。它是個關於白米的故事，柬埔寨人非常尊敬白米，他們認為白米是國家和每個家庭中最好的東西，沒有白米，他們也不能生存，所以他們就創作了這個故事，去慶祝白米的收成。

社企馬戲團 Phare

全世界被炸得最多的國家

在 1970 年代，柬埔寨有赤柬，越南正在打越戰，寮國呢？在這個戰火年代，這個內陸小國一直都聲稱維持中立，不過我已在第一章介紹過，寮國是假中立，寮國國父凱山‧豐威漢是胡志明的忠實粉絲，怎可能讓偶像孤軍作戰？

寮國在越戰之中本是個中立國，表面上完全沒有參與越戰，但當時寮國共產黨的領導凱山‧豐威漢開闢了胡志明小徑，讓越共經過寮國，暗渡陳倉，去攻打當時被法國殖民的南越首都河內。

這個為偶像做嫁妝的原因，令美國當時在寮國投下了二百多萬噸的炸藥，並由寮國人民付上代價。美軍一共投擲了二百多萬噸炸彈，以寮國人口只有 210 萬來計，每個人民都有一噸炸彈，令寮國成為全世界被炸得最多的國家。相對於赤柬大屠殺死亡超過二百萬人，還有

越戰死亡超過一百萬人，這場寮國戰爭的死亡人口雖然只有七萬，但卻留下了全世界數量最多的未爆彈。

秘密戰爭過後快半世紀，但留在境內數以萬計未被爆破炸彈，經常被小孩以為是值錢的金屬，想拾起來拿去賣錢，他們一誤

前往 COPE 矯形及義肢中心，體驗殘障人士之苦。

觸未爆彈就會引發爆炸，失去四肢。

我們作為健全人士，很難想像傷殘人士如何生活，在永珍的 COPE 矯形及義肢中心裏，我們可以裝上這些義肢，感受一下傷殘人士平時要面對的痛苦情況。

寮國因為國父凱山・豐威漢的意識形態，成為全世界被炸得最多的國家，至今仍是全世界擁有最多未爆彈的國家。由戰爭結束直到現在，已經有超過兩萬人因為誤觸未爆彈而喪失性命，直到今時今日，每年還有接近五十人因此而死亡，戰爭的確已經結束，但戰爭所帶來的惡果，又豈是印在鈔票上的國父所能預計？

我參觀完 COPE 中心後很感觸，裏面播放的小朋友影片還是會讓觀眾情緒激動，看到影片裏的小朋友被炸斷腳，我也看得很心痛。但這裏並非以血腥、催淚為主，而是很積極、正面的展覽館，我希望善良的寮國人民可以走出國父陰霾，邁向新一天。

絕版蘇聯式的享受

　　越戰的最主要戰場，仍然在越南。可說是冷戰期間，共產主義陣營和自由社會其中一次最強烈的正面交鋒，最後由共產黨領導的北越統一全國。但是當時的共產黨有沒有想過，戰爭遺留下來的軍車，在今天竟然會變成資本主義式的生財工具？

　　消費已經消失了的國家，就像買絕版波鞋一樣，一直都很受歡迎。我曾在貝爾格萊德搭乘前南斯拉夫產的小車。而這輛軍車是 1950 年代的蘇聯車，帶我穿梭河內的大街小巷。除了河內，胡志明市都有軍車遊，只需大約四、五百港元，就可以得到絕版蘇聯式的享受。

坐在這開篷吉普車真過癮，這是河內的特色：軍車遊河內。

這些軍車是 1950 年代蘇聯留下來的產物，五、六十年代的蘇聯和中國反目，反而拉攏了越南。越南加入了蘇聯的陣營反中國，蘇聯提供了很多蘇製吉普車給越南以抗衡中國。當然現在戰爭已經完結，蘇聯也滅國了。但留下了這些戰爭的遺物，成為了招攬遊客最受歡迎的工具。

這裏不用戴安全帶，開篷設計讓你吹着涼風遊覽河內不同的地方，會經過河內的法國區、俄羅斯區等地方。

同行還有很多電單車，彷彿是電單車的海洋。河內現時八百萬的人口有五百萬輛電單車，除了老人和小童外，幾乎每個人也有電單車。

軍車來到了胡志明陵墓，陵墓前方站着軍人和一支越南國旗，這就是越南的獨立廣場。當年胡志明就是在這裏發表演講，宣佈越南人民從此站起來了。

軍車的第一個停靠站，就是河

軍車後的電單車海洋

內歌劇院。今天這裏有很多學生，原來畢業典禮也在這裏拍畢業照。他們還播強勁音樂和跳舞，和香港的畢業典禮完全不同。在這個河內大學畢業典禮中，一直播放着強勁的 hip hop 美國流行曲，我差點忘記自己是坐着一輛蘇製軍車，在一個社會主義國家的首都市中心巡遊。

坐着軍車遊覽河內市區，我忽然覺得自己變成胡伯伯上身，跟隨社會主義老大哥蘇聯，一路高唱國際歌：「起來，飢寒交迫的奴隸！起來，全世界受苦的人！」

河內歌劇院與
大學生們合影

「讓統治階級在共產主義革命面前發抖吧，無產者在這場革命中失去的只是枷鎖，他們獲得的將是整個世界，全世界無產者，聯合起來！」

中國有中國特色的社會主義，越南有越式社會主義。例如在社會主義國家之中，越南是互聯網最自由的國家，美帝網站 Facebook 和 Google 也能暢通無阻，屬於社會主義國家當中，互聯網最自由的國家。這個越式社會主義，可謂五味紛陳，味道複雜。

坐着這一輛蘇製開篷車，在河內逛了一圈，沿途有很多咖啡店、梧桐樹，還不少得有河內電單車的海洋。兩邊都是上一個世紀留下來的法式建築物，還有很多數十年前的蘇聯建

越南 Cafe 的特色壁畫

築物，令我想起的是越南的生存之道。

鷸蚌相爭，漁人得利。

1969 年，蘇聯和中國有一場珍寶島戰役，大戰一觸即發之時，胡志明剛好逝世。他的遺言是：「老大哥蘇聯，老大姐中國，你們不要打架了。」事實上，越南是最大的受益者，遠交近攻，越南和俄羅斯現在是軍事同盟，和中國則有南海的領土爭議。

胡志明市美國市場

讓自己為時代發聲，消費自己點亮一個理念，連儂當年為了反越戰，和太太大野洋子上床讓媒介拍攝，宣傳反戰的「make love, not war」思想。相隔四十四年，越南人民還在響應連儂的呼籲，把越戰時期美軍留下來的物品，變成消費市場的亮點。

有一場戰爭在冷戰期間打了最長時間，足足二十年，美軍死亡人數也是二戰之後最多的，香港也受到影響，因為突然有很多船民湧到香港，這一場戰爭就是越戰。

胡志明市的美國市場，本地人叫它做 American Market，留下了很多越戰時期的美軍軍服和物品等等，我去了尋寶。

專門售賣舊時美軍用品的
美國市場

越戰前後，有二十萬越南船民投奔怒海，逃難到香港，我想不少和我同一年代的香港人，都會記得半夜電台「不漏洞拉」這幾句越南語廣播。有部份越南船民，被西方國家甄別難民資格後，就可以離開白石船民中心。不過 1998 年香港取消「第一收容港」政策，超過六萬名船民被遣返越南，我今天就在這個二手美國軍服市場，見到一對由香港遣返越南的夫婦。

這一對夫婦，便在香港大鴉洲住了六年多。他們講一口流利的廣東話，與香港人無異，因為所謂的三百萬越南難民逃難，其中華僑佔了一百萬之巨。但我邀請他們出鏡時，被他們婉拒了。

市場有很多越戰時期的物品，例如越戰時期的水壺，軍人用過的火機，還有南越時候的國旗。

曾逃難往香港的華僑店主

古芝地道

當年北越為了進攻南越，在胡志明市附近，掘了一條長達 250 公里的地道，成為游擊隊進駐和匿藏的地點。在這條地道裏，竟然有會議室、醫務室、餐廳、廚房，手術室、糧食軍火庫等等，甚至有學校，最誇張的是整條地道都是由人手掘出來。時至今時今日，這個越戰的重要象徵，亦成為了一個旅遊景點。

這輛坦克車是 1970 年從美軍繳收
回來的 M41 坦克車

這裏是兵工廠,他們把
敵方未爆炮彈的火藥取
出來,製成土製地雷。

　　這裏十粒 AK47 的子彈,價值是 60 萬盾,即是 200 港元。供遊客
合法燒槍!我要上陣了,殺美國鬼子!

　　燒槍很大聲,耳朵會很辛苦。衝力也很大,後座力很大,後座的
時候很難瞄準。我一聽到槍聲也嚇了一驚,地上全都是子彈殼。

　　這裏的地洞,高人進來會很辛苦,因為地洞裏只有大約一米高,
要彎着腰走。在這裏爬行的時候,我覺得自己好像烏龜,用手爬會快
一點,因為用腳行會很辛苦。這裏的地道很焗,剛剛走了 20 米的地道,
已經滿頭大汗。這個地道戰只有越南人才能打得贏,他們個子較小,
如果正常像我一樣高度的人,已經全身濕透。

一米高的地洞，
高一點也走不進去。

　　這個森林裏面隱藏了這
麼多機關，架步、地道，還
有地堡，射擊用的碉堡。
所以我開始明白這場仗，
美國人是不可能打得贏
的，完全是越南人才打得
贏。這裏是越南人的地方，他們熟悉地形，用土法製造了這麼多打游
擊的方法，多先進的武器也沒有用，人才是最大的因素。

　　剛才在地道裏，有一道釘了鐵釘的木門，是用來捉拿美國大兵的
陷阱。我和導遊開玩笑說道，如
果用這道門來招呼特朗普不就
好了，一下子就可以釘死美帝。
他說不可以，我們不可以這樣
對待特朗普，我們現在已經是
朋友。美國還是越南最大的貿
易夥伴，原來在金錢面前，無
論有多大世仇的國家都可以放
低成見，齊齊賺大錢。

越南自稱是世界唯一曾經打敗三大
強國中美法的國家

反美到親美之路

　　越戰可算是一場沒有勝利者的戰爭。雖然北越最後統一越南，但卻付出了數以百萬計的性命作為代價，而美國亦泥足深陷，令美國人反戰聲音日益高漲，最終被迫撤軍。

　　統一分裂、意識形態，在這麼多的人命面前，真的值得？

　　越戰可以說是美軍在二戰之後，損失最慘重的一次戰爭。美國共派出了 250 萬軍人的軍隊來越南，還派出了最精良的武器，除了沒有用原子彈外，美國用了最先進的飛機、大炮、坦克車，在這一場戰爭一共消耗了 3,000 億美元的軍費，不過最終也失敗了，現在留下了戰爭罪行博物館給我們。

　　戰爭從來都是殘酷，尤其是一些拖延經年的長期戰爭，雙方犯下各種戰爭罪行的機會就會大大增加。就像在越戰時期，美軍就使用除草劑、橙劑，作為化學武器，大量噴灑在越南的土地上，導致生靈塗炭，而且禍延下一代，令不少戰爭中誕生的越南兒童天生畸形。

　　這個時候，軍人已經忘記了美國立國時的獨立宣言，是要保護全人類的人權自由，尊重生命，人生而平等。

　　這個博物館使用了美國獨立宣言的第一句作為開場白，而美軍死傷人

美軍使用的橙劑化學武器

數亦不少，死亡人數高達五萬八千人。初時美國大兵以為是為國捐軀，但他們漸漸發現這並非一場正義的戰爭，於是開展了 1970 年代的反戰運動。這個博物館已經改名，不再叫戰爭罪行博物館，而是戰爭遺蹟博物館。因為越南已經將反美前線的寶座讓給了鄰國，金蟬脫殼，搖身一變，自己成了親美國家。

咖啡公寓

社會主義的外殼，資本主義的靈魂，一個華麗轉身，在胡志明市可以看見很多例子。

如同重慶大廈的咖啡公寓有九層高，內裏有幾十間小資風格的咖啡廳。比資本主義更現實，這裏連坐電梯都要付費！記得保留收據，因為消費咖啡的時候可以當錢用。

越共軍隊獲得勝利四十年之後，這個城市仍被當地人習慣稱為西貢，但它的靈魂似乎牢牢着眼於當下。對於日益富裕的小資年輕人而言，西貢是一座不講主義、熱衷於玩樂的城市，也許最重要的是，經過戰火廿載後，越南人終於明白了一杯小資本主義椰子咖啡的味道，是一百七十二年前那個窮酸流亡猶太人在黑煙之中的曼徹斯特和倫敦抱怨時，無法體會的小確幸。

「是誰創造了人類世界？是我們勞動群眾。一切歸勞動者所有，哪能容得寄生蟲。」

這首著名的國際歌，曾經在這三個社會主義及前社會主義國家迴盪，熱血沸騰地在這塊印度教、佛教的熱土上實踐馬克思主義理想，走過無比血腥的 1970 年代。

下一章，我們會離開馬克思的赤色世界，進入佛祖的寧靜國度：上座部佛國緬甸、泰國。

胡志明市的咖啡公寓

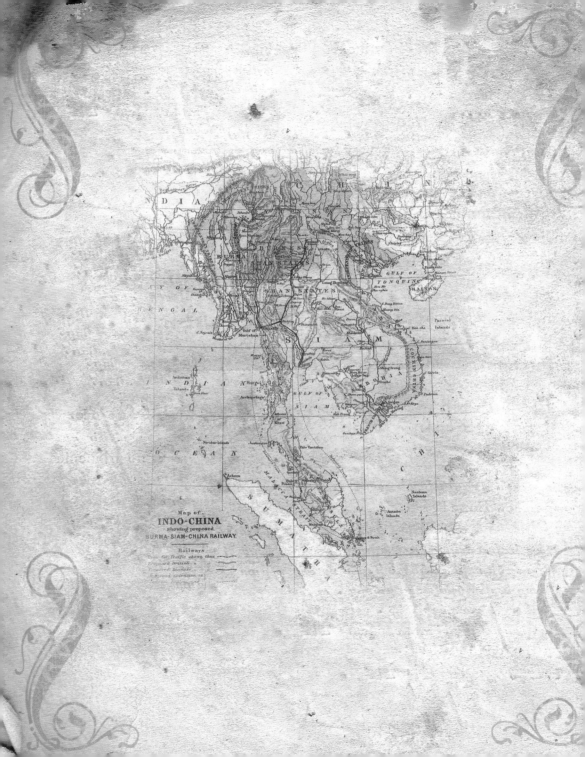

Map of
INDO-CHINA
showing proposed
BURMA-SIAM-CHINA RAILWAY.

Railways

第三章

上座部佛國泰緬

離開打了三十多年仗的印支半島，終於來到兩個和風細雨的上座部佛教國家——緬甸、泰國。在印支半島，我們的「導遊」是胡志明、西哈努克、凱山·豐威漢，來到這兩個上座部佛教國家，我們需要的「導遊」則是釋迦牟尼和毗濕奴。

毗濕奴神是泰國的代理人，又稱拉瑪，創立者是拉瑪一世，現在是拉瑪十世。237 年前，拉瑪一世在昭披耶河東岸建立新首都，正式把它命名為「恭貼瑪哈納空」。「恭貼」是指「天使之城」；「瑪哈納空 Mahanakhon」則是大城市的意思，所以這裏最高的建築物叫做 King Power Mahanakhon，是一個梵文名，反映出泰國的根源除了佛教，還有印度教，歡迎大家來到「恭貼瑪哈納空」天使之城：曼谷！

天使之城「恭貼瑪哈納空」

天下宗教　合久必分

天下宗教，合久必分，分久必合。

1054 年基督教東西教會大分裂，正教與天主教水火不容，互相攻擊，直到 1965 年第二次梵蒂岡大公會議後，羅馬教皇和君士坦丁堡普世牧首才達成協議和解，這場分裂長達九百年。

相比之下，佛教的分裂、教義、經典、教派，一直籠罩在東方主義的暮鼓晨鐘、朦朧迷霧之中。

在曼谷、仰光，我坐的船就叫小乘，小乘一詞譯自梵語「Hinayana」，其中 Hina 是細小、低下意思；Yana 意為乘、車子、舟船。如果在中國、越南，我坐的船就叫大乘，大乘的相應梵語是「Mahayana」，是大的車乘之意。

在曼谷和妹頭同坐小乘

在湄公河三角洲介紹越南的大乘佛教源頭

　　佛教不論大小乘，都視同一位老師釋迦牟尼為教祖，但何時拆開為兩艘大乘、小乘？沒有像基督教那場 1054 年 7 月 14 日發生在君士坦丁堡聖索非亞大教堂，分裂事件的詳細歷史記載。

　　華人佛教徒自稱「大乘佛教」，更影響到今時今日的漢傳佛教圈包括日本、韓國及越南。大乘稱呼泰國及緬甸的佛教派別為「小乘佛教」，但最大的迷思是所謂的小乘佛教其實從來不存在於泰國和緬甸，情況就像你走出長城後會發現沒有蠻夷戎狄，只有比華夏文明更加古老的兩河文明、尼羅河文明。

　　由小時候開始，婆婆就教我大乘佛教，普渡眾生；相反，小乘佛教，只渡自己。其實這是個錯誤的井底之觀，只存在於漢字文化圈的北傳佛教。在南傳佛教中，不論是在曼谷還是緬甸，佛教徒從來不會自稱小乘佛教。南傳佛教正式的名稱是上座部佛教。而上座部佛教其中一個著名聖地就是緬甸的大金石。

上座部佛教的起源

　　上座部佛教誕生在釋迦佛涅槃之後百年，而大乘佛教則出現在公元 1 世紀的位於中亞的貴霜王朝，相比之下同時期的上座部佛教已經流行了四百多年。當時佛祖並無佛像，因為佛祖禁止偶像崇拜，所以史稱「無像時代」。和現代的漢傳寺廟滿天神佛有很大分別，這才是佛祖的初心。

　　緬甸最受崇拜的佛教朝聖地大金石，位於仰光東北的深山之巔，由香港出發，搭飛機到仰光，第二天一早再換的士去長途巴士站，四個小時後換乘皮卡（農夫車），一個小時後到小鎮住一晚，第三天天未亮就起來，換乘大卡車到山頂。折騰了三天兩夜，才能一睹這個緬甸最受崇拜的佛教朝聖地：大金石（Kyaik-tiyo）。這個被形容為「Gravity Defying 重新定義萬有引力」的崖邊巨石，更榮登《Lonely

隨風搖擺、搖搖欲墜的大金石

Planet》封面，上面的金塔供奉了當年從印度求回來的佛陀頭髮。

不同於伊斯蘭教聖地麥加著名天房巨石，天房巨石是不允許非回教徒前往的。否定了牛頓的萬有引力定律的緬甸佛教聖地大金石則歡迎遊人參觀，吸引了終年不絕的朝聖客和觀光客。

這一塊約 8 米高的的天外飛石，據說因百萬年前地殼變動，巨石滾到岩邊時，三分之一已經懸空，只有部份還掛在山邊岩石上搖搖欲墜，彷彿強風一吹巨石就會掉下山崖。

如此奇觀自然吸引了村民前來祈禱，將金箔貼於巨石之上，這就是緬甸崇拜大自然的原生宗教 Nat。日積月累，點石成金，成為全世界最大的一塊貼金巨石，即使遠在在山下 10 公里外都可看見閃閃金光。

有座小石橋連接了承載大金石的岩石和雲石廣場，戒備森嚴，橋頭有軍人把守，只有男人才能過橋去為大金石貼金，女人只得在外面跪拜。這種安排在其他緬甸寺廟也常見，歷史風俗而已，不必以現代觀念男女平等來批評。就像耶路撒冷的猶太教聖地：哭牆，男士範圍比女士專區大一倍有多。婆羅門祭司只能男性擔任，佛祖准許自己的姨母摩訶波闍波提夫人出家，成為第一位比丘尼，在當時社會已經算是最早的女權分子了！

而當佛教傳入緬甸時，信徒在石頭上建築了小金塔供奉了佛祖的頭髮，更為渾然天成。

雲石廣場地上有一個巨大的佛足石，一條長長的 Naga 蛇王圍繞一圈。佛足石源自無像時代的佛陀象徵，因為佛祖入滅之前，告訴阿難「吾今最後留此足跡，將入寂滅顧摩揭陀也」，所以早期佛教以佛足石代表佛祖。

「無像時代」風格的早期佛教聖地，除了抵抗地心吸力的天外飛石大金石外，還有覆缽式佛塔，所謂見塔如見佛，代表作就是緬甸大金塔，又名仰光大金寺。

見塔如見佛　無形勝有形

　　這裏人頭湧湧，是緬甸仰光最多人來朝聖的大金塔。大金塔是個覆缽式佛塔，但究竟甚麼是覆缽式佛塔呢？就是指缽會倒過來覆蓋在地上，是為一個倒轉的缽，這是最原始的佛塔形式。因為佛祖生前會托缽化緣，但在他過世後，由於他不准許人崇拜偶像，所以並沒有佛像。佛祖涅槃後，信徒想紀念他，就想到把佛祖的缽倒轉過來變成佛塔。

　　這座佛塔特別宏偉，塔頂上更有一粒 76 卡的鑽石，周圍又有幾千粒的寶石和鑽石包圍着，在太陽之下顯得異常耀眼，金光閃閃，像新的一樣。

我邀請電台拍檔馮志豐到訪仰光大金塔

傳聞仰光大金寺是在二千五百年前建成的，不過我有點懷疑，因為在二千五百年前佛教並未傳入緬甸，即使是那時候的錫蘭，亦即今天的斯里蘭卡，也都還未有佛教。

　　每一年的雨季，這座佛塔也會翻新一次，每次都會重鋪金箔，所以任何時候看上去就像新的一樣。相傳裏面更有釋迦牟尼的八條頭髮，所以來這裏朝聖的人也都絡繹不絕。

　　上座部佛教嚴格遵從佛祖教誨，二千五百年來也不曾改變。當托缽的行為傳到中國時，由於佛教已經受到統治者的支持，佛廟有足夠的資源令教徒不再需要出外托缽，不過上座部佛教仍然不忘初心。

緬甸的鋼鐵蘭花——昂山素姬

　　之前，我們有胡志明、凱山·豐威漢和西哈努克為我們導遊印支半島。而要明白緬甸，我們需要的「導遊」是美麗大方又堅韌不拔的鋼鐵蘭花——昂山素姬；以及其父親，英年早逝的緬甸國父，昂山將軍。

　　仰光的市中心有一座維多利亞式的宏偉建築，不過當中承載着的記憶卻是令緬甸人最傷心的歷史，這個地方就是緬甸國父，昂山將軍被行刺的地點——緬甸秘書處大樓。

　　1947 年時，當時昂山將軍正在二樓開會，正與其他閣僚商談國家未來大計，突然被槍手暗殺，如同楊紫瓊飾演昂山素姬的電影《The Lady》，緬甸國父的鮮血噴散於整間房中。

　　國父被暗殺後，軍政府統治期間，這座建築物曾被軍政府用鐵絲網圍封，比我們的港督府更神秘。直至 2017 年 7 月 19 日——昂山將軍的死忌，這裏才首次對外開放三天。

　　緬甸秘書處大樓於 1902 年建成，大樓呈 U 形，維多利亞風格的建築由紅色與黃色磚建成。起初是英國殖民政府大樓，大樓也曾是緬

甸國父，昂山將軍的辦公室，見證着緬甸歷史重要的一頁，也是緬甸最重要的殖民建築。

緬甸國父昂山將軍和中國國父孫中山有共通之處，他們都善於用外國勢力去達到民族獨立。國父

緬甸國父葬身地：秘書處大樓

孫中山的名字，中山乃日文名，昂山將軍的日文名字叫面田紋次。他在二戰時帶領日軍進軍緬甸，並到東京觀見天皇，更被天皇授予旭日勳章。如果用今天的語言，兩位國父都是不折不扣的「精日分子」。

這裏擺放的緬甸舊國旗，是否有一種熟悉的感覺？原因是它和國民黨的黨旗有很大關係。作為緬甸軍方的創立人，昂山將軍死後的真空導致軍方崛起，從而埋下了緬甸軍政府獨裁半世紀的伏線。而打破軍政府獨裁局面的解鈴人，居然是昂山將軍被暗殺時只有兩歲的女兒——昂山素姬。

緬甸的當代觀音菩薩

「她就是我們緬甸的觀音菩薩！」不止一個緬甸人，向我這樣介紹這位緬甸之母。

1988年，緬甸已經被軍政府統治了三十年。8月26日，一個已經離開緬甸三十年的43歲牛津家庭主婦、兩個孩子的母親，戰戰兢兢的走到了市中心的大金塔，登上臨時搭建的舞台。舞台下面有超過一百萬的仰光居民，利用紙仔、口耳相傳這個等待已久的非法集會：「昂山將軍的女兒回國了！8月26日將在大金塔公開演講！」

這是她第一次的公開演講。在此之前緬甸人沒有見過她真人，政府反而利用海報及國營電視台宣傳她嫁給了英國人、長居牛津、毫不了解緬甸、連緬語也講不好。她穿上淺色的緬甸國服 Tamane，她的肩膊那麼瘦削，不過承載着整個國家的命運以及希望！因為她的姓氏是一個英雄的名字：昂山。她一開口「作為昂山的女兒、我責無旁貸，為國家展開第二次的獨立運動！」

　　台下百萬聽眾如癡如醉，因為大家發現，她的緬文流利、而且聲調和國父昂山很像。她沒有對稿機，充滿自信，演講不停被如雷的掌聲打斷。大金塔演講之後，她就正式成為手中無權無票、但萬人景仰的緬甸民主運動旗手。她成為緬甸人的偶像，無數年輕人紋身新字樣就是 Mother Suu（昂山媽媽）！她順利贏得次年的大選，但不被軍政府承認，然後被軟禁了十五年！

當年昂山素姬就是在這裏發表著名的演説

「軟禁的十五年，我經歷了人生六大苦、即是生苦、老苦、病苦、死苦、愛愛別離苦、求不得苦」。2012 年她在奧斯陸演講，多謝諾貝爾和平獎的支持，首度透露，「我從來不怕、Real freedom is freedom from fear」，她的和平不抵抗運動、滴水穿石，源自佛教最基本的不害思想！她不僅將兩個兒子送到大金塔短期出家，自己也練習內觀禪。

　　馬哈希是緬甸近代最偉大的禪師。1945 年他寫的《內觀禪修手冊》（Manual of Insight）已經成為緬甸內觀禪的經典，被翻譯成為中文、英文等各國語言。緬甸國母昂山素姬跟馬哈希尊者的入門弟子班迪達長老學習禪修，在她被軟禁期間，內觀禪修成了她的精神依靠。

馬哈希禪修中心歡迎曼谷佛教大學畢業生前來禪修

表姐失蹤了

　　「生於中土是你的佛根，得聞佛法更是你的福氣。佛祖說過，人身難得、中土難生、佛法難聞。我們學的是大乘佛教，普渡眾生，你

要記住，不能學小乘，只渡自己啊！」童年時在家鄉成都，每天飯桌上、睡床上，外婆不厭其煩，都向 10 歲未足的我灌輸大乘佛教的真理。似懂非懂，但聽了超過一千遍，我當然比中文課本更能倒背如流。

外婆不止言教，更施以身教。向乞丐佈施時，她會教乞丐唸阿彌陀佛。她更將《觀音靈應記》中尋聲救苦的故事，重新編寫，印成小冊子，讓我到處派發以渡眾生。

受外婆影響，我的表姐也成為虔誠佛教徒。身為工商管理碩士畢業生的她，有一天忽然辭去高薪厚職，說自己要前往緬甸修內觀禪，手機也停了，和家人一下就斷了聯絡。我於是趁着去仰光（其實我也不知道她在仰光還是曼德勒）之時，前往著名的 Mahasi 馬哈希禪修中心打聽一下失蹤表姐的下落。

仰光馬哈希禪修中心僧眾魚貫而入

馬哈希禪修中心

作為緬甸最大的禪修中心，這裏更像是一個國際化的夏令營。我趕在早上十點開門時進去參觀，中庭一條深咖啡色的袈裟人龍已經安靜排好，全部手中托缽，在最年長的師傅帶領之下，慢慢魚貫步出，不發一言，走去食堂。最前面是出家人，共有 100 位和尚，然後有 20 位身穿粉紅色袈裟的尼姑殿後，她們都打傘遮陽。最後就是來靜修的在家人，共有二百多名緬甸人，84 名外國人，其中以泰國人最多，包括曼谷佛教大學的畢業生有 60 人，其餘日韓越南人等，中國人有六個，包括三個台灣人，三個內地人。眾人安靜地進入食堂，席地而坐，飯桌上有簡單的素菜如茄子、南瓜、豆角等。

我去訪問中心的行政主任 Ko Ko Myint 先生。他說：「1947 年，緬甸當時的總理吳努（U Nu）邀請了馬哈希尊者，主持一個在仰光新落成的禪修中心，後來成為這間馬哈希禪修中心，標榜內觀禪拯救人心，禪修者將注意力集中在觀察腹部的起、伏狀態。沒有太多宗教味道，不需要成為佛教徒，也可以參加靜修，所以有無神論者、基督教徒、印度教徒等也放下俗務的紛擾，來這個中心體驗如何放鬆、如何呼吸，追求心靈的能量，感受燒香拜神以外的佛教智慧。現在馬哈希禪修中心有 500 間中心在緬甸、15 間在美國，還有日韓英法泰新等國，培訓了超過七十

我訪問中心的行政主任 Ko Ko Myint 先生

萬名禪修者，成為緬甸最著名的靜修中心。」

我問他：「最近有沒有一位四十多歲的單身香港女士，獨自來中心學習禪修？」

「我印象之中，最近沒有香港女士來參加。任何緬甸人、外國人都可以參加十日至一年的禪修，完全免費，中心靠捐款運作。每人都有單人房，有嚴格的作息時間，凌晨三點起床、四點禪坐、五點步行禪、早餐，六點禪坐，七點步行禪，八點禪坐，以此類推，一天的活動都是禪坐和步行禪為中心。我們也計劃在香港開設中心！」他說。

「為甚麼沒有方便遊客的一天體驗呢？」我曾在香港參加過多次梅村舉辦的一行禪師靜修營、韓國禪寺一日體驗。

「這已經在計劃之中。」

果然，兩年之後仰光馬哈希禪修中心已經推出一日遊客體驗。行程如下：

8：00 AM　　酒店接載

9：00 AM　　到達馬哈希禪修中心

9：30 AM　　學習佛教教義

10：30 AM　　學習傳統的冥想練習

11：00 AM　　自我冥想

1：00 PM　　酒店送返

偶遇上座部高僧

緬甸仰光馬哈希禪修中心的行政主任 Ko Ko Myint 先生，見我千里尋表姐不着一臉失望，就說：「來，我介紹一個你的同鄉給你！」

Ven. Varasami 禪師是緬甸的福建華僑，已經來了馬哈希禪修中心十八年。住在中心一間簡陋的僧寮，牆上掛着馬哈希尊者的相片。

「你是香港來的？香港以前也有人來中心學習，平均一年有十幾人，台灣人多些，全年有幾十人。最多是中國內地，全年有一百名學生左右，三、四十歲的中年人居多。有個內地企業老闆來學習後，還請了中心禪師去上海，教員工內觀禪呢！」他一口標準的普通話，令人感到十分親切。

　　「緬甸的內觀禪和中國的有甚麼不同呢？」我問師傅。

　　「中國的禪坐方法只觀呼吸，但我們上座部佛教的內觀禪不觀鼻子，集中觀腹部起伏，五官全部打開。走路時專心注意腳步觸點，禪修中心內沒有強制的早晚課，全年就是行走和打坐交替進行。在這裏靜修，學習傳統的冥想練習，了解佛法的奧義。在自我冥想中調和你的思想，情緒和生命能量，平靜內心。」

Ven. Varasami 禪師是緬甸的福建華僑

何謂上座部佛教

「上座部佛教？是否就是小乘佛教？」我一臉疑惑。

「年輕人，你太幼稚了！我們從來不自稱為小乘佛教，因為上座部佛教誕生在釋迦佛佛滅之後百年，比中國流行的所謂大乘佛教早數百年，算是原始佛教，大乘宗派出現後，才將上座部佛教貶為小乘佛教。兩者分別有：上座部佛教只信仰釋迦牟尼佛、大乘佛教則是多佛菩薩的信仰，除釋迦牟尼佛外，還有阿彌陀佛佛、彌勒佛、藥師佛、觀音菩薩、地藏菩薩等四大菩薩及四大天王等。上座部佛教世尊講法從不放光，大乘佛教世尊講法前放大光明，照亮十方世界。上座部佛教講究禍福自擔、因果自負，因此沒有回向；大乘佛教認為福德可以轉移，因此講究回向。還有最重要的大乘佛教號稱8400法門，但上座部佛教沒有法門，只有持戒、修心、禪坐去修持。」

「怪不得緬甸泰國的上座部寺廟，沒有西方三聖，只有世尊一位！」我也留意到這個分別。「誰是馬哈希尊者？」

「他是緬甸近代最偉大的禪師。1945年他寫的《內觀禪修手冊》（Manual of Insight）已

馬哈希尊者生前居住的臥室

74

經成為緬甸內觀禪的經典，被翻譯成為中文、英文等各國語言。緬甸國母昂山素姬跟馬哈希尊者的入門弟子班迪達長老學習禪修，在她被軟禁期間，內觀禪修成了她的精神依靠。她還有另一位禪修導師，也是馬哈希傳承的另一位弘法大師——恰宓長老，長老以其甚嚴的身教、流利的英語，在海內外亦成立了超過十間道場，其中還包括南非偏遠之地。到了 90 歲高齡，長老仍堅持到中國各地弘法，將馬哈希內觀禪法積極地傳入華語地區，傳承至今。」

新教化佛教

「馬哈希禪修中心明顯比較國際化，相比中國的大乘佛教寺廟。」這是我的觀察，到處都是外國來的修行者。

「這是因為一個美國人的貢獻。」

佛教重鎮斯里蘭卡的首都可倫坡，有一條大街，叫做 Olcott Mawatha Street，紀念近代首個白人佛教徒、美國陸軍上校 Henry Olcott。他出身於美國紐約的一個傳統基督教家庭，但對東方佛教有深厚興趣，他於 1875 年在紐約成立神智學協會（英語：Theosophical Society），1879 年到印度朝聖後，在當時英屬錫蘭（即今天的斯里蘭卡）皈依佛教。他開始了一場影響近代深遠的「佛教復興運動」。

回首一百多年前的佛教，只有大乘、小乘之分，兩者經過兩千多年的分裂，互相不瞅不睬。當列強以船堅炮利加持下，西方傳教士帶有基督教文化優越感降臨，形容佛教為「原始落後的東方多神教」，更加令古老佛教顯得不合時宜。殖民地的佛教徒很多因為政府政策、教育機構、學習工作、婚禮等原因轉信基督教，去教堂為新生嬰兒辦理法律登記手續，並替他們改一個《聖經》的聖徒名字（Christian Name），成為常態。

馬哈希禪修中心吸引眾多海外修行者

　　轉變出現在 19 世紀的斯里蘭卡，因為這裏作為英國殖民地，基督新教影響到佛教，Henry Olcott 引發了一場佛教改革和復興運動：「新教化佛教」（Protestant Buddhism）。

　　1880 年 Henry Olcott 在斯里蘭卡皈依佛教後，很快成立了佛教神智協會（Buddhist Theo-sophical Society）。此協會是第一個完全獨立於廟宇和寺院等級的在家佛教徒

位於仰光市中心的馬哈希禪修中心

組織。白人佛教徒這個協會代表新佛教，向英國殖民政府遊説，自然事半功倍，展開了佛教復興運動。

佛教復興運動

「生命的意義就在每個當下，每個呼吸，和每一步腳下的路。」一行禪師説。

美國退役上將 Henry Olcott 成立了佛教神智協會（Buddhist Theosophical Society）後，他為佛教設計了旗幟，由藍、黃、紅、白、橙和彩色六道顏色組成，代表釋迦牟尼佛得道時放的六色佛光。五年之後這面佛教旗在斯里蘭卡作為信仰與和平的象徵第一次正式使用。1951 年世界佛教友誼會在斯里蘭卡成立，將佛教旗定為會旗，之後逐漸為全世界佛教信眾所認可，成為今天國際佛教的共同標誌。

Henry Olcott 倡議，取消大小乘佛教的稱呼，世尊傳教時本無大小之分，而應稱為北傳佛教、上座部佛教。他開始積極推行佛教改革，作為一個西方白人，自然受到了西方宗教運動影響，例如遠離神秘、迷信、神力、崇拜偶像、燒香、空洞説教，而力主「回到」坐禪和內觀禪定，西方稱為「佛教復興運動」（Buddhist Renaissance）。因為佛祖釋迦牟尼原本就是在禪定中悟道，而且反對偶像崇拜。具體方式表現為「現世體驗式修行」，而非只講來世輪迴信仰式的宗教。

回想二千五百年前上座部佛教誕生後，斯里蘭卡（錫蘭）是第一個外傳的國家，經水路在 11 世紀傳至緬甸、13 世紀傳入泰國、柬埔寨等東南亞國家，16 世紀的國王 Rajasimha I（1580-91）滅佛以後，17 世紀的錫蘭，經已沒有真正的僧人，18 世紀時錫蘭國王 Kirti Sri Rajasimha（1747-82）期間重新支持佛教，直至 1753 年泰國的僧侶使者被邀請到錫蘭重新授予戒律，當地才重新建立僧團，所以這些國家

生命的意義就在每個當下，每個呼吸，和每一步腳下的路。

的上座部佛教是一脈相通的。佛教神智協會成立於斯里蘭卡，輕易就影響到泰、緬、柬等東南亞佛教國家，馬哈希禪修中心就是一個例子。

西化現代演繹

在 Henry Olcott 之前，禪修在斯里蘭卡並不普遍。當地的上座部僧侶和漢地大乘佛教徒一樣，熱衷於研究浩翰的大藏經，例如《大正藏》收集的 3,439 部經、13,520 卷、80,634 頁、多達一億多字。1881 年英國佛教和語言學者 Thoams William Rhys Davids 在倫敦成立巴利聖典協會（英語：Pāli Text Society），將多達 64 本書籍、共 94 卷、超過二萬六千頁的巴利三藏翻譯成了英語。

1883 年在芝加哥世界宗教大會（Chicago World Parliament of Religions）上，這位白人佛教徒發表了對「原始佛教」（「Original Buddhism」）徹底的西化現代演繹。將歐洲啟蒙運動的砸毀聖像、反制度、反僧侶、反儀式的新教策略帶入佛教，他認為真正的原始佛教並不是傳統僵化的教條、空洞的儀式、或塵封的經卷，而是存在於鮮活的現世體驗裏，那就是內觀禪定（Vipassana，意思是如其本然地觀察事物，傳自釋迦牟尼佛）。甚至不需要僧侶去解釋大藏經，而由在家的學者，由學術角度翻譯成現代英文。佛陀的智慧，所有人可以直接接觸，佛陀的解脫體驗，任何人都可以在日常生活中體會。這點，的確很有馬丁路德改革天主教的影子。

用一行禪師的話來説：「對見解的執着，是精神之道上的最大障礙。」直指本心，回歸基本，就是原始佛教的本意。

斯里蘭卡大菩提協會

如果去過釋迦牟尼佛的悟道成佛之地：菩提伽耶朝聖的朋友一定會留意到，這個最重要的佛教聖地，由來自斯里蘭卡的大菩提協會（Maha Bodhi Society）管理。

這個協會在 1891 年，由 Henry Olcott 的斯里蘭卡學生 Anagarika Dharmapala（達磨波羅）建立，在印度和斯里蘭卡繼續推動上座部復興，達磨波羅被稱為「第一位佛教全球護法」（First Global Buddhist Missionary）、「斯里蘭卡佛教復興之父」。

西方基督教徒一向有朝聖的傳統。1891 年，達磨波羅第一次前往同屬英治印度的菩提伽耶朝聖，他心痛地發現，這個佛教發源聖地已經被印度教佔據，佛祖被塑造成印度神毗濕奴的樣子，而且禁止佛教徒入內。接受西方教育的他於是上訴法院，要求由佛教徒管理佛教聖

地。次年他將大菩提會由科倫坡搬到加爾各答，以更接近菩提伽耶。這場官司打了半世紀，1949 年法院終於裁決菩提伽耶由大菩提會管理，一直到今天。1926 年，他在鹿野苑重建了 Mulagandha Kuty Vihara 寺，還從菩提伽耶的大菩提樹上折枝移植了一棵菩提樹，到鹿野苑的花園之中而來。除了修復印度的佛教聖地、他還成立西方第一個佛教協會：摩訶菩提會美國分會，將佛教成功引進北美洲、歐洲等地。

在 Henry Olcott、達磨波羅努力奔走弘法之下，為古老的佛教注入了全新能量，風行於西方知識分子界之餘，全新的上座部佛教也影響到了近年的漢傳佛教走向現代化，人生佛教、人間佛教、正念生活、等等，如雨後春筍，方興未艾，誠為當代我等佛子之福。

瑪哈希中心是緬甸最大的禪修中心，標榜內觀禪拯救人

佛祖悟道成佛之地印度菩提伽耶，由斯里蘭卡的大菩提會管理。

心，禪修者將注意力集中在觀察腹部的起伏狀態，因此沒有太多宗教味道，亦不需要成為佛教徒也可以參加靜修。所以即使是無神論者、基督教徒、印度教徒也放下俗務的紛擾，來這個中心體驗如何放鬆、如何呼吸從而追求心靈的能量，感受燒香拜神以外釋迦牟尼初心的佛教智慧。

每個人冥想都會有不同的過程，有人可能因為心無旁騖而比較易收斂心神再入定冥想；有人會經歷不同的雜念，然而當慢慢靜下來時，心如止水時很多事物會變得一清二楚，就好像旁邊有風吹過也可以感覺得到，五官的感通像突然打開了一樣。令自己入定的方法有很多，內觀法最重要是觀察自己的呼吸，就是在一呼一吸之間感覺到自己的存在，放空自己從而活在當下。

在仰光馬哈希中心學習禪修

鋼鐵蘭花軟禁之地

來仰光我最愛搭環市小火車。仰光環狀線於英國殖民時期開始建造，並於 1954 年增建為雙軌系統。來自日本的二手車速雖然緩慢，卻可以一覽兩旁市井小民的日常生活。上下班的時候通常很擠擁，但一上車就有時光倒流的感覺。這火車時速只有十多公里，若讀者希望浪漫一番，體驗一下你坐火車上而另一半一邊跑步追你的話，他一定能夠追到你！完成整段路程要三小時，我們坐到 Hletan 站就可以下車，探訪昂山素姬的家。

昂山素姬曾有接近二十年時間被軟禁在家，以前亦曾在電視上見過她站在家中的鐵閘後對支持者演講，但她不可以走出鐵閘外邊，因為會被軍政府射殺。

昂山素姬的家，直至現時亦是她的私人住宅，遊客不可以進內參觀，我們頂多只能在門口打張卡，大閘上面有緬甸國父，昂山將軍的肖像，因為這裏以前是昂山將軍的家，他被暗殺過世後，就把大宅留給了他的女兒。

她的軟禁生涯大部份時間都在家裏，軍政府不讓她外出，門外這條大學道全被鐵絲網圍着連車輛都無法進

來自日本的二手舊火車

入，全條路被封，拉起鐵絲網。每當有機會時，她就會站在這道閘上對民眾演講，例如她勝出選舉後，她都無法外出，就拿張椅子，站在上面，對外面演講，所以這道大閘經常在國際新聞曝光。

昂山素姬之家

以國父為名之市場——昂山市場

去緬甸，我通常都會到以昂山素姬父親、昂山將軍命名的全國最大市場——昂山市場。這裏是我最愛的寶山，我每次入寶山都滿載而回，相信讀者都會充滿期待。

其中一樣就是來買緬甸玉，有一些已經切好橫切面的，行內術語叫「開了天窗」，見到入面是甚麼玉的會很貴，而顏色亦有不同，包括紫羅蘭、翡翠等。這些這些考不到我們的眼光，要揀些未開天窗的才考得到。而且，怎樣切割也是藝術來的，我們不可以隨意切的，師傅的切法可以獲得有兩塊最完整的玉石，非常考經驗。

寶玉盡在昂山市場

　　「翡鳥羽毛紅，翠鳥羽毛綠」。翡翠本是雀鳥名，亦因為此石色彩能媲美於此，所以中國人叫這種五顏六色的美麗玉石做翡翠。在所有寶石之中，惟有翡翠千變萬化的色彩深得我心，而全世界最上乘的翡翠均來自緬甸這個寶石王國，有信心的讀者可以來到這個翡翠之家來一次賭玉體驗。

曼谷的前世今生

　　離開緬甸，我們前往一個和緬甸世仇、打足幾百年的國家而同樣也是上座部佛國──泰國。

和仰光的昂山父女不同，我們找來真正的曼谷建立者：拉瑪一世和他的外父，吞武里王朝的鄭王他信帶路；還有泰國的明治天皇，拉瑪五世；當然少不了當今的泰王，剛剛加冕的拉瑪十世帶我們深入了解這個「恭貼瑪哈納空」天使之城——曼谷的前世來世。

　　現在泰國的王朝是曼谷王朝，而曼谷王朝的前一個王朝，就在曼谷的湄南河對面，吞武里地區的吞武里王朝。吞武里王朝的皇宮——黎明寺又名鄭王廟，鄭王是潮汕的移民，潮州王他信大帝。

鄭信已經成為神，廣受信徒崇拜。

　　自從鄭和七下西洋之後，開始有廣東沿海居民下南洋，其中一名潮州人鄭鏞到暹羅發了達並生了個兒子叫鄭信。1764 年，暹羅遭緬甸軍隊入侵幾近亡國，後世泰國華人稱為潮州王的鄭信擊退了緬甸人，光復暹羅並在吞武里自稱為王，鄭信要求乾隆冊封他為暹羅王，至死前也無法得到這封號，到拉瑪一世死後才被封為暹羅王。

位於湄南河對岸的鄭王廟

　　1431 年，柬埔寨吳哥面臨兵臨城下，被暹羅軍隊重重包圍，這些軍隊來自北方的新興王朝——暹羅的大城王朝。大城王朝攻破吳哥後，不止搶奪金銀珠寶，更帶走了最重要的婆羅門祭司和建築工匠，之後在自己的地頭暹羅，建成吳哥高棉式印度佛塔，所以在泰國見到這些建築風格都是高棉式的印度佛塔。

　　佛塔中間這裏代表須彌山，是印度神話中最高的須彌山，即是眾神居住的地方，然後由托塔天王，哈奴曼猴神托着須彌山，周圍還有

很多妙音鳥，即是人面雀身的天使在唱歌。同時我們又發現這裏有很多瓷片，這些瓷片並非大乘王朝的風格，是拉瑪三世時從中國廣州取得很多廣彩，因應原本的佛塔已倒下，所以這個佛塔是重建而成的。那時已經是曼谷王朝了，和中國貿易很頻繁的關係，他就引入了很多這些倉底貨，在中國船艙裏瓷片的碎片，砌了一百萬片之多，從而建成這個壯觀的黎明塔。其實即使你沒來過黎明塔，也會見過這座塔，因為泰銖 10 銖硬幣的背面就是這座著名的建築物。

柬埔寨吳哥風格
的鄭王廟

光復暹羅之名君——他信大帝

虔誠的泰國人都有參拜他信大帝，我們應該感到自豪，因為他是我們的自己人，他是潮州人鄭王，又名鄭昭。

在 18 世紀時，他帶領泰國人擊退緬甸人光復了這個國家，並建立了屬於他的新王朝，而且把首都搬來了吞武里，叫做吞武里王朝。我們這個自己人文武都相當厲害，他不單光復了由緬甸人霸佔着的泰國土地，他更攻打了高棉王朝，也攻打了寮國，搶了玉佛回來，所以泰國人相當尊敬他，尊稱他做他信大帝——是泰國人的五大王之一。現在他信大帝已上了「神枱」成為了泰國人心中的一個神祇，所以大家都在參拜他。至於如何參拜他信大帝呢？參拜的方法是爬過木枱，過了後就會心想事成。

在鄭王廟爬枱底，是泰國特別的祈福方式。

神枱附近的銅雕展示了他信大帝如何擊退緬甸人，他自己身先士卒騎着馬去攻擊侵略者；這邊的他又開始攻城，平定了很多內亂，最後統一了整個泰國建立了吞武里王朝。為何鄭王大帝建立的吞武里王朝只有一代那麼少？只因為他被他的女婿篡位，他的女婿就是後來的拉瑪一世。當時鄭王被認為有精神病，神經錯亂，拉瑪一世當時是位將軍，他把鄭王包進一個布袋裏，用檀香木棍活生生打死。泰國人有個傳統，國王的頭不可落地，他謀殺鄭王

的方法就是用棍打死他。當時有個傳聞，鄭王被打死時下了一個咒語：「你篡我位，我咒你傳不過十代」，也就是說現在的曼谷王朝不會超過十代，這些真的是信不信由你。不過泰國人也很尊敬鄭王，會來到這個鄭王廟參拜鄭王，期望令自己心想事成。

海外最大華人社區

五百年前的航海大發現，令歐洲人殖民全球，徹底解決了一千年都不會爆發的土地問題。曾經中國人也有機會在海外建立一個新潮州，機會就是二百多年前的吞武里王朝。

這個小孩姓鄭，其貌不揚。他的父親是個小販，由潮州走難到這裏，是我們的自己人。誰會想到他會建立在昭披耶河的第一個王朝，吞武里王朝。現在的泰國王朝叫扎克里王朝，又叫做曼谷王朝，它建立了昭披耶河東岸；而西岸則是他信建立的吞武里王朝，雖然是前朝的開國之君，其實現在的扎克里王朝依然有尊重他信大帝，前朝大帝，所以這裏仍保存了鄭王廟。

鄭王在世時，他號召潮汕自己人移民泰國，潮汕民間至今仍然留傳鄭昭稱王後，以十八缸金銀財寶贈送同鄉的傳說。他過身後的一百年，鴉片戰爭爆發，清國陷入水深火熱之中，因此更多的潮州人移民相對安定的泰國，有人從商，有人農耕種植大米、甘蔗與胡椒以供出口去中國，也因此而為泰國帶來了潮州的美食。

全世界最多海外華人的國家是泰國，根據統計，現時泰國有四成人口有華人血統，相信和這段歷史有關。

其中最重要的街道是耀華力路，潮州人當然帶來了很多潮州的美食，其中包括粿條。粿條是甚麼來的呢？就是我們廣東人所謂的河粉，粿條的潮州話的貴刁，所以有時炒貴刁就等如河粉或者粿條。這裏附

近街頭有很多中式招牌，大家來到耀華力路可以試一試潮州的粿條。潮州的粿條和香港河粉有何不同？粿條有很多餡料，有豬肝、燒豬、豬肉丸、還有大腸，材料相當豐富。在這裏，你可以嘗試到整碗差不多有一半都是餡料又便宜的粿條，他們下很多餡料又很飽肚。粿條的形狀和我們的河粉不同，河粉是筆直的一條條；而粿條是捲起了的，和我們廣東的河粉有些不同。

　　坐在耀華力路的繁華區，人來人往，車來車往，吃着潮州粿條，應該感激鄭王當年鼓勵大量自己人來到暹羅開山劈石，我們才有美味的粿條可以細味品嚐。

　　泰國王朝的數量遠遠少於中國，由最初的素可泰王朝到大城王朝，到鄭王建立的吞武里王朝，現在的王朝則是扎克里王朝，是拉瑪一世在這個位置建立的，叫做城市之柱，是曼谷的中心點，所以這個王朝也稱作曼谷王朝。

充滿泰國特色的潮州粿條

　　到現在已經到十世，拉瑪十世有個中國姓，他姓鄭。因為拉瑪一世自己是毗濕奴神的化身，他以印度教立國，所以城市之柱其實是林加，是濕婆神的象徵。

　　泰國一向是上座部佛教重鎮，佛寺遍佈全國，超過九成泰國人是佛教徒。泰國憲法明文規定國王必須是佛教徒，而且和泰國男子一樣，一生必須剃度出家一次。但 2019 年 5 月，哇集拉隆功的加冕典禮儀式卻以印度教為主，由印度教婆羅門祭司主理，加冕儀式之後，哇集拉隆功正式成為泰國拉瑪十世。拉瑪即是印度教的毗濕奴神，也就是説，哇集拉隆功就是在世的毗濕奴神。原因就是因為曼谷王朝是建立於由吳哥傳入的神王信仰之上，以印度教為統治宗教。

曼谷城市之柱是濕婆神的象徵：林加

泰國的明治天皇——拉瑪五世

2019 年 5 月 1 日，日本德仁天皇登基，三日之後，泰王哇集拉隆功在曼谷大皇宮舉行加冕儀式。

世事真的那麼巧。一個半世紀之前，1868 年 8 月 27 日，明治登基，開始明治維新，創立現代日本。

同年 10 月 1 日，拉瑪五世登基，開始全面西化，被稱為現代泰國之父，100 銖背面的主角，如果看過發哥拍的《安娜與國王》，就是演他童年時的故事！

他有一個開明的父王，拉瑪四世，即是發哥的角色，請了一個英國女士 Anna 為他的老師，所以他自幼會講流利英文，登基後兩次歐遊，比明治天皇更西化，他回國後成立內閣，廢除了奴隸制，安娜聲稱正是由於她為王子講述《湯姆叔叔的小屋》。為了顯示暹羅並不是一個「野蠻」國家，他命令貴族們改變服飾。

和明治天皇一樣，他致力改革教育，泰國排名第一位的朱拉隆功大學，就是紀念他。

受他的影響，後世的泰王都十分西化，例如九世王普密蓬出生於美國，畢業於瑞士大學，現在的十世王哇集拉隆功中學於英國和澳大利亞，畢業於澳洲大學，並曾長居德國。

可悲的是，遲過明治天皇、五世王七年才登基的光緒，當時想學英文，太傅翁同龢話好傷心，後來更被慈禧太后禁止。1919 年，英國人莊士敦進入北京紫禁城，擔任溥儀帝師，成為第一個會講外語的皇帝，其實那時溥儀已經退位。相比《安娜與國王》中的安娜，中國人又浪費了半個世紀！西化改革遲過日本，晚過泰國，也是咎由自取！

在五世王廣場，一個看似西式的雕像，建造年份是 1908 年，那時候的中國是光緒末年，雕像是巴黎製造，是朱拉隆功大帝，五世王穿着西裝，騎着馬，很威猛的樣子。

朱拉隆功登基比光緒早七年，不過相比光緒，他幸運得多。他有個開明的父親，他去了兩次歐洲，環遊歐洲，旅行完發現歐洲的皇宮，凡爾賽宮、白金漢宮十分輝煌，而曼谷大皇宮太微不足道了，不夠氣勢，

將拉瑪五世的西化改革與日本明治維新比較

也不方便他踏單車，因為這個西化的國王很喜歡踏單車，於是他就建立了新的皇宮。

這座皇宮的外貌像不像白金漢宮呢？其實白金漢宮前面的也不是現在的英女王。如果大家去過倫敦，白金漢宮前的是維多利亞女王，代表着她輝煌的日不落時代；同樣地，雖然這座皇宮現時的住客是十世王；住得最長時間的是九世王，是大家熟悉的普密蓬，不過皇宮前的雕像依然是現在泰國之父——朱拉隆功。他把泰國現代化，連自己的 11 個兒子也全部送到伊頓公學留學，所以你能見到泰國皇室相當西化。

五世王朱拉隆功多次訪歐，身穿西裝，頭戴禮帽，是亞洲僅次於日本明治天皇、最為西化的國王。他進行的現代化改革被稱為朱拉隆功改革，令泰國成為東南亞唯一一個未被西方殖民的國家，因此五世王成為近代泰國之父，所以 1908 年，五世王騎馬像被豎立在曼谷大皇宮前方的五世王廣場。

五世王建的西式新皇宮

在一個多世紀前，西風東漸，中國有圓明園；東京有赤坂離宮，都是東方的君主開始學習西方的建築；而泰國就有這一個代表——舊皇宮卻克里瑪哈殿。卻克里是王朝名字，而瑪哈是梵文，是「大」的意思，結合起來就是卻克里王朝的大殿。這個大殿是深受教師 Anna 影響而西化的拉瑪五世朱拉隆功的大作，當時他請來了歐洲人來建造這個新宮典主義宮殿——朱拉隆功大學。不過當時的暹羅人相當保守，認為它和其他皇宮格格不入，結果就在塔頂加入了三個暹羅式的高塔，形成了這個泰西合式的建築。

1860 年，英法聯軍火燒圓明園，時為咸豐十年。之後已經完全西化的五世王朱拉隆功，決定聘請新加坡的建築師約翰來建造卻克里瑪哈殿。在卻克里瑪哈殿完工後，日本明治天皇才開始建造他的第一座西式宮殿——東京赤坂離宮。和赤坂離宮的功能一樣，現今的泰國皇室有時會利用這個宮殿作為接待外交官的宴會場地。

上文曾經提過，泰國有個都市傳說，曼谷王朝之前的吞武里王朝泰王鄭信死前曾含恨詛咒「奪我王位者不會傳到第十世」。而剛剛加冕的哇集拉隆功就是十世王令傳說不攻自破。作為在世的毗濕奴神，拉瑪十世定當得到天神庇佑，令曼谷王朝千秋萬世，繼往開來。受惠於其祖先、現代泰國之父五世王的西化改革，他的父親是泰國歷史上統治時間最長的國君——深受國民愛戴的九世王普密蓬。據聞十世王現在更是世界最富有皇族排行榜第一位，他剛於 2019 年 5 月 4 日於曼谷大皇宮舉行加冕儀式和日本德仁太子即位相差三天，可謂十分巧合，因為兩人的五代祖先都是同年登基和同時開創西化運動的明治天皇、拉瑪五世。

佛教源於恆河，二千多年奔流不息，上座部佛教（南傳佛教、原始佛教）因為出現最早，為河流上游的涓涓細流，清澈透亮而原始純樸。北傳佛教（漢傳佛教）出現較晚，為河流之中流砥柱，轟隆雄大而豐富多彩。加上藏傳佛教、匯成滾滾洪流，奔流到海不停息。追本

拉瑪五世建築的另一西式宮殿：卻克里瑪哈殿

溯源，均是源於恆河邊的偉大世尊、我們共同的老師：釋迦牟尼。

下一章，我們將進入東南亞的殖民時代。法屬印度支那的越南、寮國和柬埔寨以及英屬印度的緬甸比較英國殖民與法國殖民的異同優劣，英法殖民大不同。

Map of
INDO-CHINA
showing proposed
BURMA-SIAM-CHINA RAILWAY.

Railways

第四章

全球一體化實驗室

早晨！飲茶還是咖啡？朱古力？

　　人類歷史的大方向，是由數千個獨自發展的文明，最後匯合成一個地球村。這個過程，在最近三百年最為劇烈，因為新世界，舊世界眾多文明之中，歐洲文明吞噬了全球。好聽叫全球一體化，不好聽叫帝國主義、殖民主義！

　　但沒有帝國主義、殖民主義，我們在這裏喝不到原產於埃塞俄比亞的咖啡，原產於印加的可可。沒有全球一體化貿易，老外也喝不到原產於中國的茶。

　　上一章我用上座部佛教來導遊緬甸、泰國，因為佛教是世界第一個全球性宗教。當基督教還沒有誕生，猶太教只限上帝選民猶太人的

東南亞的殖民風建已經成了觀光景點

時候，釋迦牟尼的第一個皇室信徒孔雀王朝阿育王，已經開始了全球一體化運動，眾生平等，輸出佛教智慧，到斯里蘭卡、到緬甸等地。

二千年不絕於印度洋的印度商人還帶來了印度教，經南海來的中國商人輸入了中原的儒家文化。1498 年，首次出現在亞洲海平面上的歐洲人，是葡萄牙的達加馬，他身後就是絡繹不絕的歐洲人，和中國印度商人不同，歐洲人由商人最後變成這裏的統治者，到了英法殖民，東南亞就是世界一體化的縮影，二千年來 Globalization 的第一個實驗室。

1989 年，緬甸正式改國名，由 Burma 改為 Myanma，如同錫蘭改名斯里蘭卡、Bombay 改成 Mumbai、Peking 改成 Beijing 都是為了去殖民化。幸好緬甸的去殖化主要集中在意識形態，並沒有摧毀殖民建築。英法殖民東南亞過百年，留下的城市規劃、建築、酒店、鐵路、郵政等等都被一一保存下來。各國政府亦發現它們具有重要的歷史價值，所以開始積極保育這些歷史建築。本章節，我會集中比較英國、法國這兩個老牌殖民主義者在東南亞經營長達百年碩果僅存的歷史文化瑰寶。

英國旅遊作家 Alfred Cunningham 曾經問過這一個問題，他在 1900 年到訪法屬印度支那的河內，對這裏的城市規劃、林蔭大道、歌劇院、咖啡店等等形容為一個遠東小巴黎，嘆為觀止，所以他認為法國殖民地建設更勝英國殖民地。作為前英國殖民地的香港當然沒有法式風情，究竟法式和英式，大家會比較喜歡哪個呢？

如果當年法國人殖民了香港或新加坡，兩個城市會是甚麼樣子？

「遠東小巴黎」河內，曾經令英國旅遊作家 Alfred Cunningham 感慨比香港更漂亮。

英法城市規劃大不同：河內 VS 仰光

　　1862 年，拿破崙三世成立法屬交趾支那，定都於西貢。正當巴黎大改造的工程正進行得如火如荼之際，西貢亦用了巴黎「蝸牛式」的市區規劃建立了小巴黎。英國人不喜歡吃法式焗蝸牛，所以你在香港的維多利亞城、新加坡、仰光都不會見到放射狀的巴黎市區規劃，他們沒有法國人那麼浪漫，英國人是用間尺做他們的城市規劃。

　　仰光的城市規劃則與西貢相反，井井有條的像間條一樣，典型的英國式城市規劃。

　　英式城市規劃有甚麼好處？這是關於英國的產權問題，地權是根據 DD 號碼和 lot 號碼去區分，井井有條地分割的話，就可清楚區分這條街這個號碼是屬於哪個產權的，香港其實也是這樣的，香港的維多利亞城也是跟從英式設計的。

　　最早的設計是 1766 年，有一個叫 James Craig 的年輕人贏了愛丁堡的城市設計比賽，他便把愛丁堡的新城就這樣像階磚鋪出來，更變成了世界文化遺產。仰光市中間的蘇雷寶塔建於 15 世紀，一個叫 Alexander 的英國設計師是來到仰光設計城市規劃時，他把蘇雷寶塔當成中心點，由此為起點，由一街、二街、三街、一直擴展到三十街，井然有序。

位於胡志明市郵局內的河內舊地圖，可見巴黎「蝸牛式」的市區規劃。

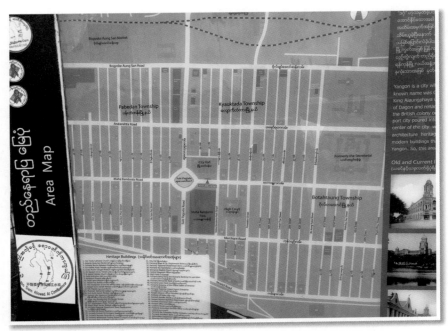

仰光市中心蘇雷寶塔的地圖，可見井井有條的英式規劃。

仰光——英殖建築博物館

原來姹紫嫣紅開遍，似這般都付斷井頹垣。

忽必烈的大都城，在今天的北京，已經煙消雲散。蒙古人九十七年的統治，只有湯顯祖的《牡丹亭》，至今仍然為人唱咏。

法國和英國在東南亞的統治超過一百年，又留下了甚麼呢？

國家為甚麼會失敗？

人有 Loser，國家也有 Loser。

第一章介紹的在旺角誕生的印度支那共產黨，四十五年之間演變成為赤柬。四年即亡，遺臭萬年。

英屬緬甸，由 1824 年至 1948 年長達一百二十四年，這個長度已經長過很多中國由外族建立的王朝，例如元朝只有九十七年國祚；而法屬印度支那如果由 1862 年建立的法屬交趾支那計起，直到 1954 年解體也有九十二年壽命。

仰光，一個曾經被遺忘的城市。由於軍政府鎖國超過半個世紀，仰光猶如跌入了時間的錦囊般，保留了三百多幢英國殖民時期留下來的建築。建築風格非常多樣化，包括有維多利亞式、安妮女皇式、愛德華式等等，其中有 189 幢建築已被政府保育，數量冠絕亞洲甚至冠絕全球，這裏就是明日世遺。

相當具英殖特色的仰光街頭

東方小巴黎：西貢歌劇院

　　拿破崙三世最大的功績除了建立交趾支那殖民地，就是建立了巴黎這個萬世師表的城市。拿破崙三世在巴黎開展了名為奧斯曼工程的社區更新計劃，拆除了擁擠髒亂的巴黎中世紀街區，修建放射狀的寬敞的林蔭大道到今天也通暢無阻。新的巴黎有多少個區呢？總共有 20 個區，由中心點旋轉開去，由第 1 區旋轉開去到第 20 區。一個半世紀了，君不見世界各地的首都，前仆後繼不斷山寨這一個萬世師表？我去過南美小巴黎——布宜諾斯、東歐小巴黎——布達佩斯、巴爾幹小巴黎——布加勒斯特，還有東方小巴黎——越南西貢，無一不是向花都 Salute 之作。

　　巴黎成為近代的城市規劃典範，美得連二戰時的希特拉將軍都捨不得焚城。巴黎有 20 個區，西貢則只有 19 個「郡區」，塞納河右岸是巴黎第一區，中心就是羅浮宮；小巴黎這裏有西貢河，右岸是西貢第一區，這裏沒有羅浮宮，中心就有歌劇院。

　　羅馬人踏足之處必定留下鬥獸場；英國人則會留下植物花園；法國人當然是留下歌劇院。在新的小巴黎，第一區的中心就建立了歌劇院，歌劇院建立時間比旁

東方小巴黎越南

邊的市政大樓更早，這是胡志明市區裏最美麗的建築，1898 年動工、1900 年落成，浪漫的法國人按着自家劇院的形式建造，由建築師 Eugene Ferret 設計，外觀華麗，正面裝飾更是漂亮，門口兩個女神捧着花瓶拖着門頂、上方的天使展開雙翼像是手拂豎琴，柱子與牆面的雕飾精細，顏色為帶點粉紅與米色，溫潤富有美感！現在仍然在使用之中，上映當地的頂級文化舞劇《A O Show》，堪稱「越南版的太陽馬戲團」。

胡志明市區裏最美麗的建築：歌劇院

英式俱樂部：仰光 Pegu Club

　　英國人帶來了私人產權至上的城市規劃，當然還有英國紳士最重視的社交方式，即是俱樂部文化。俱樂部文化起源於 18 世紀的英國，香港稱為會所，Gentlemen's Club 雲集當時的社會精英、名流紳士和貴族，是上層社會的社交場所。俱樂部內應有盡有，除了裝潢豪華，還

有圖書館、餐廳、娛樂設施等等，恍如一個小社會的縮影，而時至今日，加入俱樂部仍然是身份的象徵。

　　法國有歌劇院文化；英國就有俱樂部文化。所以前英國殖民地的香港有馬會、遊艇會、香港會等不同的俱樂部。緬甸仰光也有一個大名鼎鼎、歷史悠久，普通人不能隨便進入的英式俱樂部叫做 Pegu Club。以前所有英式俱樂部全都是 Gentlemen's Club，所以 Pegu Club 只招待男士，女士不可進入，不過今時今日男女平權，女士亦都可以進場參觀了。

　　如果我在八十年前的英殖時代來到 Pegu Club，就算是男士也不能進來，因為這裏當時只招待歐洲白人。直到二戰後，昂山將軍引狼入室帶領日本人攻打英殖緬甸並獨立。俱樂部則變成了日軍總部。這裏頓成為日本人的大本營與亞洲人的大本營，而原在這裏享樂的英國人呢？他們全都入了集中營，真可謂大東亞共榮圈！

我邀請兩位嘉賓
前往 Pegu Club

英國桂冠詩人吉卜林，當時他在 Pegu Club 寫了首很著名的情詩叫《通往曼德勒之路》。曼德勒是緬北的首府，現在叫瓦城，他寫一個緬甸女孩愛上了英國大兵後，臨別時依依不捨。後來這首詩太出名，被改成流行歌並由法蘭西仙納度主唱，令這個 Pegu Club 及曼德勒之名，響徹全世界。這裏還是文學家的搖籃，另一個著名作家都來這裏寫作，他就是《1984》的作者奧威爾，他的《緬甸歲月》就是在這裏寫成的，所以這裏值得文青們一遊。

Pegu Club 目前尚在部份修繕之中

戀殖為甚麼？

蒙古帝國忽必烈征服中原的時候，只有彎弓射大鵰。

滿清征服大明時，只有八旗騎兵、揚州十日、嘉定三屠。

但過了千年，拿破崙親征埃及時，他帶上的是軍隊以外，還有167 位考古學家、哲學家、數學家、建築學家、天文學家、生物學家，因為他不是成吉思汗了，歐洲人追求的是土地之外的知識及探討，找尋歐洲文明的起源！所以拿破崙東征開創了埃及學。

19 世紀英國征服緬甸時，英國軍隊後面是 Asia Society 的考古學

家、地質學家、人類學家、動物學家。1802年英國開始「印度大調查」，持續長達六十年，動用數以萬計的學者導遊。相比女真族建立滿清之時，才剛剛發明了滿文。

英國學者的好奇心，發現了已經失傳的印度語言源頭，梵文竟然和希臘文拉丁文有驚人的相似之處！這就發現了「印歐語系」。

歐洲殖民者對於殖民地的情況了瞭如指掌，不僅僅超越了以往所有的征服者，甚至超越了當地民眾！亞洲協會研究語言學、植物學、地理學、歷史學、考古學。

所以英國五千官員及五萬士兵已經足以統治了三億的印度人口。

知識，就是力量。新的知識，就是更強的力量。

良好管制：郵政總局（緬、越、泰）

拿破崙三世建立交趾支那的時候定都於西貢，除了帶來了先進的城市規劃，也帶來了先進的現代郵政設施，他在西貢建立了第一個現代化的郵局——西貢中央郵局，它在 1886 年興建，1891 年建成，而那時候正正是法國的美好時代。

西貢中央郵局內部相當寬敞，以簡約的綠色鐵支裝飾包住排水管，兩旁的牆壁上則是法屬印度支那的舊地圖，舊地圖下面設有古老電話亭。如果不是大廳正中的大型胡志明肖像，大概你會以為自己去了巴黎右岸上世紀的郵局。

一戰之前，大英帝國的國土面積足足有 3,367 萬平方公里之大，成為日不落帝國。而法蘭西殖民帝國也毫不遜色，有 1,289 萬平方公里，由北非一直跨越到南美洲再來到印度支那，成為僅次於日不落帝國的第二大殖民帝國。讀者可能會問，他們當時有這麼多殖民地，究竟是靠甚麼通訊的呢？不可能靠手機吧。那個年代還沒有手機，沒有網絡，

他們靠的就是郵政系統。

　　緬甸的中央郵政局在 1854 年開始服務，1930 年發生了大地震，整幢中央郵政局都嚴重損壞，直到 1936 年才重建郵政總局。1936 年，中國也發生了西安事變，二戰已經迫在眉睫。英國的愛德華八世剛剛登基，因為他不愛江山愛美人，登基不夠一年便退位。那時候已經是殖民主義的尾聲，但即使如此，整個建築還是採用英式殖民地風格，例如樓梯是用鑄鐵技術建成的，而當時殖民地是沒有這些技術，那究竟是在哪裏鑄鐵的呢？主要是曼徹斯特和格拉斯哥，英格蘭和蘇格蘭的工業中心，鑄鐵完成後把整條樓梯運過來。

仰光中央郵局的紅磚外牆設計與尖拱型窗戶等等全部保留了殖民地風采

　　由於緬甸地理位置接近英屬印度，緬甸比香港更早被英國殖民，而最初是英屬印度的一個省。因地震損毀，英國殖民政府在 1936 年決定將中央郵局遷到現在的位置，古老的紅色磚牆和獨特的尖拱形窗戶經過翻新後仍然續用至今。讀者如希望嘗試一下用過百年歷史的郵政，寄一張明信片到香港的費用統一為一千緬元（約

五元港幣），大約兩星期就可以收到了。

泰國和香港關係深遠，除了由發哥主演《安娜與國王》中的四世王，還包括油麻地的寶靈街！

不同緬甸或越南，泰國一直保持獨立，由四世王開始開放泰國門戶，他同香港第四任總督寶靈爵士，簽了泰國史上第一個

在仰光中央郵局寄一張明信片給自己

自由貿易條約《寶靈條約》，因為寶靈爵士當時的身份除了是港督，也是英國全權公使。這份條約還允許了英國在曼谷設立領事館，保障其完整的治外法權，並允許英國人在暹羅擁有土地。

英國領事館的其中一項功能，就是提供郵件服務，這是泰國首次有郵政，1940 年改建成這個 Bangkok Post Office。

英法鐵路轟隆隆

除了先進的城市規劃、良好的郵政系統，殖民者為東南亞還

泰國曼谷郵政總局

帶來了甚麼近代工業革命的發明？火車！

　　貿易需要運輸，1804 年，英國人利用瓦特的蒸汽機並造出了世界上第一台蒸汽機車從而改變了人類運輸方式。英國成為世界上第一個鐵路國家，第一條鐵路就是 1817 年由利物浦開出到曼徹斯特。不到一百年之間，已經遍佈大英帝國的殖民地，曼徹斯特生產的火車出口到香港，成為九廣鐵路，而理所當然也來到東南亞。

　　1902 年，印度支那首都由西貢遷都到河內，同年開設了第一條鐵路，窄軌鐵路。當時的民居並不在軌道附近，後來城市發展，人口膨脹，鐵路兩旁開始建成民居，方便做生意和生活，並形式了今天的奇景：火車穿梭於民居之中。建得密密麻麻，乘客伸出手幾乎可碰到民居。近年，這個火車路軌更成為打卡勝地，兩旁開了很多咖啡店，恰巧就是你在火車上看風景，看風景的人在路軌旁看你。

　　沉睡百年，法國殖民留下的鐵路，現在碰上了越南改革的春風變成生財的工具。相比於英國人在同時間留在仰光的鐵路，這裏的發展

我和河內鐵路咖啡店的老闆

英國人留下的緬甸鐵路

明顯快得多，因為越南的經濟改革比緬甸早得多，亦反映了英法殖民者留在兩個國家的兩條鐵路不同的命運。

1841 年，英國殖民香港，由於港九地方太細小所以並無鐵路，只沿用馬車、人力車和轎子為陸路交通工具。直到 1898 年，英國剛租借新界後才開始構思建鐵路，即九廣鐵路。相比之下，英國另一個殖民地緬甸的鐵路發展早過香港，早在 1877 年就建立了仰光中央車站，但後來在緬甸戰役中被摧毀。現在的中央火車站是戰後 1947 年重建的緬式建築。

同樣是英國殖民地，但香港和緬甸命運非常不同。就像緬甸的中央火車站，今天它仍然在這裏運作，但香港的九廣鐵路只剩下一座鐘樓。很多緬甸市民仍每日乘搭這些上個世紀的火車，以超慢時速的 15

公里通勤。你可能會發現火車站內的時鐘都有着不同的時間，這裏的時間觀念很自由，大鐘也有運行並不是壞了，但沒有人去理會錯了的時間，這就是緬甸式的時間。你大概會聽過緬甸火車站的時間表只作裝飾用途，其實是車長喜歡甚麼時候開車就甚麼時候開車，生活非常放鬆，各位讀者如要乘搭，記得好好享受一下如此特別的時間觀念。

仰光環狀鐵路於英國殖民時期開始建造

山手線亂入仰光

這個英殖時代開始的火車，若仔細留意一下，就可發覺有一股濃得化不開的日本味，直情可以說「山手線亂入」！日本有一個著名的電車男電視節目，由電車男主持遠征萬里，追訪日本舊 JR 列車下落。其中一集追蹤三陸鐵道為東北地震打氣特別版的卡通火車，原來最後被發現成為了緬甸部長專車；2015 年結束營運的北斗星號曾是日本最豪華的寢台列車，連日本 JR 也不知退役後那列車賣去了哪裏，最後在緬甸北部城市曼德勒被電車男發現，改裝後還在通勤之中！登上仰光環狀鐵路，雖然沒有指差確認，但也算是他鄉遇故知。

坐在緬甸的鐵路上，像去了三十多年前的日本。因為身處的火車廂相信是昭和時代的火車卡，在令和時代都難找到。車廂內的陳設、顯示板等上面還有很多日本車站站名，究竟為何會這樣？其實由 2004 年開始，緬甸政府入口日本的二手車，因為他們沒錢買新車而日本卻不停有新車出廠，很多鄉間的舊車可能已經被廢棄，所以日本就開始把舊車出口到緬甸。

緬甸並非直接拿來就用，我們可以在火車上有很多類似以前九廣鐵路見過的小食小販在車上推銷，因此車上的座椅都改裝了，變成全部為兩邊一排的座椅，這樣可以把中間的通道加闊，方便小販推車。緬甸軍政府更將這些日本二手火車運作時速下降至 15 公里，因為路軌還是七十年前的英國殖民貨，英國人留下的上世紀鐵軌，遇上日本 JR 的二手車卡，為緬甸市民提供了廉價而穩定的通勤工具。

二手 JR 車卡，有緬甸流動小販。

殖民主義 3G 教堂

伴隨着先進的歐洲城市規劃、郵政系統和鐵路系統進入亞洲的，還有精神層面的西方宗教。「基督教是帝國主義的侵略工具」，這個說法歷史悠久。自從 1492 年哥倫布與西班牙伊莎貝拉女王簽訂《聖塔菲協定》，上面一句「為了上帝和西班牙王國的名譽」開始，福音就

和大炮聲音同時響起，十字架高高飄揚在堅船利炮之上。殖民主義都有 3G——Glory（榮譽）、Gold（黃金）和 God（宗教）三 G 同行。

19 世紀末來到緬甸的英國人之中，有一個諾貝爾文學獎得主吉卜林，他寫了《白種人的負擔》（White Man's burden），詩中寫道：「把你們最優秀的年輕人送出去使他們翱翔萬國，去替你們的奴隸服務。」

奴隸？誰是奴隸？不就是你和我！吉卜林認為亞洲人是野蠻人，因為我們未受開發未接受基督教的洗禮。白種人來到亞洲，是為了實踐神在地上的使命，就是向所有亞洲人傳教。

1885 年，英國勝出第三次英緬戰爭，貢榜王朝滅亡，英國完全佔領緬甸並將政府設於仰光而且合併入印度，由加爾各答總督府治理。為了傳播文明，開化野蠻人，教堂的興建至為重要。

緬甸仰光的聖三一大教堂始建於 1886 年，歷時八年建造完成。教堂採用紅色的磚牆，白色的尖塔，端莊大氣。基督教教堂內部較為樸素，基督教的英文名是 Protestant 也就是新教，他們反對天主教奢侈、豪華和浪費的風格。

我和妹頭在聖三一堂前合照

教堂一直運作，而每週末都會舉行兩次禮拜，如讀者有興趣亦可前來參與。

16世紀由英王亨利八世脫離羅馬教廷，並自立英國教會——聖公會。聖公會和羅馬天主教廷誓成水火，導致英國殖民地的教堂、教會和天主教法國的殖民地教堂、教會有根本分別。

在緬甸及香港，殖民政府以基督新教為主要宗教；但在法屬印度支那，就是羅馬天主教的教區範圍。

聖三一堂的新教風格比較樸實

法國人離開了，他們在越南的留下不只是法包、不止是天主教，還有我們四處可見的越南文字。河內的聖約瑟大教堂，驟眼看上去有點像巴黎聖母院，因為它的確是由巴黎耶穌會所建的，現在也是河內最古老的一所教堂。雖然越南還是一個社會主義國家，但天主教仍是他們的第二大宗教。我參與了聖約瑟大教堂的星期天彌撒，站滿了虔誠的河內教徒，女士們穿上漂亮的越南國服奧黛出席彌撒，顯示出彌撒是個莊重的儀式，亦回應五百年前在這裏為他們創造文字的耶穌會教士亞歷山大。

1583 年，耶穌會傳教士利瑪竇首次到中國傳教。四十年後，同屬一間教會的法國耶穌會傳教士亞歷山大來到河內傳教，當時河內還未改名，叫做交趾支那，用的文字也不是這些拉丁文越南文字而是中文漢字。亞歷山大發現用漢字拼寫越南文是很困難的事情，為方便他傳道，他花了十年時間用拉丁文拼

穿着奧黛出席彌撒的越南女士

寫越南口語，這就是我們現在見到的越南文字，越南的國語文字由此誕生。

天主教傳入越南時間略早於中國明朝，而且發展相當迅速，不久便歸屬於澳門教區管轄。法國統治時期，天主教取得合法地位，當時越南天主教徒的總數大約與整個中國相若，所以整個法屬印度支那紛

紛建立華麗的天主
教堂。

1858 年，　拿
破崙三世決定在越
南建立他的首個殖
民地，於是他向當
時的越南政府發動
戰爭，然後在 1864
年定都於西貢。定
都西貢後，他需要
建設兩個主要建
築，他聘用了法國

歷史悠久的西貢紅教堂

工程師在這裏建立一座總督府和一座教堂，而紅教堂直到今天仍是胡
志明市最大的教堂。

河內聖若瑟大教堂落成於 1888 年；西貢聖母聖殿主教座堂更早完
成，是模仿巴黎聖母院興建而成，建築風格屬於新哥德式建築。河內
教堂由主教自行在越南燒煉紅磚瓦建成；而西貢的主教座堂則得到兩
位彩券商贊助，其所用的紅磚當時全部從法國進口，所以到今天紅色
的磚仍然十分鮮艷，亦因此主教座堂又叫做紅教堂。

雖然有人認為基督教是帝國主義的侵略工具，就有如英國詩人吉
卜林《白種人的負擔》般歌頌以歐洲中心視角看待亞洲人。但如果客
觀地評論，近五百年天主教傳入亞洲的歷史貢獻，我個人認為功多於
過。除了為越南創造文字，耶穌會傳教士利瑪竇更加是中西文化交流
的先驅，他傳播西方重要的天文、數學、地理等科學知識到中國，更
繪製了中國歷史上第一張世界地圖，令國人知道天朝外有天。

東方酒店

19 世紀歐洲船堅炮利打開遠東各港口後，歐洲水手商人們當然不屑店小二的龍門客棧，於是開始在各大商埠修建西式酒店。

1846 年上海開了禮查飯店，1868 年香港開了香港大酒店，1876 年泰國開了東方酒店。美國商人 Sarkies 兄弟是當時遠東的酒店大亨，1885 年在檳城開了東西酒店（E & O HOTEL），1887 年以新加坡的開埠者為名開了 Raffles Hotel，1901 年到緬甸首都仰光創辦 Strand Hotel。

這一批維多利亞風格的殖民地酒店，至今已經紛紛成為世界文化遺產，以其獨特的「遠東殖民地風情」吸引無數遊客，除了我們的香港大酒店只空餘集團名字，1952 年已經拆卸重建成告羅士打大廈及中建大廈，唉！

我偏愛這些風韻猶存的半老徐娘，入住泰國開埠後的第一間酒店。未到大堂已聞花香，原來掛滿了各種鮮花如同花店，先奉上一串茉莉花，以及一杯薑茶。偌大的房間俯看湄南河，令炎熱的曼谷也冷靜下來。去 Authors' Lounge 和大文豪毛姆（Somerset Maugham）飲杯 Earl Grey，這條嫵媚的湄南河柔情似水，原來不是漢界，銀漢迢迢暗度，對岸就是酒店自家的 The Oriental Spa，世上還有哪家酒店可以跨河而居呢？做一個傳統泰式按摩，發一個遠東殖民地的殘夢吧！

英國人來到曼谷，打開了暹羅的門戶，於是當時的香港總督寶靈和泰皇簽了條約《寶靈條約》。《寶靈條約》打開了泰國的門戶後，很多英國商人湧入曼谷做生意，他們當然不會入住泰國人的客棧，他們會選豪華的維多利亞式酒店。1876 年，當時泰皇的船長 Captain Dyers 洞悉先機，他選了絕佳的地段，在昭披耶河的旁邊開辦了一間很豪華的維多利亞式酒店，也是曼谷與泰國的第一間酒店：東方酒店。

這間酒店的酒吧招待過諸多名人，包括黛安娜王妃、日本皇室的

明仁、德仁夫婦、三島由紀夫、法蘭明、英國演員 Noël Coward、美國小説家 James Michener、英國小説家 Somerset Maugham 和英國小説家康拉德等等，所以稱為「Authors' Lounge」作家酒吧。我作為一個旅遊作家，來到這裏也特別有感覺。

The Strand Yangon 酒店是仰光第一間酒店。總統套房有百多年歷史，它招呼過的人客非富則貴，例如有政商界的代表、美國總統卡特和愛德華王子；文學界方面更厲害，很多諾貝爾文學獎得主也在這裏住過，包括有家傳戶曉的海明威、Mandalay 的作者吉卜林，還有寫《1984》而著名的奧威爾。

東方酒店及 The Strand Yangon 酒店，兩間都是英國維多利亞風格的殖民地酒店。如想找法國風味的酒店，你就要去寮國的龍坡邦，寮國的旅程還有村上春樹與你同行。

在泰國第一間酒店介紹英式下午茶

我招呼兩位嘉賓入住緬甸第一間西式酒店 The Strand Yangon

我邀請長居仰光的香港人 Anthony 參觀我入住的 Governor Residence

「你説，寮國到底有甚麼？」

　　「你説，寮國到底有甚麼？」一個無聊的問題，因為是村上春樹發問的，就有聊了。他曾到越南河內轉機，來寮國遊玩。當時越南人問他：「你要到寮國？寮國有甚麼是越南沒有的啊？」這也是我想介紹的重點，寮國到底有甚麼呢？

　　他在作品《你説，寮國到底有甚麼？》結尾中，他覺得寮國，尤

寮國龍坡邦的法國殖民時代酒店

其是龍坡邦，這裏有聲音、特別的陽光、很特別的風和肌膚的接觸等等。而對文青而言，寮國到底有甚麼呢，大概最重要就是村上春樹來過這裏吧。這裏很「HEA」，適合在這裏過個週末休息幾天，看着如此美麗的景色休息一下就一流了。

全球一體化的茶

茶，不但曾經改變世界的版圖，而且也導致了香港的誕生。因為一杯茶，1790 年英國人不計工本，航行了 13,000 海里，由英國遠渡重洋來同乾隆賀 80 大壽，然後五十年之後發動第一次、第二次中英戰爭，

割走香港。也因為倒茶，1773 年的波士頓傾茶事件，令美國最後獨立。

英國人從 1660 年代開始進口茶葉。當時葡萄牙公主嘉芙蓮 · 布拉甘薩（Catherine of Braganza）嫁給英國國王查理二世，她把喝茶的愛好帶進英國宮廷。開始英國人從荷蘭進口茶葉，到 1750 年代，茶葉已經變成英國人的全民飲料，英國成為全世界最大的茶葉入口國。由於英國從中國大量進口茶葉，而中國從英國進口貨物很少，兩國出現巨額貿易逆差。

當時中英之間的貿易總額中，有超過八成的貿易都是茶葉，瓷器和絲綢只佔小部份。因為茶葉是消耗品，英國人每日都會飲用，而瓷器和絲綢則可以用上很多年。英國見長此下去不是辦法，為了彌補大

緬甸街頭的奶茶店，都是源於英國殖民。

量的貿易赤字，英國人開始賣鴉片予中國，導致了鴉片戰爭從而促成了香港的誕生。

但英國人認為長期買中國茶葉不可行，他們想了個辦法，去中國武夷山偷了些茶樹苗，帶到當時在英屬印度的大吉嶺開始種茶。最終種植成功，英國人開始把茶葉源源不絕運到英國本土，亦令普羅大眾都可以享用茶，發展出一種新的文化——下午茶的文化。

不過傳統的下午茶文化是沒有奶茶的，你見到英國貴族所飲的茶是不會加奶的，加奶的茶叫做 builder's tea，是三行、建築工人才會喝的茶，即英式奶茶。貴族飲用的茶是不加奶的，為甚麼會有這樣的傳統？因為當時英國本土製造的瓷器一遇上熱茶時質量不夠高時會爆裂，於是窮人喝茶會先加奶再倒茶，那麼英國製的茶杯就不會爆裂。相反，由於中國輸入的瓷器相當堅硬質量夠高，即使倒入熱茶也不會爆裂，貴族就利用喝茶來展示他們有來自中國的茶具而並非三行工人用的英製茶具。例如，格雷伯爵茶（英語：Earl Grey），常簡稱為伯爵茶，是以中國的祁門紅茶或正山小種為茶基，或再配以錫蘭紅茶等茶，在其中加入香檸檬油的一種調味茶。

時至今日，在英式茶中如果是在下午茶飲用的話，仍然是不加奶的，千萬不要做「大鄉里」在高雅的場合問侍應拿奶要喝奶茶。

本章介紹了二千年來全球一體化的第一個實驗室。回顧了殖民帝國在殖民地遺留下來的文化資產，英式仰光與法式西貢的城市規劃；宗教包括基督教在英國殖民地與天主教在法國殖民地；維多利亞式酒店和法式酒店等。

下一章，我們繼續深入五個東南亞國家，比較一下如果有得選，你想選哪一個殖民？

Map of
INDO-CHINA
showing proposed
BURMA-SIAM-CHINA RAILWAY.

第五章

Home away from Home

19世紀，帝國主義高峰時，歐洲人被認為是上天注定的統治者，歐洲文明居於絕對的優勢地位。英法殖民東南亞時，自然會將他們心目中自認最良好的城市規劃、鐵路、郵政、宗教——帶到英屬緬甸以及法屬印支。

上一章，我介紹了英法兩個殖民地主留在東南亞的遺產。

而本章，我們就會探索一下，英法兩國如何在東南亞建立他們的「Home away from Home」，歐洲人在亞洲的第二個家。我們即將重溫一百年前英國和法國人在遠東殖民時如何在亞洲「嘆世界」，千里之外也可以享受到歐陸風情，將歐洲上流社會日常生活的飲、食、住宿毫不遺留地搬到東南亞。我們繼續深入四個東南亞國家，比較一下，兩大殖民主義者，有甚麼分別？如果有得選，你想選哪一個？

法國人留下越南巴拿山頂的聖母院

東南亞氣候濕熱，英國人與法國人分別在在緬甸眉苗山頂以及越南巴拿山頂，建築他們的歐式風情度假小鎮，成為真正的 home away from home。

歐洲人有一個笑話，天堂的生活是法國人為你做廚師，英國人為你做管家；地獄的生活就是英國人為你做廚師，法國人為你打點管理。關於英國人的廚藝問題呢，我們先去緬甸仰光，試一試英式殖民地菜。之後再去越南河內法國餐廳和寮國龍坡邦試試法餐和河內街頭法包實地比較一下，法國菜是否真是天堂享受而英國菜是否真的很差呢？味蕾之前，先看下英國對前殖民地真正的制度貢獻。

英式私有產權及法治

法國大革命 vs 英國光榮革命，在數百年前，已經決定了印支半島 vs 緬甸香港的命運。

如果香港是清朝割給了法國，而不是英國，我們今天繼承的東方之珠，應該就不是一個世界金融中心，而可能是一個超 hea 龍坡邦法國街，或者柬埔寨鬼城 Bokor。

一戰前大英帝國國土面積達到 3,367 萬平方公里，是法蘭西殖民帝國的三倍！不但面積大了三倍，大英帝國的殖民地，由新加坡到香港，由小漁村持續繁榮了一個半世紀，至今仍然是亞洲人均 GDP 最高的地區。但為甚麼法國殖民過後的西貢、金邊沒有留下如此戰績？

英國自 1688 年開始的光榮革命，然後 18 世紀開始工業革命、殖民擴張，背後是開明民主的三權分立制，與波旁王朝的法蘭西殖民帝國相比，英國議會政治代表包容、私人產權、貿易；法國獨裁統治代表王權、落後、保守、掠奪。

私人產權那麼重要？對！「風可進，雨可漏，國王不可進」，英

國人的每個家，都是對抗政府及權力機器的個人堡壘。

　　這是光榮革命時代的英國哲學家約翰・洛克（John Locke）名句，主張政府只有在取得人民的同意，並且保障人民擁有生命、自由和財產的自然權利時，其管治才有正當性，社會契約才會成立，如果缺乏了這種授權，那麼人民便有推翻政府的權利。

　　但是，「楚人無罪，懷璧有罪。」

　　萬曆十一年，利瑪竇來華，獲准在大灣區的肇慶居住及傳教。六年之後的夏天，灣區新任總督劉繼文路過利瑪竇自建的漂亮西式別墅，於是將這個老外雙規，將天主教打成外國勢力，並提前實現了共產，順手將豪宅託管。利瑪竇在晚年的回憶錄《利瑪竇中國札記》中記載：

「大臣們作威作福到這種地步，以致簡直沒有一個人可以說自己的財產是安全的，人人都整天提心吊膽，唯恐受到誣告而被剝奪他所有的一切。」

　　作為世界第一個 Rule of Law 的國家，法治及私人產權是英國送給其殖民地最為珍貴的禮物。

英國人留在仰光的最高法院

緬甸仰光日不落

1877 年，維多利亞在新德里正式加冕成為「印度女皇」，印度成為大英帝國王冠上最閃耀的明珠。面臨法國擴張印度支那，英國決定接手中間的緬甸，從而使他們最大對手——法國無法進一步稱霸中南半島。

一戰前大英帝國國土面積達到 3,367 萬平方公里，是英國本土面積的 140 倍。蛇能吞下大象，必有其秘訣！

有人說是工業革命，但我認為工業革命是果，不是因。

工業革命為甚麼始於英國？這個文化不及法國精緻、歷史不及羅馬久遠、面積不及西班牙的貧窮島國？

這絕非偶然，因為 1688 年光榮革命，英國變了，由極權國家變成憲政國家，國家權力受一部基本法律約束。公民有了權利，英國的法律，能夠上大夫了！歷史上第一次，所有權力的行使都納入憲法的軌道，並受憲法的制約，法律對所有人適用，由國王到貧民，任意徵稅停止了，私人產權受到法律保護，專利權令到發明家不用擔心被人山寨。

一切，都變得順理成章，英國即將後來居上，超越當時更大更強的西班牙帝國，英國的皇家艦隊是保護所有英國商人的利益，而不是英皇的棋子，或明朝太監的艦隊，憲政國家也必定超越專制的法國，拿下了大三倍的殖民地！

「英國人，他們有味蕾的嗎？」法國人說

我們先來到緬甸的緬甸總督府，享受一下英系菜式的最高待遇。如同港督一樣，緬督都是由英國人來出任，所以食的當然就是英國國食——炸魚薯條，今次我們的餐牌之中有馬卡龍作為甜品，為甚麼會

有英式又法式的
呢？

以前的總督府，今天已變成酒店。

　　其實英國的食物並不如他們的工業革命厲害。英國工業革命很厲害，但他們的飲食文化始終沒有法國人般精緻。當年英女皇招待國家主席習近平時，餐牌亦全是用法文，因為沒有理由請國賓食炸魚薯條吧。英國作為新教國家，他們對飲食並非太講究。他們認為清教徒的目標是清心寡慾，不應該享受，他們覺得享受是一種罪；法國人就不同，法國人覺得要享受人生。由此，我們可以了解到兩國的文化之下如何影響其飲食之發展。

　　英國人鍾情於用北海盛產的鱈魚製成的炸魚薯條，這是英國人主要的蛋白質來源。英國人更曾因為要確保鱈魚的魚場——北海，而與冰島開戰。我們享受了東南亞的美食多年，不知當年的緬督和緬督夫人到來後，品嚐過東南亞美食後會否回不了過去呢。還記得當年剛到任與主權移交時的彭定康足足脹了一圈，説不定就像我們的港督彭定康一樣，食過香港的蛋撻後一直念念不忘呢。

　　英國的光榮革命，帶來了工業革命，但即使如此也革命不了他們的烹飪技巧；法蘭西帝國只有日不落帝國的三分之一，但講到舌尖上的味道，法國人最喜歡嘲笑對方：「英國人，他們有味蕾的嗎？」

在緬督府與馮志豐、妹頭一起品嚐英式 Fish & Chips。

　　相比之下，去河內第一間的法國餐廳，先試試一個傳統法國菜頭盤——鵝肝，感覺就完全不同了。位於河內第一間西式酒店 Metropole 內的 LE BEAULIEU 於 1902 年開業，是一間百年歷史的法菜餐廳。鵝肝做法比較特別，通常在香港吃到的都是把蘋果絲切得很碎的鋪在鵝肝下，有的更簡單是加一點果醬，而這裏的法國廚師選擇切了一整塊的蘋果，口感變得比較有咬口；湯品當然是法式龍蝦湯，用龍蝦頭和龍蝦殼熬了四個小時出來的，龍蝦亦很彈牙。如此精緻的法式餐飲可以在河內找得到，法屬印支亦有出現了一些新派融合菜式例如在寮國式西餐。

在河內的酒店，於莫奈名畫下品嚐法國大餐。

寮國龍坡邦作為法殖時代的度假城市，當然有很多西餐廳。在湄公河河畔，le Calao 華燈初上，令人着迷。這個充滿殖民地色彩的兩層漂亮建築，原來和華人有關。1904 年由一個澳門來的清國商人建的豪宅，當時是葡萄牙風格，後來漸漸就變成了法國風格。

　　寮國式西餐的頭盤有龍坡邦河出產的河草，以炸的方式來烹調；配上生曬而成的水牛肉乾以及外形像蛋一樣的寮國香腸。之後要試一個這裏和泰北獨有的菜式——螞蟻蛋炒蛋。好像有點殘忍，原以為會像三文魚子般在口中爆開，事實上是沒有的。它比較像我們吃的青豆和扁豆，因為它很細小，裏面又沒有汁液，所以不像我們吃魚子會爆漿的感覺。

湄公河河畔 le Calao 華燈
初上，令人着迷

和攝製隊一齊享用
寮國式西餐

柬埔寨公主下午茶

雖然只是「法國」了九十年，金邊濃濃的法式風味，仍然揮之不去。更因此得到「東方小巴黎」的美譽。

1923 年的花都，Coco Chanel 剛剛開了自己的小店。

同一年，在遙遠的東方，一個法國建築師在金邊市中心修建了一個「東方法式小酒店」，1929 年由當時的柬埔寨國王開幕，這就是今天的 Raffles Hotel Le Royal。開幕不到一年，在 1930 年迎來了美國默片巨星查理卓別靈入住。

1967 年，38 歲美麗大方的美國第一夫人 Jacqueline Kennedy，在甘迺迪總統被暗殺後四年時，進行她「一生的夢想之旅：吳哥窟」，入住了金邊這間酒店。

想學 Jacqueline Kennedy？其實價格絕對親民，房價由 260 元美元起，已可以享受到四腳貴妃浴缸、上世紀的木製電掣、柚木公主大床、柚木百葉窗、超高樓底，還有電影場景一般的黑白雲石拼花地板，這個價錢在其他城市可能只能住四星酒店。

這間皇家酒店同柬埔寨皇室的關係十分密切，這晚我吃飯的餐廳包房，就是柬埔寨國王經常食飯的地方，他的菜單成為招牌菜單。

我十多年前住過這酒店，還是那麼漂亮，已經近百年歷史了，我入住的套房，就叫做吳哥套房，大到可以打滾，廁所都有兩個！而且每個廁所都有站缸之餘，還有浴缸。酒店董事 Michelle 來自新加坡，說過多幾個月酒店就要開始裝修了！我很驚奇，這間酒店這麼漂亮，為甚麼還要裝修？她說五星酒店通常十年到十五年之間一定要裝修一次，這間酒店已經有十年沒有裝修了，例如浴室的瓷磚，已經顯得不夠高級，這次就要全部換成雲石！她在世界各地的五星酒店都做過，告訴我一些關於酒店的秘密，例如枕頭兩年換一次、浴巾三年換一次、床單也是三年了一次，床也要十年換一次！怪不得這些五星百年遺產

酒店，全部都歷久常新！

　　柬埔寨王室公主 Princess Sita Norodom 是這傳奇皇家酒店的親善大使，她在酒店招呼我吃下午茶，她的母親 Buppha Devi 是柬埔寨國父西哈努克親王的女兒，她雖然出生於金邊，但是舉止談吐十分西化，一口法國口音的英語娓娓道來：「1973 年，我跟母親應毛澤東的邀請，到達北京。入住東交民巷 15 號，就在天安門旁邊。那裏曾經是法國領事館，毛澤東送給了爺爺（西哈努克親王）。兩年之後，你知道發生了甚麼事（指赤柬入金邊），我們就應鐵托將軍的邀請，去了南斯拉夫的貝爾格萊德。在那住一段日子後，就前往巴黎，我在巴黎住了十五年，然後再去倫敦住了六年。直至到 2000 年，我回到金邊，我出生的地方，開始在皇家酒店的工作，就是推廣柬埔寨旅遊業。」

　　「那你平時做些甚麼呢？」

　　「上個星期就剛剛招呼英國王室的 Beatrice 公主，英國領事館安排了我們一齊下午茶，我遲些也會招待英國 Eugene 公主，以及她的母親。這間酒店，我的爺爺曾經接待過 Jacqueline 甘迺迪夫人，我希望可以將這種柬埔寨人民的好客精神，傳承下去。我母親致力恢復柬埔寨的宮廷舞蹈，曾經去香港表演過。酒店的皇家餐廳，也有一幅油畫，描繪母親跳舞的樣子。我很慶幸生於這個皇室家中，因為赤柬及越南佔據之後，皇室令國家民族重拾尊嚴及團結。柬埔寨旅遊資源十分豐富，大家都以為我們只有吳哥窟，金邊只有 S21，其實我國東邊有很多大山可以行山，南邊有很多天堂小島陽光沙灘。我希望遊客可以在柬埔寨住一個星期以上，而不是一兩日。」

　　對於國家的責任感，來自公主的血脈，因為她爺爺西哈努克的血統，一直可以追溯到千年以上的皇室家族，祝福她和皇室重現柬埔寨吳哥王朝的光輝。

東方法式小酒店
Raffles Hotel Le Royal

我和柬埔寨王室公主
Princess Sita 在酒店下午茶

現任柬埔寨國王西哈莫尼是
公主的哥哥

一元的法國夢

如果嫌皇家酒店太離地，再便宜很多，一元美金也可以發一次法國夢。説的是街頭巷尾都有的「金邊法包」、「越南法包」。爽脆加熱了的法包，馬上切開加入冰冷的青瓜、生菜、扎肉，最感動的是最後鋪上熱騰騰的肉燥！層次豐富，口感複雜，好味爆燈！

French stick 是英國人對法式長棍麵包稱呼，越南文叫 Bánh mì，意指的是越式三文治。2011 年 Bánh mì 更被納入《牛津英文詞典》，泛指用越式法包夾着肉類、醃菜、辣椒等餡料而成的越式三文治。Bánh mì 的出現無疑是源於法包，但它之所以能流行至今，絕對是拜越南人因時制宜，就地取材的本領所賜。

以麵包作主食的法國人，在統治越南期間把麵粉和法包帶到越南，但因價格高昂，起初法包只限法國人才能享用。直至第一次世界大戰爆發，居於越南的法國人被急急徵召回國充軍抗敵，商人惟有以極低廉的價錢把囤積在倉庫內各式各樣的外國食材售賣予本地人家。就這樣，習慣吃米飯粉麵的越南人終能初嘗法包滋味。

河內街頭最著名的法包 Banh Mi 25

來到河內或金邊一定要試街頭法包，我試了幾款最出名的法包，其中一款混合了豬肉和煙肉的，中間更加入了極邪惡的豬肝醬；另一款只有豬肉餡的，材料很豐富

雖然沒有煙肉，但有多一點烤豬肉，烤豬肉比煙肉香。試過幾款後，我推介這個最傳統的豬肉包最好吃，不容錯過！

Coffee or Tea？仰光對戰胡志明市

英國人最喜歡飲奶茶，影響到她的前殖民地例如緬甸，無論是街頭還是五星酒店都可以見到茶室的身影。仰光人說，如果在早上不喝一杯英式奶茶便無法開始工作！另一方面，在法國前殖民地越南就一定要喝咖啡，每一個早上都要飲咖啡。河內更有一整幢咖啡公寓，是越南人打卡、網紅直播的聖地。

來到緬甸，仰光有很多本地風格的茶餐廳，這裏的茶有中式、緬甸式、印度式也有，那究竟緬甸式的茶是怎樣的呢？緬甸式的茶基本上是英式奶茶，街邊有很多店舖，本地人在早上和放工後都會三五成群，聚在一起飲奶茶。這裏的奶茶都很便宜，一般奶茶是港幣一元，但緬甸奶茶和我們的港式英式奶茶有甚麼不同？無錯，就是非常甜，和印度奶茶有得比，感覺就像飲花奶一樣，甜味和奶味都很重。我發現被英國殖民過的國家都是飲很甜的奶茶，而英國人就飲不加糖奶的純茶。

仰光每一條街上小餐廳都聚集了很多人飲茶，一天到晚川流不息。香港有奶茶配菠蘿包或者蛋撻，緬甸又有沒有國食呢？有的，就是緬甸式魚湯粉，是緬甸最重要的食物之一，國民早餐都會吃這款菜式。除了魚湯粉還有魚餅，配以洋蔥、蒜頭和香茅撈在一起，帶有很重的香料味但又不會很辣，沒有太多咖喱成份。另一款很多緬甸人都會吃

的食物叫做「那基鬥」緬式乾拌麵，裏面有麵條，有肉、洋葱、葱花、蛋。製作方法一般都是把所有材料撈在一起的，遊客想風味一點的也可以用手撈，當然也可以用工具撈。這個雖然也有咖喱的外表，但也沒有強烈咖喱味，緬甸的咖喱純粹是湯汁，而且加了蛋黃，所以有很重的蛋黃香。

改變世界版圖的事物，很多都是源於舌尖的原始需要。如果茶是中英之間的導火線，咖啡應該是最能代言殖民主義的產品。咖啡源於非洲的埃塞俄比亞，因戰爭傳入中東、歐洲。「黑色金子」在接下來風起雲湧的大航海時代藉着海運的傳播，全世界都被納入了咖啡的生產和消費版圖中。法國殖民年代初期，法國人把咖啡豆帶來越南，這不但使越南人與咖啡結緣，此後越南人更開始自己廣泛種植咖啡豆，促使越南成為現今僅次巴西的全球第二大的咖啡出口國。

我們在歐洲飲咖啡通常都是加入鮮奶沖泡而成，而在越南則不同，越南會加入煉奶去沖泡的，但為何會是煉奶呢？是因為當年法國殖民者雖然把咖啡帶來越南，但越南缺乏奶源，而當時要運輸鮮奶是個很大的問題。於是法國殖民者便將一罐罐煉奶帶到越南，時至今天，煉奶咖啡仍是當地的一大特色。

社會主義的外殼，但有着資本主義的靈魂，這就是越南的現況。就像這個在胡志明市中心的咖啡公寓，整棟九層高的大廈所有房間都改裝變成充滿個性的咖啡店，每間咖啡店都有自己的設計以及不同的主題。而最資本主義的一刻是

我的仰光朋友 Anthony
介紹緬甸奶茶

胡志明市的咖啡店

你踏出電梯的刹那，進去店舖之前，有個伯伯會追着你向你追收 3,000 盾的服務費，若果沒有帶錢怎麼辦呢？麻煩你要行樓梯了，行九層樓梯才上到來這一間咖啡店，在汗流浹背的同時體驗着比資本主義國家更資本主義的社會。

寮國有條法國街

法國殖民者已經離開了寮國，但卻留下了咖啡和咖啡文化。究竟法國人有多喜歡咖啡呢？他們有句説話：「如果你在家找不到我，在咖啡室就會找到我，如果在咖啡室也找不到我，那麼我就是正在前往咖啡室的路上。」打仗的時候，他們最緊缺的物資並非柴米油鹽，法國人最緊張的是有沒有紅酒和咖啡。

在寮國炎熱的夏季，坐在湄公河的河邊，吹着涼涼的河風，看着如此美麗的風景，配上一杯牛奶咖啡以及一件蛋糕，我以為自己回到了塞納河的左岸。

Sisavangvong 大街——是龍坡邦最主要的大街。Sisavangvong 是龍坡邦的末代國王，他在 1904 年登基，而當時整個寮國已經成為法國的保護國。法國人在這條大街的右邊建了超迷你的小皇宮讓他居住，又在這條大街開了雪糕廠讓他享用很美味的雪糕，慢慢開了很多咖啡室和法式餐廳，所以漸漸地人們叫這條街做 Sisavangvong 大街之餘，也叫它做法國街。這個國王亦是法國的大粉絲，他由始至終擁護法國對寮國的保護權，他還是個花花公子，喜歡跑車又有 15 個妻子。我覺得他像誰？他有點像清朝的溥儀，名義上他是個國王，但實際上只是一個傀儡。權力始終掌握在法國人的手裏，所以他的皇宮其實有點寒酸，相比起法國總督在另一邊的總督府，這個皇宮寒酸得多了。他非常支持法國人的統治，所以在二戰結束後，日本人撤出印度支那後，他便復闢了他的皇朝，更由原本只是龍坡邦的國王，搖身一變戰後做了寮國國王。

大家現在在寮國旅行時，可能會發現其實這裏的飲食、語言、文化、建築，好像身處泰國北部清邁。以前寮國真的是泰國一部份。寮國的獨立也是靠法國人，當年法國的軍艦駛進了暹羅灣，大炮對準了曼谷的大皇宮，要求當時的泰王放棄湄公河以東的土地，也就是現在的寮國，然後她就成為

有法國街之稱的 Sisavangvong 大街到了晚上就成了夜市

法國總督府現在成了一間豪華酒店

了法國的保護國。法國人把整個寮國分為十個省，除了龍坡邦保持了
一個象徵式的傀儡皇室。法國人成立印度支那後，帶給龍坡邦的重要
新事物就是雪糕廠了。這間雪糕廠供應的雪糕不單止供給傀儡皇室，
也供給這裏度假的法國人。這間雪糕廠已經變成了一間酒店，而當
讀者來到這間酒店，你得到的不是 welcome drink，而是 welcome ice-
cream。

　　究竟寮國人把法國人視為可恨的殖民主義者還是救世主呢？現在
的歷史學家發現，其實比較多寮國人把法國殖民主視作救世主，因為
法國人保護寮國人，免受暹羅的侵略。暹羅來到這裏燒光了廟宇，搶
走了玉佛；而法國人來到這裏則帶來了咖啡、雪糕，顯然懷柔更受歡
迎。這些雪糕除了給法國人之外也供應給龍坡邦的王室家族，因為這

裏天氣實在太炎熱，凍冰冰的雪糕可以令人暫時忘卻炎熱。日本第一間雪糕廠出現時，他們用冰鎮着雪糕！而那些冰是由美國運來日本的，因為那時候還未發明電。1891年，尼古拉特斯拉發明了交流電，亦因此發明了高頻率發電機。所以，龍坡邦的雪糕廠在1898年建成時，法國人有了這些高頻率發電機後，即使在炎熱的天氣也可造出凍冰冰的雪糕了。

法國人留下的恩物
Welcom Ice-cream

防空洞酒店

在法屬印度支那，寮國的發展最為滯後。只有少數法國高官來龍坡邦度假，享用雪糕，飲咖啡。而真正的商業和政治中心是當時殖民地政府首府——河內。

1902年，法屬印度支那的首都由西貢搬到河內。不過一年前，就已經一早有人洞悉先機，有兩個法國人在河內市中心還劍湖旁邊，建了一間很豪華的殖民地風格酒店。當時這間漂亮的酒店內歌舞昇平，夜夜笙歌。這時是法蘭西帝國的版圖最巔峰的時候，一戰尚未爆發，而後世人稱呼這段時間為美好時代。

法國是大陸國家；英國是海洋國家，兩個國家的管治殖民地手法截然不同。

英國皇家海軍遠勝陸軍，是因為擴展力量的主要戰場是海洋而非

陸地；法國殖民着眼於土地，要擁有明確邊界。而地方大發展自然慢，所以法國殖民地經濟以及對當地的長遠影響遠遠不及英國人。

想不到五星酒店下面還有防空洞

河內這間百年老酒店接待了舉世矚目的河內川金會（美國與北韓首腦會談）；而在 1936 年時更招呼了英國喜劇演員查理卓別靈夫婦度蜜月。河內有一個都市傳說，這間酒店是如何經歷了二十年的越戰仍屹立不倒，保證繼續有人客入住的呢？

傳聞這裏有個五星級的防空洞，埋在這間五星級酒店的地下。1975 年，越戰結束後由於防空洞被封，所以沒有人知道防空洞的位置。直到 2011 年，酒店計劃開一間酒吧的時候鑽地底，就發現了這個都市傳說。

有種冰火的感覺，如此豪華的酒店想不到地底別有洞天。進去參觀防空洞之前要先戴上一頂越共頭盔才可以內進。防空洞內總共有八個房間，四個大房，四個細房。我去大房參觀的時候還以為這間只是柴房，原來這已經是地底酒店的總統套房來的！地上又濕，氣味不佳，想必當時避難的人很痛苦。

除了在小巴黎的金邊，在會安古城這裏也有法國人開設的度假酒店，而這間酒店是為了紀念五百年前會安的越南公主和日本商人的一

位於會安河邊的 Hotel Royal 天台

段愛情故事而建的。這酒店建在河邊,有會安唯一的天台泳池酒吧,既可以俯瞰整個會安古城,又可以吹着悠閒的河風,此時此刻享受一杯法國的香檳,可以發一個小法國的夢。

巴拿山法式酒莊

　　東南亞的旅途中,感受到的是無處不在的法殖、英殖區別。英國憲政十分穩健,但 19 世紀法國就不停在帝制、共和、復闢之間搖擺不

定，到底是波旁王朝還是拿破崙三世的私人荷包？還是國民的利益？英國自從光榮革命之後，包括對清朝的鴉片戰爭，也是在國會多次討論，那屬於國家利益。

一戰前的歐洲黃金時代，法文叫 Belle Époque 美好時代，那是一個充滿巨變和新奇的時代，法國同期進入首個穩固建立的共和政府法蘭西第三共和國，法國殖民地開始達到高潮，法蘭西殖民帝國成為了僅次大英帝國的第二大殖民帝國。巴黎鐵塔成為全世界最高的建築，代表法國工業革命的成功。這個高度也令法國人覺得，他們的文化是高高在上的，應該凌駕於其他落後的文明，巴黎鐵塔下邊，就是法國巴黎博覽會，展品來自法蘭西共和國殖民地，包括印支半島。

英倫三島狹小貧瘠，氣候寒冷，人民自然心有不甘，為生活向外擴張，最後佔有了世界百分之十五的陸地。法國地大而富庶，氣候溫暖，物產豐富，人民自詡生活在美好年代，怎麼捨得離家遠征？最屬害好打的拿破崙打到埃及、俄羅斯也就回巴黎了，因為開羅和莫斯科沒有鵝肝、Macaroon 和紅酒！這套理論來自一位研究法國歷史的美國專家 Julie Barlow。但是越南就不同！

1842 年鴉片戰爭後，由倫敦出發坐蒸汽船要三個月才能到達香港。直到 1869 年，法國人開通了蘇彝士運河，由法國的馬賽出發，經過印度與馬六甲海峽，一路到法屬印度支那新的首都西貢，整個旅程只需要一個月的時間。對於在美好時代剛剛起飛的旅遊業來說，這成為了一個很時髦的遠東之旅，吸引了很多法國中產來到越南度假。

他們來到西貢後，發現那裏的天氣又濕又熱，所以他們很需要一個比較涼爽的地方避暑，最後他們找到一個高海拔的地方建立了一個避暑勝地——巴拿山。

法國人建在山頂的避暑高地：巴拿山

1851 年的萬國博覽會，第一次在英國倫敦水晶宮舉辦。全世界的目光都放在對科學的景仰，這種期待與黑暗中世紀的神學中心完全不同。剛剛誕生的中產階級開始追求生活質素，衣服要時尚，高級時裝開始在巴黎出現；喝酒就要喝香檳，法國香檳區的產品暢銷整個歐洲。火車的普及催生了旅遊業，1869 年法國人打通了蘇彝士運河，去遠東旅行不再是夢，而這些法國人是世界第一批中產遊客。

法國人在遠東的好日子並沒有英國人這麼長，二戰後法屬印度支那解體後法國人就離開了。越南的一間投資公司在巴拿山這裏興建一個主題樂園，該主題樂園的主題不是社會主義。看到山寨版的紅磨坊以及山寨版的聖母院，相信你也會知他們在賣甚麼風情。即使連餐廳的名字，也叫印度支那餐廳。對，它賣的就是殖民地的風情。殖民地的風情值多少錢？這裏的一張門票要 75 萬盾，大約為 250 元港幣，一點不便宜。不過這並無阻越南人民的戀殖熱情，一年到訪的人數高達 150 萬人次，證明殖民地風情仍然是有價有市。

這裏不是法國，是越南的巴拿山。

　　就像英國人在香港也住在山頂，法國人找到清涼的巴拿山山頂，這裏有山有水，還有瀑布十分清涼。正常來說海拔每高 1,000 米氣溫就會下降 6 度，所以這裏的氣溫足足比山下低了 10 度，於是法國殖民者在這裏興建了避暑別墅。現在這個主題公園的酒店名稱全部以法國名城命名，讀者今晚想住在尼斯、馬賽、里昂、波爾多、史特拉斯堡還是巴黎？法國七大名城都在巴拿山山頂，任君選擇。

　　這次我入住的是巴黎酒店。每間房間都有一個主題，而我這間的主題就是法國大文豪——雨果。牆上還鑲着以前舊的法郎鈔票，五法郎的鈔票就印有雨果的頭像，還有他很著名的長篇小說，香港的翻譯是叫《孤星淚》（Les Misérables），亦有同名的音樂劇上演過。除此

以外，這裏的風景跟雨果另一個長篇小說很有關聯。陽台外望是一個無敵山寨版聖母院風景，因為巴黎聖母院就是他的成名作——《鐘樓駝俠》的背景舞台，所以一切都配合得天衣無縫。

英國人最重要的飲品是紅茶；法國人當然是紅酒。飯可以不吃但紅酒一定要飲。像雨果所言「上帝創造了水，法國人創造了紅酒」。所以法國在這建立避暑山莊以後第一個任務就要尋找一個適合的地方儲存和釀造紅酒。這裏的水質比較清澈，因為這裏有很好的泉水，而巴拿山地窖的溫度和濕度也是很適合釀造及儲存紅酒，於是法國人就可在這裏繼續享受巴黎式的生活水準——法國大餐以及最重要的法國紅酒。

巴拿山主題樂園「山寨」了不少巴黎的景色。不過越南人都有創新的時候，在山谷之中，建造了一個新景點，而該景點亦迅速成為社交媒介的「打卡」熱點——佛手金橋，這條金橋的兩個佛手好像由很

巴拿山也有一條創新的佛手金橋

斑駁的石塊而成，但其實是用玻璃纖維造的，但即使如此仍能營造出很斑駁的效果。如果讀者夠幸運，還可以在這裏遇到雲海，又或者天朗氣清時，亦都可以拍到很有仙氣的照片。

英國人師承陶淵明

法國人喜歡夜夜笙歌；英國人就喜歡學陶淵明回歸田園。

英國人對園藝情有獨鍾，全球每一個前英國殖民地都會見到 Botanical garden，香港有動植物公園，遠在塞舌爾首都維多利亞城都有熱帶花園，當然，在英國前殖民地的緬甸，也不例外！

倫敦位於北緯 51，仰光位於北緯 48 度，香港位於北緯 22 度，對於英國人來講，實在太熱了！香港開埠之初，山頂因為氣溫清涼，所以逐漸吸引了更多的外籍人士居住。為應付交通需求，山頂纜車於 1888 年通車。其後於 1904 年起，香港政府實施《山頂區保留條例》禁止華人在山頂居住。

May Myo（眉苗），較高的海拔與緯度讓 Pyin Oo Lwin 自 1896 年起，成為英國殖民政府在緬甸夏季時的辦公避暑之地，而 May Myo 之名也承襲自第一位管理這個區域的英國軍官 May。

英國人有句名言「上帝給人類的第一份工作就是在伊甸園裏打理花園」，為甚麼一個國家他上自英國王室下到平民百姓，個個都對園藝情有獨鍾？英國女王伊利沙伯二世喜愛園藝，每年切爾西皇家園藝展是女王和皇室名人必到的社交活動。在英國，能夠體驗園藝之樂的人都是被認為是幸福的，英國人深知《聖經》裏人類的第一份工作就是打理「伊甸園」，能重拾象徵高尚純潔的園丁工作，對於信仰基督教的英國人來說意義非凡。在這個花園裏，種植了來自整個日不落帝國不同的植物，這個花園就代表文明進步、先進、知識，簡單說一句

就是有品味。

英式園林通常是以自然風景園的形式出現，就好像這個緬甸眉苗皇家幹多基花園。眉苗因為海拔較高，氣溫比較清涼，所以由 1896 年開始已經成為英國殖民政府在緬甸夏天的避暑聖地。直到 1948 年緬甸獨立後，還有很多之前為殖民政府服務的尼泊爾人以及印度人都搬來這裏定居，情況和香港有點類似。除了動植物公園，同樣是英國殖民標誌的還有英式的鐘樓。眉苗市中心的鐘樓到現在還是和倫敦大笨鐘一樣每日十六響，英國作為海洋王國，日不落帝國的時間就是世界時間。

眉苗還保留了不少英國殖民建築，好像教堂和市政廳。有些還改建成餐廳或酒店方便大家緬懷過去。有類建築叫 Bungalow（平房），

世外桃源般的眉苗動植物公園

不要以為這是英式建築，這個詞彙源自英屬印度的 Bangala，意思是孟加拉式的房屋，發源於東印度公司職員的住宅。這些建築通常是一至兩層的木構建築，有很寬敞的露台適應印度次大陸的炎熱天氣，而金字型的屋頂方便去水，一切都是為了應對南亞漫長的雨季。英國殖民者將 Bungalow 發揚光大，不單止帶來了眉苗，連美國、加拿大、澳洲、紐西蘭以及我們香港的山頂也有不少，可謂日不落帝國最後一張名片。在這個借來的空間就好像電影《北非諜影》中一樣，一個白人在 Bungalow 裏享受紙醉金迷及殖民地的最後榮光。

光榮與啟蒙，你又會如何選擇？

啟蒙運動的中心是巴黎，法語是歐洲上流社會通用語言，法國的一切，都變得 classy！

海岸對面，英國的光榮革命，帶給世界工業革命，以及憲政體制、法治以及私人產權。

我問過這個節目的電視台高層及身邊朋友，喜歡法國還是英國殖民？

果不出所料，男人愛英國殖民，女人愛法國殖民。

You like it or not，英國、法國兩大殖民主義者一百多年來，在遠東建立了一個又一個 Home away from home，將他們家鄉的紅酒、法包、火車、教堂甚至是一個小鎮都搬到這裏。誕生的經濟奇蹟，更包括今天的新加坡到香港。

下一章，我們會將時間向前推向英法殖民東南亞之前，了解一下兩大貿易大國中國和英國，如何在更早之時已開始其互相角力。

Map of
INDO-CHINA
showing proposed
BURMA-SIAM-CHINA RAILWAY.

第六章

中英角力東南亞

東南亞諸國毗鄰中國和印度，故稱 Indo-China（印度支那）。早在英法殖民東南亞之前的千年，中國商人和印度商人已經扎根於此。當英國東印度公司的貿易商人第一次尾隨葡萄牙船艦來到亞洲時，發現南洋所有港口，做生意的都是中國人， 暹羅王室就曾向英使表示，「如果沒有唐人，宮廷甚麼買賣也做不成」。我由東南亞最大的唐人街、與曼谷城同時誕生至今已有兩百年歷史的曼谷唐人街，再到越南古意盎然的商埠會安，都是華商的天下。

中國 GDP 在 2010 年超過日本，位居第二位，但這並非最佳成績，根據《世界經濟千年史》明清朝 GDP 佔全世界三成，排名長期世界第一，自從 18 世紀英國工業革命，中國停留在小農經濟，兩國經濟才呈現相反發展。

中美貿易戰是當今世界最大的貿易戰，其中一個導火線是 2001 年中國終於申請成功入世。相距 1792 年乾隆皇帝 80 大壽的名言「天朝物產豐盈，無所不有，原不藉外夷貨物以通有無」，已經過了二百年，中國人用了整整二百年的磨蹭才懂得，孔子教導「君子喻於義，小人喻於利」是致窮之路，看一看孔子的經營結果就明白了。亞當‧史密斯《國富論》之中所言：市場是「一隻看不見的手」，貿易是致富的關鍵。因為人天生，並且永遠，是自私的動物。

日不落帝國以佔世界百分之二的人

我在越南巴拿山頂放航拍機

口統治着全球大約四分之一的人類、五分之一的陸地面積，挑戰長期 GDP 第一、人口第一的大清帝國。一個代表小農經濟，世界上最大的小農經濟，一個是世界上第一個工業國家，代表強大的生產力，兩雄相遇，就在這裏。這一章，將會去另一條看不見的南洋「中英街」！

廣肇會館尋找廣南省

會安城裏，至今古韻猶存。像是一個明朝的小鎮，停擺在繁華古雅的嘉靖年間。福建會館、潮州會館、瓊府（海南島）會館、客家會館和五幫會館，雕樑畫棟、金碧輝煌，供奉有觀音、關帝、天后娘娘，巨大如籮的盤香，掛在大殿上面，六百年從來沒有熄滅過。

其中一間「廣肇會館」吸引了我的視線。因為現今只稱廣東、廣州、省城，很少人會將「廣肇」並稱。此名稱只保留了在南洋，今天的泰國曼谷、大馬新山、雪隆、印尼等仍舊保留了古老的「廣肇會館」。廣肇指的是明清時候，未有廣東立省之前，廣州府、肇慶府並列的年代。

「廣東」一名起源於兩漢時期交州刺史部治所「廣信縣」（現肇慶），廣信以東區域為「廣東」，以西為「廣西」。但「廣南省」在哪裏？原來在越南！會安、峴港、順化，份屬「廣南省」。越南也有人在網上討論，廣東、廣西、廣南，原屬一家百越人，自古「粵」、「越」兩字通用。

二千年前，秦朝將亡，嶺南的廣東、廣西、香港、澳門、海南、及交趾（今越南北部）就搞了一場轟轟烈烈的「粵獨」，成立「南越國」，這個「粵獨」國家比秦朝還長命，存活了九十二年。二千年之後，南越國王宮才在廣州市兒童公園出土，2009 年興建成博物館。

「南越」上世紀也復活過，就是戰後與「北越」對峙的美國扶植

西貢政權。「越南」本位於印支半島東岸，至今仍自稱「南」，也是以天朝中原為軸心的方位，可謂千年都「毋忘在莒」啊！

「毋忘在莒」！忘了如何？今夕何夕？兩忘煙水。

莒國已經亡了二千多年，山東人還不是在吃又大又香又脆的萊蕪燒餅？春秋戰國、秦皇漢武、唐宗宋祖，繼續忽悠了我們二千多年，南朝四百八十寺，多少樓台煙雨中。中國廿四史及世界通史真的讀通了，就會變得抓狂。如果不是維多利亞女王派幾艘軍艦來遠東敲打一下，我們今天應該還沉醉在奴才應為姓朱還是愛新覺羅、反清還是復明、雲裏霧裏的毋忘在莒的夢囈中？

在廣肇會館，找到廣南省。

156

小香港——會安

「天下熙熙，皆為利來；天下攘攘，皆為利往。」西漢著名史學家、文學家司馬遷《史記》中，也曾有亞當·史密斯的先見，只仍不敵儒家重農輕商的傳統。

寧靜的小香港——會安

明代嘉靖年間，廣州商人在春節期間，利用東北季風，向南航行到越南。直到九月，南海颳起西北季風，他們又趁風回到廣州。九個月後，船上已經載滿用絲綢包好一條一條的珍貴南洋木材，快馬加鞭，運到北京。終於，紫禁城的黃昏後宮，嫋嫋升起虛無縹緲的一絲輕煙。來自越南複雜而高雅的芬馥，熏得嘉靖皇帝的愁眉解開，莞爾一笑。閒坐但焚香，這正是眾香之王——沉香。

據《雪水冰山錄》記載，明代嘉靖皇帝當年抄嚴嵩家時，搜出了五千多斤沉香和三塊奇楠，成為他的罪證，那時，「一寸沉香一寸金」，王公貴族們用沉香熏衣上朝，嘉靖皇帝曾將沉香木造的葉冠賜予大臣。來自越南的沉香稱為「會安香」，品質最好，燃之香味清幽，並能持久，帶有種陳皮的香味。

爐香乍爇。法界蒙薰。諸佛海會悉遙聞。

隨處結祥雲。誠意方殷。諸佛現全身。

南無香雲蓋菩薩摩訶薩。

佛教、道教、東正教、天主教、回教、印度教等，皆以焚香淨氣，收斂心情，祭拜神佛，莊嚴教堂和寺廟。理學大師朱熹《香界》一詩云：

「真成佛國香雲界，不數淮山桂樹叢。花氣無邊熏欲醉，靈芬一點靜還通。」除了宗教用途，文人雅士追求焚香沐體寧神。到了清代，只有皇帝才有資格品香。直到近年，收集沉香更成為內地富豪追求 LV、法拉利之後的高尚玩意，一晚燒掉數萬元人民幣而面不改容，價格一直飆升。十年前，普遍沉香數元一克，現在已經過百元，沉香之王——棋楠更是一萬元一克，一株棋楠沉香的木雕，動輒千萬至一億元。

過千美元一両的會安沉香

三世修得沉香緣

　　站在會安的日本橋，岸邊華燈初上，五顏六色燈籠高掛，沉靜內河水平如鏡，黑漆漆的天幕之下，有影皆雙，流光華影，好不夢幻。遙想明清時候，在南中國海顛簸了數月的粵閩商人，望見七彩華燈，豈能不興奮大叫？上岸就有美食客棧、華人會館，最重要的是，這裏出產世界最好的會安沉香。現在是聯合國文化遺產：越南中部的會安古鎮。

　　時光倒流六百年，香港、新加坡還沒有開埠。明朝時候的國際貿易中心，是在這個「小香港」：會安。貴為占婆（Champ）王國的主要貿易港，名為「大海口」，以中國和日本的商船最多，有時一次竟

多達上百艘。中國商船帶來的商品有錦緞、紙張、毛筆、銅器、瓷器、陶器、茶葉，在會安換回胡椒、糖、香料、魚翅、燕窩、犀牛角、象牙等當地土特產，最貴重的首推「會安沉香」。

為甚麼叫日本橋？時空有點錯亂，日本東京真的有一條橋，叫日本橋，那是江戶時期的玄關。數百年前，會安這裏曾是日本長崎商人飄洋過海數月乘着季候風前來營商的地方。橋的一邊是日本社區，高峰期曾有千多名日本商人居住；另一邊是中國社區，有很多廣肇會館、福建會館等。除了日本和中國商人，也有很多葡萄牙商人在這裏做生意，當時的會安以今天的世界來比較就猶如小香港，而當年的香港還沒開埠。這座橋的最大特色是入口處有一雙狗和猴的雕像，因為這座橋動工時是猴年，而完工時已是狗年了。

小香港有條日本橋

焚香聽雨會安城

　　小街上的古宅保育完好，三百年以上的「均勝棧」、「馮興古宅」等，大紅燈籠高高掛，好像穿馬褂的粵閩巨賈，隨時還會出來迎客。我問看門的老人家陳先生，可還會說家鄉話？他點點頭，在會安有一間華文學校，但他的兒女都不肯學華語，他已經是這家族最後一個會講中文的人了。不知道對他們而言，已經忘莒，是不幸還是幸運呢？他們平行時空了明朝亡國、清兵入關、更不知道嘉定三屠與揚州十日，國族一切都已無關。於他們而言，在這座借來的南洋小鎮裏度過寧靜的三百多年，自己究竟是是越南人還是中國人身份，已經不再重要。

　　中式古宅的門口，長滿歲月的青苔葱葱。細雨中沒有沉香味，身着奧黛的越南姑娘，搖曳而過。頭戴圓錐竹笠的豆腐花越南西施，叫賣聲很是溫柔。老外們坐在街邊法國梧桐樹下的咖啡小店，喝一杯滴漏越南咖啡呆坐，滴滴答答的節奏，聲聲慢，梧桐更兼細雨，到黃昏，點點滴滴，這次第，怎一個愁字了得。

漫步於明清的小街

會安市面，專門的沉香店只有兩間。可能遊客多的關係，動輒過千美元一兩，十分誇張！囊中羞澀，望洋興嘆，但就愛上了沉香。沉香氣味內斂而低迴，如同南宋馬遠的《寒江獨釣圖》，此處無物勝有物，留白位甚多。檀香氣味外放而激烈，如同一張手機相片，一目了然但不堪回味思維。

回到明代的會安

元、明、清時，中國多次閉關鎖國，片板都不准下海。另一方面，日本到了江戶幕府時也開始鎖國。但山高皇帝遠，偏偏南洋這個小埠，千年來從沒鎖國或封關，因此至今這裏也沒有防火牆，臉書和谷歌在這個社會主義國家裏至今仍能通行無阻。明代嘉靖年間，廣州商人在春節時，利用東北季候風向南航行至越南，河道深處就是燈火通明的小香港——會安。

華燈初上的會安

日落西山之後，會安就回到了明代。

槳聲汩——汩——，伴奏着嘩啦——嘩啦——，有節奏的水漾溫柔，槳起水落，起落有致，聲聲慢。尾音是滴答——滴答——，水滴由槳端流淌的點點滴滴。槳聲落處有燈影闌珊。朱自清在《槳聲燈影裏的秦淮河》中說：「這燈彩實在是最能鉤人的東西」，那麼，這燈籠絕對是今晚秋盆河的主角了。

秋盆河兩岸，點起燈籠，流光溢彩，張燈結彩。猶如六百年前，明代商人剛到會安時看到的景象一般。最早製作燈籠的材料主要是用

絲綢和紙，而絲綢和紙都是中國人發明的，因此據考古學家研究最早的燈籠應該最先在中國出現，然後傳到越南和日本等地。

　　這條秋盆河穿過會安古城，通往南中國海，古城因而繁榮一時。當時從中國前來的華人，與日本商人、荷蘭人和印度人商船進入秋盆河才能卸貨，繁華直至 19 世紀秋盆河逐漸淤塞，港口功能被另一個海港：峴港，取代而開始沒落，殘留這些人手划槳的小木船，點上水燈來懷緬槳聲燈影中的秋盆河。

淤塞後被商船遺忘的秋盆河

古粵音的越南

　　全球少數國家以大米為主食、有喝茶的習慣、會以筷子進食，被稱「筷子文化圈」。屬筷子文化圈的國家在全球不算多，北至日本和韓國，南面的筷子文化圈國家就是我身處的越南，到了泰國、菲律賓、

印尼等已經用刀叉進食。越南人平日用筷子吃飯，他們稱筷子為 dua，來源是甚麼？原來來自「箸」的古粵音，筷子的古字是箸，越南文用此字代表筷子，證明他們和古粵關係源遠流長。

除了筷子，講粵語的香港人聽到越南話會感到很親切。粵語有九聲六調，越南話有八聲六調，我們可以從語言中找到一些蛛絲馬跡。

早前有網站統計，會安是亞洲十大美食之都之一，來到會安當然要品嘗最富特色的 Cao Lau。Cao Lau 雖然字面意思是高樓麵，其實並不高，麵檔都在河邊，我覺得應該稱為河邊麵比較合理。高樓麵是乾麵，上面鋪了豬肉再加上薄脆、青菜和香草混合來吃。這高樓麵其實就是廣東的撈麵。

會安城內，沉香處處

中英貿易戰

這條沉香之路，對地球另一端一個不愛沉香，但愛下午茶的國家來講，也是「茶葉鴉片之路」。

1699 年，同樣的季候風送來了英國東印度公司的商船，第一次到達廣州港，他們最大宗採購的商品並不是絲綢，而是中國茶葉。但是清政府卻禁止英國人在中國做生意，也就是英國人只能花錢向中國買

東西，但是中國卻不允許英國人自由將商品賣到中國，導致嚴重的貿易逆差。英國人開始尋求方法突破時，發現清國人愛偷偷吃鴉片，和歐洲一樣。18、19世紀鴉片流行舊世界，當作專治傷風感冒、消化不良、精神不振或性無能的靈丹妙藥。

英國傾銷之前的清國鴉片來自國產罌粟的陝北、雲貴和新疆。但為何東印度公司可以流行一時？因為英國的舶來貨品質精良，純度更高，沒有山寨有毒食品，有錢的八旗子弟就像今天的富有土豪要買Burberry頸巾一樣，對英國貨趨之若鶩。結果呢？鴉片戰爭爆發。

英國人當年賣去清國的鴉片來自印度。後來印度獨立後，世界最大的鴉片產地去了另一個三不管的交通閉塞、疊嶂層巒地區：緬甸、老撾、泰國交界的金三角。

金三角鴉片種植面積曾達100萬畝以上，年產鴉片2,650噸至2,800噸，年產海洛因約200噸左右。直到近年，在國際的強大壓力下，泰國政府加大禁毒攻勢，毒品產地已經大部轉移到緬甸境內，而金三角本地已轉型生產咖啡、白米、蔬菜和甘蔗，還有旅遊業。

金三角當然要看這裏既危險又出名的代表物——罌粟花。這裏的鴉片博物館描述當時中英貿易的情況，就像我們看的教科書般一一娓娓道來。戰爭的結果大家都知道，清政府被迫與英國政府簽訂近代史上第一份不平等條約中英《南京條約》，而這也直接影響香港的命運。館內亦有介紹當時人吸食鴉片的情況，例如當年很多吸鴉片的地方因為不想太張揚，大多都以茶館作包裝；還有泰國政府為戒毒者和把毒販關在囚室的情況等等。鴉片對我們這一代而言很模糊，但沒有鴉片戰爭也沒有今天的香港。

清萊的皇太后花園就是她為了令萊東山頭的居民不必再靠種植罌粟花來維持生計，開始教農民種植名貴的觀賞花及咖啡，來增加收入以維持他們的生活水準。

清萊的皇太后花園

清國亦愛泰國米

　　中國人最早種植稻米，神話時代的神農氏教人播五穀，而大米是中國人的主食，孕育出中國五千年的人口歷史。中國耕地面積不及世界總量的一成，但卻養活全球多達五分之一人口，因此歷史上中國經常缺糧和鬧飢荒，而至今中國仍是全球最大的糧食進口國，其中由泰

國進口大米便有悠久歷史。

前兩年，中國「高鐵換大米」成為國際新聞。其實，中國從泰國進口大米，有久遠的歷史，並非現代才開始。清朝中國已大批量進口泰國香米。

曼谷文創小區 LHONG 1919 的原址叫「火船廊」，「火船」即是蒸汽船，華商用來運米去廣州，廊就是碼頭船廊，這裏見證了泰米惠及中國的歷史。

源起清朝人口的增長，一反過去三千年中國人口的波浪式增長形態，呈現斜線上升，由清初一千四百萬，迅速增加到咸豐年間的四億三千萬，其中一個最重要原因就是哥倫布大交換，在明末清初，三種來自美洲的高產糧食品種（薯仔、玉米和番薯）引入了中國，令中國人口數量出現了爆炸式的增長！下南洋的華僑，更加源源不斷地由中國運來絲綢、茶葉，換取泰國的大米運往中國。

康熙六十一年，時已 69 歲的康熙聽暹羅來使說泰國米又多又便宜，決定進口，據《清史稿》康熙對禮部官員說：「暹羅米甚豐足，若運米赴福建、廣東、寧波三處各十萬石貿易。」凡是向廣東進口大米、且沒有運輸其他貨物的外國船隻，一律免稅，「年運三十萬石」。

儘管乾隆口頭上宣稱天朝無所不有，不需要與任何蠻夷貿易，但一個不爭的事實是，從康熙年間開始，天朝就不得不從海外進口大米，以緩解東南沿海因人口劇增，其中一個最重要出口大米到清朝的港口，就是曼谷的火船廊，因為泰國盛產香米，曾經連續三十一年成為世界稻米出口第一國。

昭拍耶河水悠悠，河濱的廊 1919 結構像一個三合院，中央供奉媽祖，兩旁的廂房已經活化成了餐廳及精品小店，走上古老百年木梯，二樓正中聚寶堂，樑柱上掛有晚清重臣張之洞落款「惠此中國」匾額，令我感嘆當今中美貿易也無此胸襟。

已經成為了文創中心的火船廊

惠此中國的牌匾來自張之洞

借來的地方：漢王廟、龍蓮寺

清朝的中國人口大爆炸加上政局不穩，所以清末民初被稱為下南洋的洪流時期，自從吞武里皇朝的鄭信開始，泰國更成為華人下南洋的重鎮。財神廟又名為漢王廟，建於 1897 年，時值光緒廿三年，當時甲午戰爭剛結束的清朝處於即將亡國之際，很多潮汕人士逃離中國，逃難到暹羅這避世鄉。他們到這裏後當然帶來自己的信仰，這是客家人的信仰名為「王公信仰」，而王公即財神爺。他們沒經歷過國共內戰或二戰已算很幸運，因為暹羅一直是保持獨立的中立國。

作家韓素音曾說：「擠於強敵狗咬狗骨之爭鬥中，只有寸土之香

港竟能夠與之共存的原因令人困惑費解。」但香港成功了，就在這借來的時間，借來的地方。

泰國華埠何嘗不是在借來的時間，借來的地方？在湄南河旁邊慢慢從清朝到民國一直發展至今。除了這間客家財神廟漢王廟，曼谷最早的中國寺廟名為龍蓮寺，是由最

財神爺的漢王廟是客家文化

早來到的潮州移民興建的。龍蓮寺的建築風格極具清朝特色，寺廟屋頂的龍鳳雕刻上貼上很多彩色瓷磚，而配上俗氣的大紅大綠的風格正正是典型清朝風格，與唐宋風格不盡相同。

龍蓮寺牌匾上書大清光緒五年，但其實這座寺是在同治年間興建，為何在同治年間興建這座廟？原因跟同治之父有關，同治之父又與香港有所關連。咸豐年間爆發了鴉片戰爭並把香港割讓出去，越來越多沿海居民發覺難以維生，經濟越來越差的情況下，就只好逃離中國。但可以逃到哪裏？他們想到一處，就是鄭和前往的地方。鄭和是潮州人，當然逃往潮州人開拓了的泰國市場，因此越來越多潮州人前往泰國並興建了這座廟宇。

寺內還有一間客堂，因為清朝時，廟宇不只是寺廟而且也具有旅館功能。潮州人不遠萬里前往曼谷後無處安居，便到寺廟投宿，因此早期寺廟也有酒店功能。來到龍蓮寺，大家亦可以行善積德，只要用100銖便可以買一包米，米上寫上自己或其人的名字來祈福，又可以把大米送給有需要的人。

曼谷有一間有二百多年歷史的華人富商的大宅，名為蘇恆泰古宅。

大門寫着四個漢字「恆遠泰來」，此為語帶雙關，首先是否極泰來之意，祝福好運的意思；另一個意思是他從很遠的地方來到泰國。主人家來自哪裏？原來來自中國福建。這間蘇恆泰大宅，興建時已是乾隆年間，當時吞武里王朝剛滅亡，拉瑪一世在曼谷建立首都。當年便興建了這間古宅，今天變成一間文青咖啡室。由於現在的主人家是一名潛水教練，他在古宅中間興建一個四米深的潛水池，十分有趣，成為文青的打卡熱點。

龍蓮寺內買平安米做善事

當日的中國式古宅，
今天竟成了有泳池的
文青咖啡室。

緬甸前最高法院

　　明清時代下南洋的中國人相比航海大發現後的歐洲人，數量和規模不可相比。歐洲人殖民和開拓全球時，中國在海外建立的政權，除了鄭信的吞武里皇朝和蘭芳共和國等短暫政權外皆不成氣候。中國傳統小農經濟重鄉土，下南洋的族群僅限閩粵二省，因為生活所逼而不得已離家出走，所以都是經濟移民，沒有政治實力可言，遭受排華也在所難免。唐人街只有金行、米行和餐廳，但缺少了最重要的機構——政府機關。

　　小農經濟是黃土色，海洋經濟是是蔚藍色。「Rule the waves Britannia」，19世紀時每家每戶英國人，都有年輕人在遍佈全球的大英帝國服務，不論非洲肯雅、加勒比海京士頓或亞洲的英屬印度。因為那是政府行為，因此在前英國殖民地仰光，留下的就不止有商業機構，更多是政府機構建築。

　　位於仰光市中心的英屬印度前政府總部已有逾一百年歷史，風格屬維多利亞式混合重新演繹多種古典文藝復興的建築，它代表緬甸獨立前的官僚機構，規模之大在緬甸獨一無二。

　　為何日不落帝國達到前無古人、後無來者的面積？源於八百年前的13世紀訂立的《大憲章》，令英國的司法和行政獨立，這使英國與其他王權至上政權有了基本分別。這也是英國殖民者留給殖民地的最佳禮物，包括香港和仰光。因此前英國殖民地的法院都很宏偉。仰光的最高法院用紅磚，屋頂上有鐘樓，再加上圓拱形屋頂設計，上面還有一頭獅子代表英格蘭王室。這種建築風格稱為安妮女王風格及巴洛克風格，因為興建這座建築物時是日不落帝國最輝煌的時候，為了炫耀帝國的富庶強大，採用這種豪華如宮殿式風格。門柱上有很多波浪形裝飾，門廊上也有很多繁複裝飾，都是巴洛克風格特徵。

緬甸前最高法院，到現在
還是在空置中。

　　這麼漂亮的建築物，已
經空置十多年，緬甸最高法
院已遷往新首都奈比多。
　　門外都是凌亂的小販攤
檔，聽説緬甸政府已打算活
化這幢建築，將來成為一間
博物館或者是銀行。
　　仰光市中心廣場前的前
市政廳是一座有趣的三不
像建築。仰光市政廳建築
時緬甸還是英屬印度的一
部份，因此這幢建築混合
了英國、印度及緬甸風格。
　　從屋頂開始，頂部是緬甸式寺廟風格；中
間的拱門及孔雀開屏屬於莫臥兒王朝的風格，是印度風格也是穆斯林
風格；柱子則是英式風格，呈現出維多利亞式風格，令人過目不忘。

三不像的仰光前
市政廳

東方哈洛德

　　亞洲最豪華的百貨公司「東方哈洛德」，曾經在仰光這裏，叫做 Rowe & Co。時為 1910 年，英國的愛德華時代，也稱為黃金時代，一戰之前日不落帝國最輝煌的時候。到這裏購物的顧客非富則貴，購買巴黎最漂亮的時裝、瑞士手錶或英國瓷器。2010 年時被銀行買下，今天變了銀行。

　　英屬緬甸的白人太太要前往這間號稱遠東最豪華的百貨公司購物，她們的先生則會到只限英國紳士進入的會所俱樂部享受人生。

　　在本章開始時，我曾介紹越南是筷子文化圈成員，而緬甸則不一樣，這裏是英屬文化圈，他們用刀叉吃飯。

現已成為銀行的前英式百貨公司
Rowe & Co

遠東最豪華俱樂部：Pegu Club 勃固會所

　　喜歡雞尾酒的朋友，一定喝過 Pegu Club。這個傳奇性的英殖時代俱樂部，在軍政府時代已經殘舊不堪，淪為危樓。我為了拍攝《明日世遺》中有關英殖時代的遺物，多次聯絡 Pegu Club，不得要領。也聽說有人開始了建築物的修復工程。終於，在香港的國際旅遊展認識了緬甸中華商會的緬甸華僑，幾經轉介之後，這座維修中的俱樂部，終於第一次開放給香港攝製隊。

Pegu Club 勃固會所

　　建築物是傳統的緬甸式兩層木樓，目前只復修了部份。當年的會所只有三種人才可進入，第一是當地殖民統治者；第二是軍隊高層、將軍；第三是成功商人，而且只限歐洲白人才能入內。即使極富有的緬甸人都要吃閉門羹。

　　這間會所的餐廳亦與香港的太子站有關，因為愛德華王子曾經來過這裏。就是那位不愛江山愛美人的愛德華王子，後來他愛上了美國失婚婦人連王位也不要。他當年亦曾來到這裏試飲這一杯 Pegu Club 雞尾酒，所以這餐廳便以他命名，而當時興建這餐廳的原因亦正正是為了招呼愛德華王子。我們在這裏享用了一餐豪華的緬甸英式下午茶。

我們在這裏享用了一餐豪華的
緬甸英式下午茶

除了王子，還有才子。19 至 20 世紀曾獲諾貝爾文學獎的英國作家魯德亞德‧吉卜林（Rudyard Kipling）便曾在此寫下《曼德勒》（Mandalay）一詩。如你有足夠的想像力，你可從僅存的圍欄、玻璃及美輪美奐的樓梯扶手及紋飾想像得到當年的盛況，英國人在會所內是如何暢飲、交談，甚至打桌球。

英國人走了之後，會所就荒廢了，用來堆放建築材料、混凝土。這也算錯有錯着，整座建築物得以保存，雖然推倒它重新興建的價錢比維修便宜五倍，但現在緬甸已經了解歷史建築物的價值，維修工程緩慢進行中。我們走上搖搖欲墜的木樓梯，二樓的地板還有很多大洞，十分危險。

二樓的地板還有很多大洞

Sofaer 商廈

作為遠東 20 世紀初最現代化、國際化的大城市，秘魯著名詩人聶魯達（Pablo Neruda）在 1927 年派駐仰光時便稱它位在頂峰盛世，是一座「血汗、夢想和黃金之城」。

1906 年猶太富商 Issac Sofaer 在最繁華的地段，用自己的名字，在市中心 Pasodan Street 起了這種華麗氣派的建築，一樓是銀行，二樓是時髦的埃及雪茄店、德國攝影師開的影樓，以及菲律賓馬戲團演員開的髮廊；路透社的總部也是在這裏，百年前的 Sofaer 是仰光國際大都

會的縮影。

　　一百年之後軍政府時代，Sofaer 成為一個破損嚴重的大雜樓，華麗的維多利亞走廊變成流動小販的攤檔，氣派銀行變成了無數家庭的劏房，鳥語花香的熱帶花園變成了垃圾場。

　　直到昂山素姬上場，昔日的輝煌，現在慢慢重現，文青 Cafe，豪華餐廳，個性小店，這兩年出現在這個豪華的維多利亞式百年建築內。

　　樓下近年開了餐廳，同大廈同名，有印度緬甸越南各國美食，有木牆身、百年地磚，保存完好，感覺十分花樣年華！更有趣的是二樓，仍然是重慶大廈的模樣，走廊還有小販在燒奶茶賣！天哪，那華麗氣派的維多利亞式建築天花已經被小販的炭爐，熏得黑乎乎的。我相信，這景致很快就會變，禾桿草不可能永遠遮掩鑽石的閃耀。

樓下近年開了餐廳，
同大廈同名。

走廊還有小販在燒奶茶賣

Map of
INDO-CHINA
showing proposed
BURMA-SIAM-CHINA RAILWAY.

第七章

中印大戰軟實力

我帶大家經歷了印支半島近世紀蘇俄輸入的血腥革命、英國殖民帶來的憲政法制、工業革命，法國殖民輸入的城市設計、生活品味，再繼續向古早的前方追溯。遠在英法之前的二千多年，印度、中華，兩個主要的亞洲文明，已經在東南亞展開第一次軟實力的角力，誰輸誰贏？

　　幾千年來產生的宗教多如牛毛，真正能夠風靡全球、跨越國界人種，才能被稱為世界宗教。這五個國家，接受南邊傳入的婆羅門教、印度教、佛教、回教，接受西北邊傳入的儒家及道教，這就是「印度支那」一名的由來。

　　最後勝出的是印還是中？去一趟印度支那，仔細研究大城小鎮成千上萬漫天神佛雕像的前生，相信大家都會知道答案。但輸了還輸了，究竟中華文化是如何在印支半島敗陣給印度？我們將會在這五個國家之旅中尋找答案。

永恆之咖喱味

　　由柬埔寨的吳哥王朝、到泰國的大城王朝，還有緬甸的蒲甘王朝，宮廷的官方語言都是梵文，巴利文是正式文字。印度誕生的宗教、文化、慶典儀式、滿天神佛、天文宇宙觀、建築風格都風靡半島，情況就好像自古以來英國、德國、俄羅斯皇室都以拉丁文及法文為宮廷語言一樣。西方有句俗語，「光榮屬於希臘、偉大屬於羅馬。」而我就認為「永恆以及無常，全部都帶了咖喱味」。

　　東南亞最大的佛教寺廟——柬埔寨的巴戎寺。當印度小王子得到孔雀王的信奉後，佛教開始在天竺流行，東南亞就開始興建佛寺。印度宗教風靡東南亞的程度，就好像現在的荷里活電影、Netflix 或是韓劇一樣，橫掃地球每個角落，這就是國家軟實力的表演。我曾到訪印

度支那三國，以及緬甸泰國超過五十次，加上三次遍及印度追溯宗教源起（結書成我的朝聖之旅《天地一旅》），我才明白到東南亞嚴格來說，是印度的文化殖民地，空氣中永遠飄浮着揮不去的咖喱味，但沒有孔乙己的迂腐酸味。在這一章，我將會比較僅存在越南北部的少數儒教和道教遺址，以及五國遍地開花、濃得化不開的印度咖喱血緣。

東南亞最大的佛教寺廟
——柬埔寨的巴戎寺

寮國首都永珍有一個奇趣的佛像公園
Buddha Park，其實大部份是印度教神像。

禮失求河內文廟

中國誕生的原生宗教為儒教和道教。儒教源自於儒家，整套系統強調社會倫理，政治系統以維護社會穩定為主要目的，但就缺乏了人文關懷。孔子的目標使君主的統治更合理，他所謂的「內聖外王、仁政王道」的大道理，治國利民，自視為王者之師，以今天的說話簡單一句而言就是「保皇黨」。

既然有奴才帶頭跪，又會用四書五經說服其他人一齊下跪，將君臣不平等關係合理化，再三呼萬歲，皇帝不是傻子，怎會不龍顏大悅？二千年來，儒教順理成章，成為中央專制封建社會統治百姓的一種工具。二千年來只有一個吹哨人，儒家思想是「為了治民眾者，即權勢者設想的方法」。「孔夫子死了以後，運氣比較的好一點。權勢者們將他捧起來，把孔夫子當作磚頭用，敲過幸福之門，最近的例子，有袁世凱、張傳芳、張宗昌。」這個吹哨人就是魯迅。四書五經裏面寫滿了仁義道德，但半夜裏看來看去，原來是寫滿了「吃人」兩個字。

扼殺個人，孔子提倡的五倫三綱、克己復禮、修身齊家治國平天下等的終極目標是報効皇帝及政權，而不是為了一己福祉、自己升天。相比印度各宗教，儒教自然很難在沒有中央集權的地方包括東南亞流行起來。

越南文廟，是孔子禮失求的諸野。

天馬行空的想像力、突破傳統的創造力，對今日中國生產的品牌來講似乎緣木求魚。中國貨面臨無了期的被告山寨和抄襲 A 貨，其實自古以來都一直如是，要怪只好怪萬世師表。孔子抱殘守缺，二千五百年前已定好基調「復古最好，創新免提」，越古老越好。孔子擁抱的

越南家長抬着燒雞及紙紮去拜孔子

是已經禮崩樂壞了的爛鬼周禮，因為周禮師從更古早的夏商「周監於二代，郁郁乎文哉，吾從周」。自漢朝廢黜百家、獨尊儒術，反創新又好古老，及後更成為中華文化的指標。西學東漸的時候，清朝理學泰斗倭仁更一錘定音「今求一藝之謀，而又奉夷人為師」。自古以來，儒士對創新的見解就是賣國，相反復古就是愛國。中國式的愛國就是這樣簡單明瞭，所以中國原生宗教的賣相永遠都很沉悶老實。

這個「筷子文化圈」東南亞的唯一代表，保存了完好的文廟國子監，坐落於越南河內市中心的還劍湖西側，和中國孔廟的建築一樣。它建於順天元年（1010 年），越南李朝開國君主李太祖下詔遷都升龍（今河內市）興建，時值北宋。那時的中國文化水準比當今的英美更受萬國景仰，孔子自然不必花費北京的教育部巨資去打造海外「孔子學院」，桃李不言，下自成蹊。

河內文廟是越南幼稚園拍畢業相的必到景點，每次去都有數百可愛越南小童戴上學士帽、身穿彩衣，朝覲孔夫子。即使近年中越有南海領海爭議，越南人還是照拜不讓，這點和中國人一樣，一邊拜觀音佛祖，一邊和印度開戰打口炮。

現在大家都搶着做 5G 的世界標準，不過一千多年前的中國真的有個標準是整個中華文化圈的標準，說的就是我們的科舉制度。來到當時的「安南」，占城也有科舉，一路到北伸延至高麗亦有自己的科舉。當時這些科舉當作是鄉試，選拔之後他們有機會到南京進行會試，會試成功以後才有機會見到皇帝進行殿試，殿試之後當然是金榜題名變成狀元。

兩側各一座進士坊，因為越南歷史上從來沒有狀元，三百多年共出了 1,306 名進士，坊內立有 82 塊進士石碑，刻有越南進士的芳名。想一想也是，要莎士比亞用拉丁文，去梵蒂岡考《聖經》，也會輸給意大利紅衣主教。

大成殿內供奉着孔子聖像，掛着「萬世師表」的金字紅匾，側有藏書房，內藏四書五經等儒學書典。想起中國最古早原裝的曲阜孔廟、孔府、孔林被兩百多個紅衛兵徹底破壞，墳被扒、墓被掘，曝屍批判，齊齊為孔老二送喪時，河內的文廟還得安寧。最近中國為輸出軟實力，發配孔老二去蠻夷之地開設孔子學院，夫子真得死不安寧呢！

河內這文廟還有一個曲阜孔廟也羨慕的世界紀錄：全世界科舉制度的墳墓。1919 年，阮朝在這裏舉辦最後一次的科舉考試，而早在十四年前的清國，1905 年就以「革千年沉疴之積弊」之名，「立停科舉以廣學校」被廢除了。

可愛的幼稚園學生個個模特兒上身

文廟現在成為了幼稚園學生的畢業照勝地

孔子會否想到，延續其聖賢書理念到最後的，竟然是偏遠的安南？

蹈空的印度

我去過印度很多次，最不習慣是衛生，中國人用筷子，印度人用手食，前者衛生了最少一百倍！

但除了舌尖的享受，中國文化相比印度文化，在東南亞完全敗陣了。二千年來，除了越南北部僅餘小量儒教及道教的影響，華人唐人街以外，泰國、柬埔寨、寮國、緬甸，完全是印度的宗教文化殖民地。

這個「蹈空」的民族，創造出了三十三萬個神，古靈精怪，而且

顏值極高，就像當代韓星一樣，令人過目不忘，「回頭率」高過孔孟財神媽祖一萬倍！

現在大灣區講創新，但用甲骨文來講創新，猶如井蛙不可以語於海，夏蟲不可以語於冰，商周已經注定了三千年後全世界 838 項重大發明中，沒有一項來自中國。近代三百年人類創造的 5,053 個新行業之中，沒有一個新行業是炎黃子孫發明的。

創造力，對於華為及中興來講，面臨無了期的被告抄襲。兩千年前，何嘗不是這樣？具有五千年燦爛文明的中國人，祖先也要去印度取西經。到了明朝吳承恩的《西遊記》，也被胡適踢爆，孫悟空原來是隻山寨馬騮，原型是印度史詩《羅摩衍那》的神猴哈奴曼。

「萬世師表」好古反新，還因孔子從沒有學過外語。語言決定思維，思維離不開文字。

中華文化是原生文化，先人倉頡創造甲骨文，「天雨粟，鬼夜哭。」的確是驚天動地的偉大創舉。漢字是美麗的不可方物。一筆一畫，表意又表音。漢字的長處，當然是吟詩作對，所以唐詩宋詞，每一首都是一幅山水寫意畫，望文生義。萬水千山，都在字裏行間流淌着、高聲着、低吟着、雄壯着。

但是文學不是科學。漢字主觀感性有餘，客觀抽象不足。圖像思維有餘，更不適合於抽象思維、邏輯推理、思辨討論、創造革新。中國人三千年需要帶着這萬字枷鎖，所有的思想知識，都受制於這些漢字先天的圖像思維。五四運動一百週年，陳獨秀、蔡元培、魯迅、胡適、錢玄同等五四悍將叫囂了百年的夢想「廢除漢字」，革命尚未成功！

近代作家余秋雨葡萄印度文明為「蹈空」，不着實際，一天到晚都玩虛幻，搞思辨，形而上，不現實，我卻不認同，別人懂得凌空舞蹈，五千年都不着地，也是一種你我他學也學不到的能耐啊！誰說一定要工廠大軍埋頭一天二十四小時組裝 iPhone 才是美麗人生？到頭來，安撫富士康跳樓員工的心靈雞湯，還不是這「蹈空」舞者二千五百年前

的隨口一句「色不異空，空不異色」？

　　儒家是世俗的一套道德系統，印度教的不同，對於宇宙萬物，都有一套似是而非的解釋，任何古人見到日食月食的時候一定大惑不解，比較一下中國人及印度人的老作能力！

　　中國人說那是「天狗食日」。《史記・天官》載：「天狗狀如大奔星，有聲，其下止地類狗，所墮及炎火，望之如火光，炎炎沖天。」那月食呢？月亮被另一條黑狗吞食了，或者「蟾蜍食月」！很簡單，很易明，中國人會敲鑼打鼓放鞭炮來嚇走天狗。

　　當無知的土人聽到中國商人的天狗食日，以及印度商人的羅睺食日，最後他們信了誰呢？

　　寮國首都永珍有一座佛像公園，其實園內就不止是佛教，更多的

寮國首都永珍佛像公園的羅睺食月石雕

是印度教雕像。例如巨大的羅睺食月石雕。善神提婆與惡神阿修羅參與「攪拌乳海」冀求不死仙露。仙人戰勝阿修羅後獨佔仙露。但是阿修羅之一的羅睺卻變成天神的模樣，混在其中喝了一口甘露，被日神和月神發現了，打小報告給了毗濕奴。仙露尚未經過羅睺的喉嚨，他的頭便被毗濕奴的化身摩醯尼砍下。但是羅睺的頭因仙露而長生不死。為了報仇，他吞食日神和月神，造成日蝕和月蝕；當日月在他敞開的喉頭走出，蝕便完結。

這就是印度人老作的日食和月食故事，相比中國人的老作天狗食日，是否多了三千倍的想像力和蹈空力呢？

不同基督教的傳播，靠的是船堅炮利。二千年來，沒有傳教士，也沒有費一槍一炮，印度教就傳遍東南亞，靠的是軟實力。這個蹈空的民族，憑空原創出了 33 萬個神，個個也古靈精怪，顏值極高，就好像

我到了天堂！爬上南瓜頂！

186

現在的韓星一樣令人過目不忘，回頭率比孔孟、財神、媽祖等等高足足一萬倍。

佛像公園內有個大南瓜，不是日本草間彌生的那個大南瓜，這個大南瓜叫三界大南瓜，它不是食物，也不是拿來煮湯。所謂「三界無安，猶如火宅」，其實是佛經中的術語，三界分為六道，又有六道輪迴的說法，所以這個南瓜的底層就是地獄即是第一界；接着中間的那一界是人間還有最上一層的天界，所以這是六道之中的其中三道。

遊客們會順次序，由地獄爬到人間，最後爬到南瓜頂部，就是天界。這樣有趣的方式來詮釋佛教故事是不是很有創意呢。難怪寮國司機告訴我們，這個 Buddha Park 簡直是寮國的主題公園。

越南道教五行山

儒教和印度教實在是實力懸殊，中國派出第二隊的道教，去大戰佛教及印度教。

作為中國本土宗教，道教最早在東晉末年傳入越南。在峴港以南的海邊有五座小島，滄海桑田，小島變成山，分別被命名為金、木、水、火、土，所以被稱作「五行山」，每座山頭均建有寺廟，最大山頭就是水山，也是觀光客最主要的參觀目標。水山設有兩座瞭望台，東邊用漢字書寫「望海台」，在此可眺望綿延沙灘及南中國海（越南稱東海），西邊書寫了「望江台」，可眺望漢江景色。水山的中心點是三台寺，四周環繞着許多洞穴，皆有道路可從三台寺前往，西北邊的玄空洞規模最大。山洞裏重現了道教的地獄景觀，可以說是越南版的虎豹別墅。五行山英文叫 Marble Mountains，山上開採的玉石就會運往山下的工廠加工成為各種雕像，有觀音、釋迦牟尼、聖母、福祿壽、西式的花園噴泉等，價錢也算便宜。

道教聖地的五行山

齊天大聖也山寨

古代沒有互聯網，誰抄襲了誰，神不知鬼不覺。

泰國大皇宮內滿天神佛、神獸神鳥到處是，要認清楚誰是誰，要一點印度宗教的知識。我自己最喜歡這個托塔天王，托起整個佛塔。你不要把他當是苦力，他來頭絕對不小，他就是大名鼎鼎的猴神：哈奴曼。

哈奴曼源自於印度史詩《羅摩衍那》，他偷吃了無憂樹園的甘果，被女羅剎發現，結果哈奴曼搗毀甘果林，打死看守，這一情節與孫悟空偷吃蟠桃，盜取仙丹，大鬧天宮十分相似。而且哈奴曼亦懂

得七十二變，後來被胡適發現，如有雷同，純屬山寨。因為哈奴曼的出生年齡比孫悟空早了二千年，證明孫悟空不是在水簾洞出生，而是在印度出生，吃咖喱長大的。

曼谷大皇宮的
托塔猴神哈奴曼

越南佛寺

除了儒教、道教，中國也向越南出口了漢傳佛教，這算是入口轉出口吧？

越南順化的天姥寺又名靈姥寺，有四百多年歷史。水池上面有唐玄奘、孫悟空、豬八戒和沙僧的雕塑，將《西遊記》人物放入寺廟是漢傳佛教寺廟的三教合一特色。另外，水池旁邊的老爺車不是普通古董，這是在 1963年的時候，寺院主持釋廣德去胡志明市引火自焚抗議政府打壓佛教的時候所開的車。釋廣德大師的自焚，可以說間接引發政權更替。

順化天姥寺

河內鎮國寺是當地最古老的佛寺，最初建於公元 6 世紀李南帝統治時期，名為開國寺，選址在紅河岸邊，由於河流侵蝕，古寺在 15 世紀搬遷到西湖中的金魚島，到現在還吸引不少善信過來，每天都人頭湧湧。據說鎮國古寺由多年前已經出過多名高僧，以前王室都會來向高僧問道，可以說是安南的國寺。寺廟裏面供奉了臥佛、千手觀音、彌勒佛、指天地佛等等佛道皆奉，和中國的儒釋道三教合一同出一轍，融為一體。近入口的十一層高六角蓮台寶塔在 1998 年才建，高塔每一層都有六尊佛像，全塔有 66 尊，塔頂有九層蓮台。整個鎮國古寺，有高有低，佛道皆奉而且又新舊共融，證明了漢傳佛教包容的特性。

河內鎮國寺

印度創造飛天

齊天大聖山寨就算了，那麼中國敦煌的名片「飛天」，應該是原創了吧？不過早在距今三千多年的《梨俱吠陀》，印度人已經將美女送到天空中為眾神舞蹈，所以余秋雨曾稱呼印度人的文化為蹈空文化。

「子不語怪力亂神」孔子敬鬼神而遠之，但在相對落後的東南亞，鬼神比四書五經，更易招攬信徒！

世界上只有這個國家，只追求來世，不重今生。所以這裏的人輕物質，重精神。地上滿佈牛糞，大家都視若無睹，一心以為鴻鵠將至，所以這裏着重精神的宗教繁多，但物質建設乏善可陳到貧瘠的地步。幾千年來，其他國家都忙着擴充軍事力量，搞工業革命，由波斯帝國到蒙古大軍到大英帝國，都沒有遇上抵抗，輕易就打下了這個半島。這裏甚麼都缺乏，到了今天，很多地方連馬路、電力、自來水都沒有，但偏偏就是不缺一樣東西：宗教。

印度，就是一個活生生的宗教博物館。你千萬不要來印度跟印度人講：「不理黑貓白貓，抓到老鼠就是好貓。」這種中國式功利主義思維，可以令中國成為效率一流的世界工廠、多快好省的新經濟體，但無法將埋首苦幹的中國人推上思想的高地、站在道德的雲端，那裏是形而上的意識空間，印度人洋洋得意的陣地。

印度教的創世紀，乳海攪拌了上千年後，甘露就出現了。那時阿修羅就佔了上風，他們拉扯蛇神的身軀時，毗濕奴發覺有不妥，他想怎樣才可以阻止阿修羅拿到甘露？於是他就用浪花創造仙女出來。乳海裏的浪花變成了無數個沒有穿上衣美麗的飛天仙女，她們曼妙的舞姿吸引了阿修羅的注意，阿修羅在偷看仙女時，甘露就給善神搶走了，善神喝了這些千年甘露就變成長生不老，從而形成了我們現在的世界。

我找了半天，才找到了這位等了我千年的露齒美女。

吳哥窟傳統的仙女舞

　　吳哥窟有二千多尊起舞中的 Apsaras 仙女，唯一有一尊是會露齒微笑的飛天仙女，有點像齙牙美女，但就令人印象難忘。

　　乳海攪拌出來的仙女 Apsaras 起舞為取悅眾神，慢慢發展成為一種宮廷舞蹈。高峰期在吳哥王朝的宮廷裏，有三千多位美女跳仙女舞來去取悅國王。不過到了赤柬的時候，所有美好的事物都被赤柬看成洪水猛獸加以消滅。而其中一個他們認定為腐敗的象徵當然是仙女舞，懂得跳仙女舞的人只有兩種下場：一是被殺；一是被投入到集中營折磨。

　　直到 1993 年，柬埔寨王國復闢。柬埔寨公主即是西哈努克的長女就決定要復興這種舞蹈。她發現全國懂得跳這種舞的女子幾乎全都被赤柬殺死了，幾經辛苦才找到幾個在集中營中的幸存者。之後開始要找尋舞衣，但她們連衣服都找不到，要周圍搜集找回當時的舞衣也很

辛苦。慢慢經過這麼多年才把這種舞蹈復甦。吳哥窟多間餐廳可以看仙女舞表演，還有自助餐，喝着吳哥窟啤酒，吃柬埔寨春卷，再欣賞仙女舞表演。仙女舞的表演我們主要留意她們的手部語言動作。

乳海攪拌

印度教傳說之中，仙女出世於攪拌中的乳海，正與邪的拉扯之中。這個乳海攪拌是印度人的創世紀，相比中國人的女媧造人，以黃泥仿照自己樣子搏土造人，想像力、瘋傳力，還是咖喱贏了九條街。

無論是吳哥窟的千年壁畫中、暹粒餐廳表演、越南的美山聖地、還有泰國曼谷機場，不見女媧的造人傳說，只餘印度人千年來的蹈空創造力：乳海攪拌，魅力無遠弗屆，跨越時空。

中國的儒教和道教止步於和廣西接壤的越南北部；不過印度宗教一路進發、所向披靡，經過斯里蘭卡、緬甸，繼而傳播到整個印度支那半島。越南的美山聖地於西元 4 世紀到 14 世紀時，曾是已消失的越南印度教中心，寺廟崇拜印度教神濕婆。

越南的美山聖地

神像不是在坐船，他們是在海中拔河，這是吳哥通王城的入口的乳海攪拌。

吳哥窟開始攪拌

一首歌流行十年八年，但印度一個神話故事可以流行千年以上，靠的只是咖喱養出來的說故事能力。

無論是在吳哥通王城的入口，還是在吳哥寺的牆壁雕刻上，無論是在斷垣殘壁的塔普倫寺，還是在廢墟一般的崩密列，兩隊神仙，日以繼夜、夜以繼日、千年不休，在海中拔河，不曾言休。

印度宗教提供了人生所有的答案。令我們的生活，好像有一點方向。在最黑暗的時候，就像蠟燭一樣的光明。

破壞聖像

歐洲在 8 世紀到 9 世紀之間，有一場轟轟烈烈的聖像破壞運動，從 726 年羅馬皇帝利奧三世頒佈禁止偶像崇拜法令為開端。

「不可雕刻偶象，也不可仿造上天、下地和地面以下水裏任何東西的形像。不可跪拜偶像，也不可受引誘去事奉偶像，因為我耶和華你的上帝，是要求專一愛戴的上帝。」（出埃及記 20:4-5）

在猶太教、天主教、基督教、回教這些亞伯拉罕諸教中，崇拜偶像被認為是一項主要的罪，所以英文有詞彙專指破壞聖像「Icono-clast」，歐洲人還調侃漫天神佛的印度教「偶像崇拜之所以傳遍全球，是因為挪亞方舟大洪水的時候，將印度教的成千上萬天神，沖到去全世界」！

吳哥寺的牆壁雕刻繼續拔河

亞伯拉罕諸教對偶像崇拜存有偏見，但無阻印度人邊吃咖喱，邊發揮自己的創意小宇宙。

印度教的創世紀由哪裏開始？

當智人開始直立，腦容量達到 1,500 毫升，和一支大支裝汽水相若，就誕生了軟實力。人類傾向解釋，目及周遭的大自然，就想到為甚麼，而解釋的方法各有不同，靠的是各種的創造力。這就是原始宗教的泛神論，行雷閃電、日升月降，皆是神力，都有其意識。五大洲都出現了不同的原始宗教，千奇百怪的神也誕生了。有的裝神弄鬼、假託天命、故弄玄虛、非我族類即指為異端，更多宗教導人向善，敬畏天地。

佛教沒有「創世」這一部份的理論，佛祖不是自有永有的 almighty god。

但印度教有「創世」，不過不是盤古開天闢地，不是上帝造亞當夏娃，而是「乳海攪拌須彌山」。西方人相信宇宙萬物是上帝創造，但印度教相信宇宙萬物是從海裏誕生的。這個海不是鹹死人的藍色大海，而是牛奶一樣的乳汁之海。因為乳汁是供養生命的，所以乳汁之海當中就有了生命的誕生。

但生命的誕生，也不是簡單地十月懷胎、或像上帝耶和華用六天的時間創造世界，或者盤古開天闢地，而是由兩隊神靈用一條巨蛇 Naga，像拔河一樣在乳海的中間拉扯，一邊善神菩薩，一邊惡神阿修羅，天搖地撼，浪花朵朵，每一朵浪花中間有女神誕生叫 Apsara 飛天仙女，她代表最早的生命。

生命源於水，浪花捲起正是代表生命出現。而且這海浪是乳汁，更代表新生命的誕生，希臘神話裏最美的女神維納斯，也是從海浪裏

泰國曼谷新國際機場的雕塑，還在攪拌乳海。

誕生的。

佛教誕生於古印度，對印度教神話中的阿修羅作出新的解釋，並吸收阿修羅到天龍八部護法神隊伍中。

誰創造了乳海攪拌須彌山？由於年代久遠，作者無從稽考，或許是集體創作，我想當年創作時，應該估計不到這個神話會流傳印度次大陸千古之餘，乳海翻騰出了印度洋，還影響到千年前的吳哥窟石雕壁畫、金庸小說《天龍八部》的靈感，以至泰國曼谷新機場的雕塑，可謂永恆不朽的印度大師級文創軟實力。

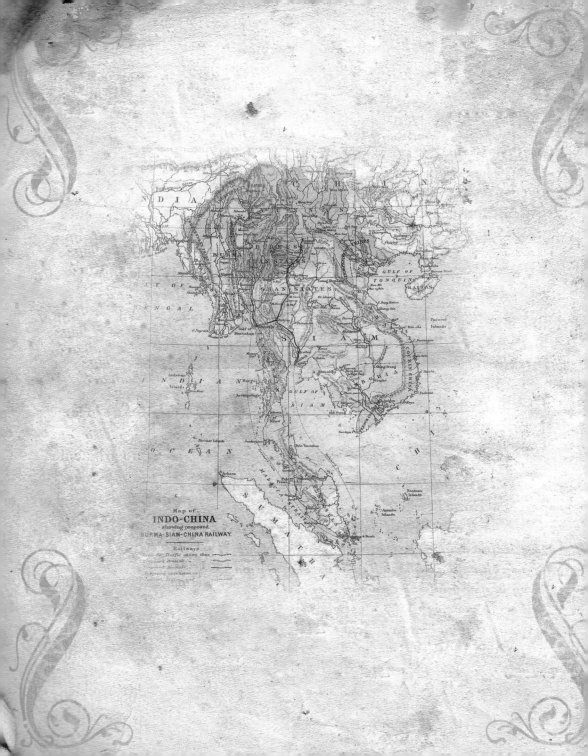

Map of
INDO-CHINA
showing proposed
BURMA-SIAM-CHINA RAILWAY.

Railways

第八章

印度教化的上座部佛教

上一章，我們回顧了東南亞諸國在過去二千年來十分受落印度傳入的印度教和佛教，相比中國傳入的儒教和道教，在印支半島上中印兩大文明軟實力的千年角力，最終以印度宗教完勝告終。

在本章，我會深入分析，東南亞的上座部佛教，與華人熟悉漢傳佛教，為甚麼表面如有雷同，實際上有雲泥之別？

馮京作馬涼的另類佛教

「佛告須菩提，凡所有相，皆是虛妄，若見諸相非相，則見如來。」《金剛經》云。

「快快快，來燒香拜佛，這裏有尊千年之前的千手觀音菩薩，整個吳哥窟最靈驗的哦！」一個操普通話的內地女導遊，手舉旗幟，尖聲呼喚一大班大紅大綠的大媽。

順勢望去，那尊她口中所謂的「千手觀音菩薩」，果然香火鼎盛，跟前已經跪拜了眾多柬埔寨人，手舉蓮花，燃香唱經。這尊石像廣受人崇拜，是因曾經被小偷竊去頭部，後來柬埔寨警方破案後，才能破鏡重圓。

吳哥窟香火最盛的神像，被華人誤認為是菩薩，其實是毗濕奴像。

入錯廟拜錯菩薩

身披袈裟，慈目雙垂，頭髮盤髻，耳長及肩，比較佛像傳統標準的「三十二相」、「八十種好」相差無幾。石像端立於華蓋之下，左右各有四隻手，由於年代久遠，手上法器已經失去。石柱托住的天花板，裝飾着蓮花圖案。

漢傳佛教中，觀世音菩薩化身之一的摩利支天，就有三面、三目、八臂，而密宗的准提菩薩形象，和這尊法相也很相似，顯教之准提菩薩菩薩形象多為三目十八臂（俗稱為「十八手觀音」），藏傳佛教之覺囊派所傳為三面、二十六臂之相。

但事實上，這並非觀音，也非准提菩薩，甚至連佛教雕像也不是，這明明是印度教的保護神「毗濕奴」啊！

那些入錯廟拜錯菩薩的大媽們，還有那個馮京作馬涼的女導遊，對這位「毗」姓神靈，是甚麼來頭，更是摸不着頭腦，或許根本就不介意張冠李戴。

心水清的華人佛教徒會留意到，在東南亞諸國的佛寺之中，只有釋迦牟尼佛，但沒有華人廟宇常見的眾菩薩，無論是地藏王菩薩、觀音菩薩、文殊菩薩還是普賢菩薩，這是因為「菩薩」是北傳佛教（大乘佛教）的，並不常見於上座部佛教。這也是兩個宗派的根本分別之一。

法相莊嚴的毗濕奴石像飽經風霜，已有千年歷史。

東南亞佛教徒崇拜毗濕奴神

　　還有更殘酷的事實，吳哥窟並非佛廟，而是毗濕奴在地上最大的神殿！

　　印度教共有三千三百萬個神，連印度人也說不清所有神的名字，最重要認得三主神。印度教三大主神，稱 GOD，G 指 Generator（創造神：梵天，Brama 就是四面佛），O 指 Operator（保護神：毗濕奴，Visnu），D 指 Destroy（破壞神：濕婆，Shiva）。吳哥窟正是供奉毗濕奴神！

　　在印度教神話以及建築雕像中，毗濕奴常常以長有深藍色皮膚以及四隻手臂的形象出現，不管手臂伸向何方，都會分別持有四種神器——法輪、法螺、蓮花以及金剛杵。他有一張神弓和一把神劍。他有時坐在蓮花上，有時躺在一條千頭蛇身上，有時騎在一隻神鳥之上，還有十大化身。

　　我在印度遍遊各大宗教聖地時，發現印度教徒也拜佛祖，只因印度教在 8 世紀由婆羅門教進行宗教改革時，大師商羯羅吸收了佛教教義之故，於是毗濕奴有了十大化身，包括魚、龜、野豬、侏儒、黑天等，第九個化身是佛陀，即是釋迦牟尼。千年之後，現在的上座部佛教，部份佛教徒認為毗濕奴是「創世佛」，於是又吸引回佛教。柬埔寨現在百分之九十七國民皆為上座部佛教徒，在吳哥窟裏遇到毗濕奴像，個個都下跪燒香，就是這個原因。

柬埔寨佛教徒普遍崇拜毗濕奴神

佛祖如何評婆羅門

　　或許有人不求甚解，佛教徒禮拜毗濕奴也沒有甚麼大問題，大千世界十方三世之中有無數佛，一方佛土，有一佛教化眾生，多一兩個更方便教化呢！

　　我們生活在一個資訊空前流通的互聯網時代，我喜歡尋根問底，到底毗濕奴和佛祖，今生前世，邊個打邊個，不必求神問卦，只要求助 Google 大神，慢慢梳理，就會見真相。

　　「若彼三明婆羅門無有一見梵天者，若三明婆羅門先師無有見梵天者，又諸舊大仙三明婆羅門阿吒摩等亦不見梵天者，當知三明婆羅門所説（梵天）非實。」《佛説長阿含經卷第十六》

　　證明佛陀在世時，親自否認吠陀宣揚的創造主梵天，即根本上否定了婆羅門教。

　　「如是我聞：一時，佛在拘薩羅人間遊行，至舍衛國祇樹給孤獨園。時，有長身婆羅門，作如是邪盛大會——以七百特牛行列繫柱，特、牸、水牛及諸羊犢，種種小蟲悉皆繫縛，辦諸飲食、廣行布施，種種外道從諸國國皆悉來集邪盛會所。」《雜阿含經》第九十三經。

　　佛陀對印度教的前身婆羅門教，傳統的火供、血祭等，釋迦牟尼多次批判。「種種供養，實生於罪」，稱之為「邪盛大會」，因為殺生已經違背了佛陀提倡的眾生平等原則。

　　「或有沙門、梵志持一句咒，二句、三句、四句、多句、百千句咒，令脱我苦……終無是處」「見諦人信卜問吉凶者，終無是處」「幻法，若學者，令人墮地獄」《中阿含心品多界經第十》

　　佛陀在本經中表示，咒語與四聖諦背道而馳，只有凡夫才會企圖以持咒來滅除煩惱，而初果（見到真諦、真理、正法者，得法眼淨者）以上的如來聖弟子絕不會如此。

　　讀完《阿含經》，佛陀猶如當頭棒喝，對破除婆羅門教的邪術迷

信，批評得毫不含糊，徹底劃清界線。

運用很簡單邏輯推理，佛陀再世吳哥窟，他會否認同自己是婆羅門教的三大主神之一毗濕奴的第九化身呢？他會否認為毗濕奴神是「創世佛」呢？

上至國王，下至平民，柬埔寨人一生中都必須要出家剃度最少一次。

泰皇原是毗濕奴神

佛國泰國一向是上座部佛教重鎮，佛寺遍佈全國，超過 94.6% 的泰國人為佛教徒，泰國憲法明文規定國王必須是佛教徒，而且和泰國男子一樣一生必須剃度出家一次。

2019 年 5 月 4 日，泰國國王瑪哈·哇集拉隆功加冕典禮在曼谷大王宮舉行，儀式卻不是佛教，而是以印度教為主，由印度教婆羅門祭司將象徵君權的「五大御器：皇冠、寶劍、權杖、金扇與金拂塵、寶履」親手呈上，並以「皇冠」代表至高無上的神聖權力與絕對地位。整個儀式象徵「君權神授」，完成後國王正式宣佈成為毗濕奴神的化身。

婆羅門祭司？毗濕奴神的化身？泰國不是佛國嗎，泰王不是佛教徒嗎？為甚麼全部都是印度教儀式及理念？

泰皇加冕儀式，
由婆羅門祭司奉
上聖水灌頂。

在世的毗濕奴神

　　加冕儀式之後，哇集拉隆功正式成為泰國「拉瑪十世 Rama X」。

　　「拉瑪」（Rama）出自印度教三大神之一的保護神毗濕奴，「拉瑪」是他的第七個分身，即是說，哇集拉隆功就是在世的毗濕奴神。

　　要看懂港人經常去旅行的泰國，就要理解印度教化的上座部佛教。漢傳佛教徒如果對印度教教義、歷史不了解的話，就會出現吳哥窟「入錯廟拜錯菩薩」，將印度教毗濕奴神當作觀音菩薩來拜的笑話。更不明白，為甚麼作為佛教徒的泰王，同時又是印度神轉世？

　　首先，不同一神教的猶太教、天主教、基督教、回教，佛教和印度教水乳交融，毫不違和。中國歷史上有儒釋道三教合一，東南亞就有佛教、印度教合二為一的千年歷史。

　　其次，泰國當今的王朝扎克里王朝，其實相當年輕，現在傳到第十世而已，推上去還有華人鄭王建立的吞武里王朝、阿瑜陀耶王朝、以及泰國最早的素可泰王朝，相當於中國的宋朝，1431 年，素可泰攻佔真臘國都的吳哥，逼真臘遷都金邊，國勢一跌千丈，但吳哥王朝的文化、宗教深深影響到了這個後起的侵略者。

吳哥窟的壁畫石雕之中，生動地描繪了歷史時刻：真臘軍隊的同盟宋朝士兵，束髮金冠，有點像秦俑，跟在騎馬將軍後面行軍。真臘軍隊的將軍乘坐大象，身披鐵甲，手持令旗和武器。但素可泰王朝的暹羅士兵，就沒有披甲，也光着腳沒有鞋子，只穿一條丁字褲就上陣了，文明明顯低過宋朝及吳哥王朝，但歷史就是那麼殘酷，劣幣最後驅逐了良幣，野蠻的蒙古人滅了高度文明的宋朝，暹羅也打敗了更高文明的吳哥王朝。

留意泰皇玉照下方，就是 Garuda，毗濕奴神的坐騎。

泰國宗教吳哥來

地球上數千年來誕生的宗教多如牛毛，但只有能跨越國界和人種的宗教才能稱為世界宗教。印度誕生的婆羅門教、佛教和印度教，二千多年來影響整個東南亞。印度流行崇拜毗濕奴，於是柬埔寨便受其影響從而建了吳哥窟；佛教流行時，這裏建造巴戎寺作佛教中心，只因為印度的宗教軟實力打遍天下無對手。

佛教和印度教誕生在同一片土壤上，我們看上去難免有種親切感，佛教徒在印度行走亦會有很面熟的感覺。蓮花不是佛陀的專利象徵，因為蓮花也是毗濕奴的標記；佛教的卍字標記仍然廣見於印度廟的裝飾上，這標記在印度並不代表佛教；佛教咒語中常見的「唵」和「南無」也是印度教的咒語，因為追尋到底大家都源於古老梵文。佛教和印度教很多教義和修習方法都源於更古老的《吠陀經》和《奧義書》，印度各大本土宗教的共同教義都宣傳「輪迴」、「轉世」、「因果」、「報應」，並用打坐和冥想達到天人合一的境界。

　　在這個系統中，印度教的蛇神變成佛教的龍王，印度教的毗濕奴變成佛祖；印度教的大梵天，佛教中的名稱變為四面佛；東南亞的佛教徒都會拜猴（Hanuman）、大鵬金翅鳥（Garuda）、蛇神（Naga）、

曼谷大皇宮有一座巨型的吳哥窟模型，向其宗教文明來源地致敬。

半人半鳥的金納里（Kinnari）和象神（Ganesh）等印度教神祇，做到真正的同中有異，異中有同。

上一章介紹過在曼谷新機場，有一座巨型的攪拌乳海藝術品，一邊是九個阿修羅，另一邊是九個善神，雙方正拉扯的繩子是 Naga 蛇神，兩邊不斷攪拌攪出這個世界，這就是攪拌乳海的故事。印度教眾神如何從萬年前在印度洋攪拌乳海，發展到今天的曼谷新機場？

這與另一個國家有關。這個印度洋的乳海攪拌到今天的中介當然不是互聯網，也不是乘機或乘船，而是與柬埔寨有關。

1431 年，泰國大城王朝的軍隊攻陷高棉王國吳哥凱旋而歸，把吳哥王朝信奉的婆羅門教神王信仰帶到泰國。為何人吃飽了便需要宗教？舉頭望天上有星星、太陽、月亮，究竟從哪裏來？再低頭看自己，我又從哪裏來？我的父母從哪裏來、人類從哪裏來、我將會去哪裏，以及我的存在意義是甚麼？因為外來的印度宗教，提供了人生所有答案。在最黑暗的時候，如蠟燭般的光明，印度教特別解釋了人類和世界起源，但印度教的創世神話創世過程不是上帝創造亞當和夏娃，而是令人過目不忘的乳海攪拌須彌山。

吳哥窟的乳海攪拌壁畫

吳哥王朝的神王信仰

　　若你在八百年前到大吳哥城，你會驚嘆於這是全球最大城市之一。整個城市呈正方形，每邊長三公里，城門設計十分特別，南城門的城門頂是面朝四方的國王模樣，進城時過目不忘。城門外的石橋上，右方有 54 個善神石雕、左方有 54 個阿修羅石雕，正在拉扯一條繩子，這是甚麼？當然是很忙碌的 Naga 蛇王，這也是攪拌乳海的 3D 立體版。

往大吳哥城的石橋上，也可以見到 3D 版攪拌乳海。

和尚出現在小吳哥，是常識吧……

吳哥窟本身供奉毗濕奴神，這就是吳哥王朝的神王信仰。神王信仰，起源於吳哥王朝的開國國王闍耶跋摩二世，他在荔枝山之巔，自立為「山帝」之後，更仿照爪哇國習俗，樹立「神」「王」合一的神王信仰；他宣稱，印度教創造與毀滅之神濕婆，授他肉身以神性，國王的靈魂，附身於濕婆的化身林伽，名為 Devaraja，即「神王」。直到 12 世紀初蘇利耶跋摩二世改奉毗濕奴，建立無比宏偉的國廟吳哥窟，供奉毗濕奴的肉身蘇利耶跋摩二世。

　　1431 年，暹羅士兵攻入吳哥窟，凱旋回首都素可泰，帶回了吳哥王朝的印度教化的佛教。最重要的信仰就是：神王信仰。神王的信仰中心，國王是一個活生生存在於人間的天神的化身，他代表神在大地之上統治人民。神王信仰傳到泰國，影響到今天的曼谷王朝，以及曼谷機場的乳海攪拌須彌山雕塑。

吳哥文明可謂泰國文化之母

神王發源地——荔枝山

印度教三大主神之中，在印度最受歡迎的反而是破壞神濕婆。大家千萬別被這中文譯名誤導濕婆是男神，他有老婆的，當他跳舞時世界便會倒過來，然後毀滅。在印度哲學中，毀滅有重生的含義，因此他的象徵是男性生殖器「林伽」。數千年來在印度廟宇中供奉一根巨大勃起的林伽，這是濕婆的象徵；下方平放的是陰道「約尼」，男女老幼誠心膜拜，只要用口和手親近林伽，把牛奶倒在約尼上便能完成。這是為了人類生存、傳宗接代的大事，與我們平日說的性交有天壤之別，最後披上男女雙修的名號，這就是正式的宗教祭典。

公元 10 世紀，印支半島出現兩個極強大國家，其一是位於越南美山的占婆王國；另一個就是高棉帝國，高棉帝國的發源地——荔枝山，森林就是神王信仰的發源地。森林的河床上雕刻了逾一千個代表生殖能力的濕婆信仰方形——代表女性生殖器「約尼」；而中間的圓柱名為「林伽」——代表男性生殖器，加起來當然代表生育。這雕滿「約尼」和「林伽」的河流，生生不息的孕育了下游的吳哥王朝，持續繁華了六百年，足足跨越中國唐、宋、元、明四個王朝。

若巴戎寺代表高棉王朝盛世與佛教的流行；荔枝山則代表高棉王朝的創始之初，當年他們對於印度教的崇拜。因為高棉王朝的首位功勳君主，闍耶跋摩七世，他就在荔枝山宣佈王國成立並把這裏定為聖山。而在這神權王國的象徵之地，在荔枝山這條小河裏竟然刻有一千個「約尼」和「林伽」，究竟當時用甚麼技術以及如何做到的呢？更令人驚訝的是，即使經過一千年來流水侵蝕，這裏「約尼」和「林伽」雕刻竟然大部份都完好保存，難道這就是聖山的威力？

滿河的林伽和約尼，經歷千
幾年的沖刷仍能清晰可見。

荔枝山已經成了柬
埔寨人的水上樂園

四面佛非佛

　　四面佛，這可能是宗教界最錯誤的翻譯，第一祂不是佛，第二祂
原來不止是四面。

　　泰國四面佛其實是 Brahma，屬於印度教的大梵天神，祂創造了宇
宙，相傳亦是梵文字母的發明者，所以是創造神。創造神梵天、保護
神毗濕奴和毀滅神濕婆合稱印度教三大主神，但大梵天在印度並不受
重視，香火遠遠不及泰國。

日夜香火不絕的四面佛，當然是香港人去曼谷必拜的 Erawan（伊拉旺）。該神壇興建於 1956 年，當年據說是在 Erawan 酒店（君悦酒店前身）興建之時，發生了一連串的不幸工業意外事故，多位在當地工作的工人都離奇地喪生。因此業主請來了鑾素威參佩少將察看並依其建議，後來便在建築工地附近建造這座神壇供奉四面神，保佑大眾諸事順遂。這尊梵天的靈驗轟動全國，泰人趨之若鶩，前來膜拜求助，聲名更遠播亞洲，帶動了酒店周邊的發展，例如與祭拜四面佛有關的行當——香燭、花環、還願舞蹈團生意興旺起來，四面佛慈善基金會更是財源滾滾，每年能收到香客上億銖之多的捐款。

　　為甚麼說「四面」也翻譯錯了呢？

　　大梵天的造型多數為四面八手。但其實原本祂有第五面，仰天朝上！

　　傳聞大梵天因為迷戀上美麗的辦才天女，辦才天女到處逃竄，躲避梵天的注視，為了方便凝視美女，原本一個頭的梵天遂長出五個頭顱，使辦才天女無從逃避。為了阻止梵天的行為，濕婆砍掉了他向上的一顆頭顱，辦才天女才得以逃走到他的上方。於是梵天只剩下了現在所常見的四張臉了。

　　作為正信的佛教徒，我對印度教的漫天神祇、想像力爆炸的神話故事十分感興趣，三訪印度遍拜印度神廟。我去曼谷時，經過 Erawan（伊拉旺）四面佛，必定參拜。唯一分別是年輕時錯把馮京當馬涼，以為四面佛真的

我每次到曼谷都會參拜四面佛

是佛，現在已經能夠分辨印度教、漢傳佛教、深受印度教影響的上座部佛教。對於娑婆世界三千宗教，我都心懷崇敬之心，加以禮拜，包括耶教和回教。

四面佛的腳趾

面容娟秀、人頭鳥身、聞歌起舞、婀娜多姿，無論在泰國首都曼谷的機場牆上壁畫、著名的大皇宮、玉佛寺、寮國首都永珍的地標：凱旋門上，都有這種半人半鳥的雕像——金納里、緊那羅（Kinnari 或拼作 Kinnaree），她們當然不是會講大道理的大神，漢譯名字可一見端倪：人非人、疑神、音樂天、歌神、歌樂神，形象為半人半鳥，是天神的歌者和樂工。

作為印度教中的一種小神，地位等同《聖經》中的天使。我深愛文藝復興大師拉斐爾的名作《西斯廷聖母》之中，那兩個睜着大眼仰望聖母降臨，充滿稚氣童心的小天使，比主角更加搶鏡及討人喜愛。對這種連個人名字也沒有的配角小神，我一向極感興趣。因為自己也是全球各地每天都在跑龍套的 70 億蛋散之一員。

常言道「成功靠父幹、發達靠投胎」，印度社會比香港更講究階級地位及出身，例如廣受印度及東南亞市民崇拜的「象神」，血統就十分 Blue Blood，父親為三大神之一的濕婆，母親是美麗的雪山神女，以今時今日的香港社會比喻，就如何家大公子。

「金納里」呢？出身於十分卑微的社會最底層。印度教的教義之中，腳是人體最骯髒的部位，金納里正是從大梵天（泰國稱為「四面佛」）的腳趾中生出！俗世之中，腳趾生出的應該是癬、瘡，最令人津津樂道可能是「香港腳」，怎麼看，玉佛寺前面，這些金碧輝煌的漂亮舞女，也和腳趾扯不上關係啊！男金納里擅長音樂，女金納里擅

長舞蹈。他們住在吉羅娑山
上俱毗羅的樂園裏，是俱毗
羅的伴神。用現代的語言，
等同來自河南某鄉鎮的無名
童工雜技團，每天吹吹啲
打，頭頂碗碟打兩個側身
翻，行走江湖。

　　仔細看泰國的金納里雕
像，神像雙腳和茶樓的點心
類似，的的確確是一對「鳳
爪」。佛教也吸收了此神，
作為護法神天龍八部之一。
但樣子就變了很多，被稱為
「緊那羅菩薩」，通常為馬
首人身、或青面朱髮、手持
斧錘，怒目相向的樣子。

曼谷大皇宮的美麗金納里

　　反而出現在《阿彌陀經》
的「妙音鳥」：迦陵頻伽，角色更像金納里的姐妹：「彼國常有種種
奇妙雜色之鳥：……迦陵頻伽、共命之鳥。是諸眾鳥，晝夜六時，出
和雅音。」更化為後世的飛天，衣裙飄曳、彩帶飛舞、永遠翱翔在敦
煌的洞窟。

高棉的微笑

　　泰國四面佛並非原創，柬埔寨的巴戎寺內已有 49 座巨型四面佛稱
為高棉的微笑，那是根據闍耶跋摩七世的面容再融入佛祖模樣雕刻而

成，因此高棉的微笑予人感覺是佛祖的安詳感。

　　誕生於印度的幾個宗教沒有排他性，從來沒有如十字軍東征的戰爭出現。和平基因來自不害的精神「害人即戰爭，不害即和平」。

　　巴戎寺內著名的「高棉的微笑」每座佛塔上都有面朝四方的笑容，這就是著名的高棉的微笑，代表佛教《阿含經》的精神慈、悲、喜、捨，就是佛教和平的精神。

　　剛才說過東南亞的兩教合一其中大部份受到位於柬埔寨的高棉王朝影響，其中一位最重要的人物就是這位闍耶跋摩七世。在闍耶跋摩七世統治下，高棉王朝達到他們其中一個高峰，領土遍佈今天印支半島不同國家。最重要是他開始篤信佛教，因此在大吳哥城內興建大量佛寺，包括現在大家看到的巴戎寺及裏面著名的高棉的微笑。

巴戎寺內著名的「高棉的微笑」

遠眺巴戎寺

多功能雨傘繩

　　一連介紹常見於東南亞佛寺的印度教幾個小神，包括從大梵天（泰國稱為「四面佛」）的腳趾中誕生的金納里、由銀行 Logo 到航空公司名字的大鵬金翅鳥 Garuda（天龍八部之一迦樓羅），以下介紹大鵬金翅鳥的食物：Naga（那伽）。

　　有人將那伽翻譯成中文的「龍王」，其實那伽和中國龍在性質和外觀上並不相同，後者騰雲駕霧，形象更是九不像的神獸，代表皇權，

無處不在的那伽蛇王

前者是單純的蛇，眼鏡蛇在印地語中的讀音就是 Naga。正確的翻譯應該音譯是「那伽」，意譯是「蛇王」，和中國龍毫無關係。

鳥是否會吃蛇？這在現實中，我沒有親眼見過，雖然我住的新界經常都遇到蛇。但各大古文明都有此傳說，墨西哥國徽上，就是一隻老鷹咬着一條蛇，想必是古人親眼目睹所創作，上網查過有種鳥叫蛇鵰，就擁有捕蛇技能。

和很多人一樣，我自幼就很害怕蛇。但古代各大宗教，均有這種令人毛骨悚然的動物，這是甚麼心理？我還在研究之中，有結果和讀者分享。例如《創世記》中，夏娃受蛇變成的魔鬼引誘吃了禁果。《出埃及記》也記載耶和華將摩西的杖變成蛇。蛇更是古埃及王權的重要

象徵物，出現在王室的王巾、王冠以及頭飾上，法老更用毒蛇咬自己手臂以提高免疫力。

　　蛇王 Naga 被大鵬金翅鳥吃之前，也挺忙碌的，例如要扮演繩子的功能，又要扮演雨傘，身兼多職。前兩期介紹過的印度創世紀乳海攪拌之中，眾天神（提婆族）和阿修羅為了得到不死甘露，就用了一條巨大的 Naga 那伽之王婆蘇吉做繩子，拉拉扯扯了千年！上帝造世界只花了一週時間，但乳海攪拌了千年才創造出娑婆世界，應該是印度神比較慵懶，還是猶太神的效率太高了？可憐那條中間被拉扯千年的那伽之王婆蘇吉，有沒有向創造出來的印度政府追討長達千年的最低時薪欠薪呢？

佛祖坐在 Naga 蛇王的墊子上

騎着 Naga 的大鵬金翅鳥

　　東南亞常見的「七頭蛇王護佛祖」造型，源於《本行經》《中阿含》記載佛陀釋迦牟尼未成佛祖前，七天狂風暴雨，七頭蛇王下凡為佛祖遮風擋雨，蛇王這次充當了雨傘的功能。在華人看來，七條蛇的樣子比較嚇人。因為漢語中有「蛇蠍心腸」、「佛口蛇心」等成語，令華人從小對蛇有了分別心，東南亞佛教徒就無此擔憂。

　　神王信仰不只是吳哥王朝的主要宗教，也傳播到泰國，更影響今天的曼谷王朝。剛剛加冕的拉瑪十世，用印度教儀式宣稱自己為毗濕奴神，這是荔枝山神王信仰的現在進行式。

常見跑龍套：大鵬金翅鳥

除了從大梵天（泰國稱為「四面佛」）的腳趾中誕生的金納里，另外一個更常見跑龍套角色：大鵬金翅鳥 Garuda。

作為毗濕奴神的座騎，而泰王是毗濕奴的化身，大鵬金翅鳥自然就代表九五至尊的泰國皇家了。大鵬金翅鳥無處不在，大王宮、玉佛寺、睡佛寺、鄭王廟，到處都有它的身影。

除了皇家及宗教聖地，這鳥也飛入市區。

去過泰國旅行的你可有留意，泰國版匯豐銀行、最大的盤谷銀行大門口上方，裝飾着一隻金翅膀的神鳥——大鵬金翅鳥？泰國華僑稱之為「皇家鳥」，相當於故宮的五爪金龍、白金漢宮的英格蘭金獅，大鵬金翅鳥即是泰國國王的象徵，也是泰國國徽，具有崇高的地位。但是，私自在辦公場地掛起金翅鳥，則是非法的。企業機構有金翅鳥，必定由泰皇賜准，是一種至高無上的榮譽。

曼谷中央郵局屋頂上的
大鵬金翅鳥氣勢不凡

政府機構門口，也有大鵬金翅鳥的雄姿，例如曼谷中央郵局。建築完工於二戰爆發的 1939 年，至今已經有八十年歷史，不過保養得十分良好，根本跟新的一樣。「凸」字形的郵政大樓，外觀細膩到連左右兩翼灰色外磚線條都完美對稱，帶有濃厚新古典主義（Neo Classicism）氣息。為凸顯中央郵局的泰國風，泰國建築師在頂樓加了一對巨大的大鵬金翅鳥，如同神鷹展翅，但鳥頭就人性化了，有齊眼耳口鼻，更像一個「鳥人」，和歐風建築形成強烈而個人化的對比。中央郵局前面廣場的銅像是泰國第一位郵政局局長，巴努朗希沙旺塞（Banubandhu Vongsevoradej）親王。他是泰國「明治天皇」：拉瑪五世皇朱拉隆功之親弟弟，開創了泰國郵政服務。

毗濕奴神出巡時，金翅鳥就是神的乘騎，其他時間，金翅鳥就要停歇在毗濕奴神起居之處的上方。所以，只要我們看到金翅鳥，就知道毗濕奴神在附近了。泰王作為毗濕奴的化身，整套神王信仰源於柬埔寨吳哥窟。當今的泰皇拉瑪十世巨型畫像下面，就是大鵬金翅鳥，再次展現印度教式的神王合一。

印度教影響力遍佈東南亞，印尼國家航空公司就叫做 Garuda Air，坐這飛機的乘客，豈不是都是毗濕奴神？

玉佛寺的塔底由大鵬金翅鳥辛苦托起

有求必應象神廟

「恭喜發財！」年年春節講不停，因為大眾求財心切。中國財神爺是趙公明，一個頭戴官帽、手捧金元寶的老伯伯樣子。慈祥和藹、肥肥白白但就外貌平凡，在銅鑼灣走一轉，撞樣機會都幾高。

但泰國財神爺呢？

包你過目難忘！不僅象頭人身，而且只有一隻象牙，並長着四隻手臂，體色或紅或黃，盤坐着或是翹起其中一邊的膝蓋，還騎着一隻小老鼠，比例超級怪誕！相信不論印尼人、還是印加人，任何人首次見到這個形象的神，必定會再三回

有求必應象神廟

望，用當今的網絡語言，「回頭率」超強！

泰國財神爺象神 Ganesha，他是濕婆大神（Shiva）與雪山女神（Parvati）之子。為何生得如此骨格精奇呢？

這種神話不是中國人能夠想像或創造的，只有印度人才有這般天馬行空的軟實力文創能力！

濕婆是印度教三大神中最受歡迎的破壞之神，他有一天離家之後，妻子雪山神女即生下象神 Ganesha，因為他是神之子，出生之後即長得十分高大強壯。雪山女神有天正好在洗澡，便叫兒子在外頭守着，不讓外人偷窺，正在此時濕婆回家，見到有一個高大英俊的小伙子站

在門口，誤以老婆偷漢子，心中充滿醋意，就叫那個小伙子讓開，象神堅守母親的囑託，不讓開通路，父子二人就打了起來，濕婆竟不敵兒子，心中十分生氣，就使了奸計，一刀砍下兒子的頭，象神因此身首異處。雪山神女聽見打鬥聲，出門一看，只見丈夫砍下親生兒子的頭，痛哭失聲。此時濕婆才知道做錯了事，為了安慰太太失子之痛，就去求毗濕奴，毗濕奴告訴濕婆，只要明天往他交代的方向走去，看第一個生物將其頭砍下，安裝在兒子的脖子上，就可以使兒子復活，濕婆依言去做，結果遇上第一個生物就是大象，於是取得象頭，放在兒子的身上，因此兒子就成了象頭人身。

象神一家三口

曼谷「路口象神」

泰國除了四面佛（實為印度教大梵天神）多，象神也多。香火最旺盛的四面佛 Erawan，位於繁忙的十字路口；最靈驗的象神廟，同樣位於車水馬龍的十字路口，叫做「泰天神殿　慧光路口象神」。根據門口的中文招牌介紹，此廟於 2000 年由泰國大智者亞贊素猜 Master Suchart Rattanasuk（人稱金菩薩）所創立，供奉了象神之後，多次為

善信顯現神蹟，成為眾所周知的有求必應，路口象神慕名而來者遍佈四方，香火鼎盛，普渡眾生，造福有緣人。

象神前面供品全面是鴨蛋

這個象神廟像7-11，廿四小時開放。越晚信徒越多！為甚麼呢？主要説法是民間傳説晚上12點拜最靈驗！

參拜象神，信徒需除鞋赤腳入內。先到旁邊的祭品部買一串花、一枝蠟燭和五枝香，還會附上一杯牛奶與一杯紅色的糖水，用來供奉象神用。牛奶，還記得攪拌乳海嗎？

拜祭象神之後，可以擲筊。擲筊？這不是中國道教的傳統嗎？對，這間象神廟的確引入了中國道教的儀式，彎月形的筊杯在這裏變成梯形，擲出的筊不是要一正一反，而是同一面才行。然後再用小拇指勾起厚重的金老鼠磚，才能獲得象神的認可，願望就會實現！

除了擲筊，信徒還可以用籤筒算命，也有籤詩（中文泰文都有）。中、印、泰三種不同的宗教文化，在這裏巧妙地融合在一起。中國傳統有儒釋道合一，泰國就是印佛道合一。

象神像在室外，室內大殿供奉了一對十分恩愛的夫婦：象神的父母：濕婆神與雪山女神，兩個神相擁而坐，如同新婚夫婦，雪山女神抱着 BB 象神。一家三口在大廳，很溫馨的家庭親子樂感覺。這種神明「全家福」的供奉方式，並不存在於其他宗教，只有印度教才有。

這裏滿天神佛，除了核心家庭的象神一家三口之外，還有佛祖釋迦牟尼、四面佛、五面愛神、毗濕努神及大鵬金翅鳥，魯士香密智者等。象神前面的黑色神叫拉壺天神，他只有半身，口含月亮，樣子十分有趣，他專門為信徒排除小人。因為他生性頑皮，日神和月神誣告他是一位邪神，眾神之神將他橫腰斬斷。所以他只有半身，但後來沉冤得雪並位列仙班，於是就吃了太陽及月亮，這也是日食和月食的原因。每逢日食或月食，泰國人認為這是向拉壺天神請求庇佑和許願的最好時機。拜他時要用黑色的蠟燭，可以擋走小人是非，相當於鵝頸橋打小人的功效呢！

專吃小人的拉壺天神後面，就是象神。

佛祖釋迦牟尼前面也有象神

象神無處不在，而且廣
受泰國佛教徒崇拜，為
神像貼金。

Map of
INDO-CHINA
showing proposed
BURMA-SIAM-CHINA RAILWAY.

Railways

第九章

東南亞五國的佛教建築

印支半島上中印兩大文明軟實力的千年角力，最終以印度宗教完勝告終。印度宗教之中，東南亞的上座部佛教其實是原始佛教和印度教的混血兒。

這一章，我將沿上座部的傳播路線，為大家梳理出五個國家的佛教建築風格異同，走進遍佈東南亞大城小鎮的佛寺、佛塔，走上佛寺的屋簷，由建築角度，了解背後的由來。

七級浮屠之路

歐洲人有句俗話，歐洲觀光都是 ABC（Another Bloody Church）。亞洲呢？就是 ABT，當然就是寺廟了。

自古以來人類有了宗教，就將最多心機、時間及金錢，統統都投資在宗教建築上面。所以人類宗教建築永遠都是最宏偉、最有民族特色。東南亞五國都是佛國，五步一佛寺，十步一佛塔，簡單如佛塔，緬甸覆鉢式浮屠、高棉印度教式塔、柬埔寨式印度教塔，千姿百態，各有風格，佛寺屋頂更藏有無數宗教故事！

上座部佛教發源於印度，最早傳入錫蘭（斯里蘭卡），11 世紀傳至緬甸阿努羅陀王朝，再傳到暹羅素可泰王朝。14 世紀，老撾國王法昂娶柬埔寨吳哥王的女兒為妻並引入上座部佛教，15 世紀初葉暹羅入

蒲甘至今仍擁有全世界最大規模的古佛塔群建築，去年正式列入世界文化遺產。

侵吳哥之後，因暹羅人信奉上座部佛教，吳哥寺由印度教變為上座部佛寺。從而傳播遍佈於整個湄公河流域。

「救人一命，勝造七級浮屠」，浮屠是舶來品，音譯自梵文的 Stupa（或稱窣堵坡），西元 1 世紀由印度隨佛教傳入中國，所以漢朝之前，中國沒有浮屠。直到隋唐時，翻譯家才創造出了「塔」字，用來意譯 Stupa，沿用至今。

佛陀一生托鉢，所以鉢是佛陀的標誌，就像十字架之於基督教，鉢就代表佛教，比佛陀像的歷史更為悠久，可謂「見鉢如見佛」。但佛鉢只有細小一個，並不方便崇拜，怎麼辦？ 將鉢倒扣，變成一個建築物，這就是最早的覆鉢式塔 Stupa。原本浮屠的功能是墳墓，開始時是為紀念佛祖釋迦牟尼，在佛祖出生和涅槃的地方都要建 Stupa 佛塔來紀念祂。隨着佛教在各地的發展，在佛教盛行的地方開始興建越來越多的塔爭相供奉佛舍利，後來佛塔變成高僧圓寂後埋葬舍利子的建築。

早期 Stupa 的形狀基本是圓錐或半球形。例如印度現存最早的桑奇佛塔，始於西元前 3 世紀孔雀王朝，由全力護持佛教的阿育王所建。這種原始風格的佛塔，除了印度，還廣見於緬甸蒲甘。

蒲甘──在緬甸二千年歷史的長河中是一閃即逝的超新星，雖然短暫但耀目非常。短短二百年間，留下的四千多座佛塔，千年風吹雨打至今仍屹立不倒。全歐洲的中世紀教堂現存的共有四千多座，如果全部搬來九龍半島，這就大概等於蒲甘現存佛塔的密度。蒲甘古城至今屹立着 4,400 座形形色色的千年佛塔，無一相同，密得三步一間古老寺廟，五步一座千年佛塔，怪不得《Lonely Planet》如此推崇這裏為唯一可以與吳哥窟相提並論最偉大的東南亞古蹟景點。兩者時代同為西元 1000 年左右，但是蒲甘遺蹟的數量和規模遠遠超越吳哥窟。蒲甘王朝耗盡全國財力建築無數佛塔，於是元朝軍隊輕鬆地攻佔蒲甘，蒲甘古城即時進入了時間錦囊，千年來也沒有改變。

如詩如畫的蒲甘古城塔群

曼谷臥佛寺：瓷器碎片塔

　　緬甸式覆缽式塔金塔，當然傳到暹羅素可泰王朝，但到了曼谷王朝，出現了一種嶄新的建築風格。

　　全曼谷最古老、佔地最廣的一所寺廟，因擁有泰國最大的臥佛和最多的佛像和佛塔，故又有「萬佛寺」的稱號，佛寺之中，佛塔林立，大小佛塔加起來近百之多。這些佛塔鑲滿彩瓷，四座大塔尤為壯觀。其實上面的瓷器碎片不是特意從中國運輸過來暹羅裝飾佛塔，而是廢物利用而已，善用中國商船的壓艙物。

　　這種發格源於拉瑪三世（1824-1851），他開放門戶，由中國源源

不斷進口瓷器，這些由廣東福建沿海生產的彩瓷，稱為廣彩，色彩繽紛，顏色鮮艷。

和鄭王塔一樣，屬於中泰混血建築，成為拉瑪三世時的代表。

曼谷臥佛寺的瓷器碎片塔

國徽上的寮國塔鑾

寮國是湄公河五國中，其國土面積是倒數第二，23 萬平方公里僅僅比柬埔寨大一點。不過寮國曾經是一個強大國家，擁有湄公河以東現在寮國的土地外，連同對岸清邁、清萊的蘭納王國，以前也是在其控制之下。寮國最偉大的君主塞塔提臘除了把清邁、清萊征服，連大城王朝也被他打敗，然後他把清邁的玉佛搶過來龍坡邦。打完仗後他把首都由龍坡邦遷到永珍。

遷都永珍時，他當然帶着最重要象徵王權的玉佛，更建造了玉佛

寺在永珍，另外還建造了重要的塔鑾，所以現在塔鑾前面就是這個君王塞塔提臘的雕像。你可以看成是我們中國的唐太宗或者康熙大帝，他是寮國有史以來最偉大的君主。

　　塔鑾是永珍的地標，也是佛教和寮國國家主權的象徵，位於國徽正中。寮國人民對於塔鑾非常尊敬，這裏有一條不成文的規定，就是在永珍市區的建築不可以高於塔鑾寺佛塔，以表示對佛祖的尊重。

塔鑾是寮國的國家象徵

　　塔鑾寺的風格屬於曼陀羅式，柬埔寨的吳哥窟、印尼的婆羅浮屠以及藏傳佛教建築如紅教的桑耶寺、白教的白居寺、黃教的布達拉宮紅宮部份、大昭寺以及承德避暑山莊、普陀宗乘之廟的中央建築等，都是以曼陀羅的格局修建。蓮花瓣代表着淨土的本性，是為供奉佛祖

的胸骨而建成的骨塔。

作為寮國的國家象徵，塔鑾可見於寮國的紙幣上。但當讀者來到塔鑾，你會看到建築物都很簇新，其實這座建築物是法國人所重建的，不是本來 16 世紀塞塔提臘王所建的建築物。當年的塔鑾金碧輝煌，根據留下的記錄，當時塔上所貼的是真金箔，而現在這些只是油漆而已，所以在陽光下的反光不太強烈。本來真金箔的塔鑾於 18 世紀時被緬甸人和暹羅軍隊多次夷為平地，直到寮國成為法國的保護國，再重新按照一名法國探險家的圖紙來重建這座塔鑾，當然不是用真金而是油漆取而代之。整座建築物呈方形，如果大家曾到過印尼婆羅浮屠或者到過柬埔寨的吳哥窟，讀者都會認得這種方式，是佛教裏的曼陀羅。四方的形狀代表這個世界，然後上面的蓮花瓣代表淨土。

高棉印度式佛塔

塔出現在國旗之上的國家就只有柬埔寨一家。吳哥窟的主建築是印度教神話中的須彌山，中間最高的一座塔就是國王蘇利耶跋摩二世的陵墓，四邊有四座小塔，這個像粟米形狀的金字塔建築風格來自印度教 Shikhara，與緬甸蒲甘、永珍的塔鑾都屬於最原始的覆鉢式佛塔有所不同。

覆鉢式佛塔風格簡潔，而印度教的塔就複雜得多。靈感來自於印度神話中位於世界中心的須彌山般層層疊疊，稱為 Shikhara ——梵文翻譯字面上的意思是「山峰」。由於塔上裝飾豐富，遠看好像粟米一樣層層疊疊。高棉王朝將複雜，變化多端又象徵須彌山的印度塔引入了半島，最大的就是吳哥窟的廟山，由三層長方形另加有迴廊環繞的平台組成，層層高疊，廟山頂部豎立着按梅花排列的五座寶塔，象徵須彌山的五座山峰，而這些建築物被稱為 Prang ——即是高棉印度式佛塔。

柬埔寨的 Prang 高棉印度式佛塔，於大城王朝時期傳入泰國，而曼谷黎明寺就是代表作。前文介紹過的潮州王鄭昭在曼谷建都並成立了吞武里王朝，主塔象徵着須彌山，而主塔底座的四個方位角各有四座略低主塔一點的陪塔，設計的靈感當然來自鄰近的吳哥窟。黎明寺外面貼滿了超過一百萬片來自廣州的彩瓷，是當年中國船隻的壓艙物，加上貝殼來形成了不同的花紋圖案，這種風格流行於拉瑪三世時期。塔身也有大量印度教的神話人物雕塑例如 Hanuman 猴神，在這兒成為了托塔天王，還有漂亮的飛天仙女金納里。

　　緬甸的蒲甘除了傳統簡約的覆缽式佛塔 Stupa 之外，也保留了少許粟米式的印度式塔，例如這個被稱為蒲甘最優美建築——阿難陀寺。建於 1105 年，塔身層層疊疊粟米式的印度教尖塔貼滿了金箔、鑲嵌了無數光彩奪目的珠寶，在陽光照射下顯得特別宏偉耀眼。佛塔的外壁有成千上萬的佛像和佛本生故事的彩陶浮雕，由於幾經年代和風雨，所以已經能夠看到底層的綠底。通常傳統簡約的覆缽式佛塔 Stupa 裏面都是實心不能進入；印度教的塔心就是空心，東南西北面各有一門，內有一尊高約十米釋迦牟尼的立

在柬埔寨世遺吳哥窟喜逢小沙彌，背後的就是 Prang 高棉印度式佛塔。

曼谷黎明寺屬於
高棉印度式佛塔

佛像。

位於柬埔寨首都金
邊，最大最古老的烏那隆
寺自從 15 世紀金邊建都
後，就已經是柬埔寨的佛
教中心。1975 年，赤柬得
到了政權後消除了所有宗
教，摧毀了所有廟宇。烏
那隆寺被摧毀後，到了 1979
年赤柬滅亡後才重建。寺廟

阿難陀寺也屬於印度式佛塔

有一尊僧王的雕像，因為柬埔寨僧王住在這間烏那隆寺中，僧王的地
位在柬埔寨十分崇高，是唯一可以跟國王平起平坐的人。

我在節目中介紹烏那隆寺

　　寺廟佛塔風格也是高棉式的印度佛塔，也是採用粟米式的印度教尖塔建造，並配以五座較小的佛塔環繞主塔。像粟米一樣層層疊疊，上面有很多金碧輝煌的雕塑，還有很多印度教的紋飾例如金翅鳥，也可以看到蛇神在上面。

　　以前的吳哥窟曾經金碧輝煌，顏色完全不同於現在的灰蒙蒙。因為周達觀曾經在《真臘風土記》中記載，當時看得到巴戎寺是金色的，可能當時有一層金箔鋪蓋，不過如今金箔已經完全不存在了。但是在今天的金邊，仍然可以看到這種金碧輝煌的印度式佛塔。

　　美山聖地被譽為越南小吳哥窟，是 4 至 13 世紀占婆王朝所留下的遺蹟。美山山谷是占婆眾多國王舉行宗教儀式的場所，也是王室和很多民族英雄的埋葬地。這個遺址包括七十多多座寺廟以及梵文和占語等文獻，歷史上的重要碑文也在這裏。美山可能是印度支那存在最

早的考古遺蹟，不過在越戰期間遭到美軍一星期的地毯式轟炸後，在七十多座寺廟及古塔中，只有二十多座幸存下來，造成人類文化史上重大的損失。

　　大部份美山的寺廟是以紅磚作為建築主要材料，而占婆寺廟的特色是雕刻和裝飾直接在磚頭上切割，不像 9 世紀建成的柬埔寨巴孔寺般切割完畢再插入磚牆的砂岩板上。時至今日，占婆文明所用的建築技術尚未完全了解，另外尚未解決的問題，包括磚塊的製作方法、磚塊之間的砂漿以及磚塊上的雕刻裝飾等問題，到了現在還是一個謎。

四層屋簷的秘密

　　寺廟在泰國、柬埔寨、寮國、越南南部、雲南南部以及撣邦東部的傣族地區都稱為 Wat，名稱源於巴利文，意思是「圍起來的道場」，

位於越南中部的美山聖地

自然也是受到印度教影響。與中國古代建築相同，屋頂代表等級，不能僭越；中式民宅用硬山頂，中式的宮殿才能用廡殿頂，屋檐分為單層、雙層，越多屋檐代表地位越高級。重檐廡殿——這種風格是清代所有殿頂中最高級，例如故宮的太和殿就是雙層屋檐。中式屋檐通常只有一層，只有宮殿或寺廟才有重檐，例如香港的黃大仙大殿就是雙層屋檐。

　　泰國寺廟通常有二層至三層的屋檐，但是不能超過三層，為甚麼？在泰國建築中寺廟通常是單檐或者二層檐，最多只有三層檐，只有在王室佛寺才會看到四層檐。玉佛寺就是最經典的四層檐建築，其實這種設計沒有實用功能，只是純粹是為了美觀。下次在泰國，你見到四層屋檐，即是代表這兒是王室的寺廟，例如玉佛寺中供奉的就是泰國的國寶玉佛。

　　屋檐除了層數有故事，屋檐上面的裝飾也有名堂，泰式 Lamyong 博風板，幾乎成為泰國文化的代表。下端的「Hang Hong」代表着 Naga 蛇王；如同火燄的部份叫 Kranok，代表 Naga 的頭顱，Naga 蛇

玉佛寺和其四層檐結構

王當然是印度教的蛇神,並非佛教的神;最頂端的 Chofa 代表 Garuda 大鵬金翅鳥,即是印度教毗濕奴神的坐騎。

類似於漢文化建築中的「鴟吻」。只是鴟吻雖然起初是鳥尾形狀,後來隨着北方文化的強勢,逐漸失去了鳥的形象,演變為龍子之一。而在東南亞地區,Chofa 則始終是頭頂長有長角的鳥。

在柬埔寨的寺廟屋簷頂也能找到博風板結構

看到這麼低的屋檐,讀者便知道自己正在寮國,其實寮國的建築物與清邁的佛寺很相似,因為以前與蘭納王國是同一個王國。但即使如此,屋檐超低也是寮國建築的一大風格。寮國佛寺的屋檐低得快接觸到地面,就例如香通寺最有名的主殿,為何這麼低?當地人有一種說法,屋檐這麼低便好像一隻母雞展開翅膀去保護小雞一樣,所以佛寺可以保護當地人物,於是把屋檐設計得這麼低。

寮國佛寺的屋檐低得快接觸到地面

全世界最大的書

　　固都陶佛塔——意思是全世界最偉大的功德佛塔，內裏收藏了729塊用古印度巴利文撰寫的佛教經文石碑，堪稱全世界最大的書。佛塔在1857年完成時，當時已經是英治時代，當時召集了全緬甸及東南亞一共二千四百餘名高僧舉辦了第五次修訂佛經結集大會，最後將結集的三藏經雕刻在729塊石碑上。這本書不能用手翻開，一塊石碑就是一頁，想看下一頁就請讀者走到第二座佛塔。據說敏東王很害怕緬甸在變成英屬的情況下，年輕一代很快會忘記佛教的教義，所以把結集的三藏經雕刻在石碑上，每一塊石碑各有一個佛塔保護免遭日曬雨淋，中間還有一個很大的金塔。固都陶佛塔的規模在佛教世界絕無僅有，據說如果一個人每天閱讀八小時，如果要讀完這些書一共需要四百五十天。大理石上所刻的經文原本填入黃金，小塔頂用黃金和寶石裝飾。但1858年英軍入侵後，將這些經文上的黃金和塔頂上的寶石搶去，現在的經文是用土製的黑墨，即是稻草灰加蠟重寫。

固都陶佛塔

乳房作貢品

曼德勒山頂不僅是欣賞曼德勒夜景的好地方，山上的寺廟更是見證了曼德勒的起源。相傳佛陀跟弟子阿難曾經到此山一遊，途中遇上了一個女信徒，當時女信徒身上沒有珍貴的物品，於是割下自己的乳房作為貢品。佛陀對她的自我犧牲精神十分感動，預言她將成為山下城鎮的王者。這位女士投胎後便成為貢榜王朝的敏東王。這個傳說有點類似之前介紹柬埔寨的神王信仰，神王信仰就是國王是由神投胎而成的宗教。

整個神王信仰或者印度教化上座部佛教都是從柬埔寨傳過來泰國，所以泰國的佛塔明顯受到柬埔寨影響。不過其實泰式建築與柬埔寨還是有明顯的分別，例如在吳哥窟看到的建築全是用石頭建成，外形比較粗獷。不過來到了泰國，大部份是木頭建築，木頭建築可以精雕細琢，雕刻可以精細一點。這是由於泰國長時間沒有戰爭的關係，他們有很多時間精雕細琢，例如屋簷上有很多 Chofa，讀者可以看到很多凸起的裝飾，而且越做越繁複，這些風格是泰國自己發展出來。

曼谷之建築保育

位於曼谷唐人街的「八號」酒吧有一個漫長的背後故事。建築在大約七十年前興建，當時這類建築在曼谷是店屋，店屋是華人移居至泰國時開始興建的，地下是商業用途而樓上用作居住。六位合夥人令這類舊建築重現光輝，由原本的中草藥店改建為酒吧及餐廳，樓上是住宅。其中一位合夥人 TOP 是泰國有名的建築師，他形容市區更新最容易的做法是拆掉舊建築，重新再興建一個新建築，既便宜又快速；相對而言，把舊建築重新翻新保育的話，其實所花的時間、精力和金

錢更多。而他覺得這些上世紀的中式店屋充滿了歷史價值,所以他花了很多心思保育這個舊店屋。現時整個唐人街只有這條街有這些上世紀的店屋,在耀華力路那邊的大街已經全部拆卸重建,因為那條街已經遊客化。

這些傳統華商上世紀清朝時期建築的店屋曾經廣見於香港,皇后大道中、皇后大道西的舊相片之中,以前全是這些騎樓,這些店屋的英文是 Veranda,廣東話很簡單,就是騎樓,因為騎樓是伸延出去,下面是店舖,樓上是住人。不過現在去到皇后大道其實已經沒有了,就算有都只有寥寥可數的幾間,反而曼谷這兒,整條街道都是這些上世紀華商留下來的店屋,具有很高的保育意義。

以前我們到唐人街,多半為兌換貨幣或者吃街頭小吃,想不到現在唐人街周邊開設很多舊屋改建的文青咖啡店和型格酒吧,除了那間充滿型格由中草藥店改建的酒吧外,另外有一間咖啡店也充滿故事。

湄南河畔曾經泊滿商船,二百多年前,很多華商從中國沿海出發,來到曼谷這兒做生意,在河畔留下了很多中式老屋。現在很多人把這些老屋活化變成漂亮新潮的打卡勝地。

其中一間餐廳前身是修船公司,該建築有一百五十年歷史,以前會在鋪面的位置維修船隻,店的後面是河道,方便船隻駛離。這建築幾乎保存了原來的樣子,店主跟建築的主人談過,他希望保持建築物,所以店主其實只改動了少許確保它的安全,令到客人可以坐在這裏用餐、喝咖啡。店內的這些層架和牆身是來自船公司以前遺留下來的,若遊客到下層樓梯旁不妨留意一下,有一張地圖,是湄南河的手繪地圖。這座建築的保育真的做得很好,非常值得來遊覽,屋主想保留這座維修船隻的建築物,所以讀者來到看到的一磚一瓦和樑柱,全部有一百五十年以上的歷史。

唐人街內的型格咖啡店老闆是泰國女明星 Taya，向我和妹頭介紹新派美食

柬埔寨紙幣的悲劇故事

　　東南亞的紙幣大部份都是以國父作為圖案，例如泰國紙幣用泰王、越南紙幣用胡志明、在寮國會看到凱山豐威漢，來到柬埔寨當然會看到西哈努克。除了國父外，柬埔寨紙幣背面圖案用吳哥窟。其實如果你曾到柬埔寨旅行，會發現用這些柬埔寨紙幣的機會不大，連當地的店舖也不願意收取柬幣，為何會這樣呢？這是一個很慘痛的歷史教訓。當時赤柬波爾布特政府取消了貨幣政策，一夜之間所有柬埔寨貨幣變成了廢紙。這個國家曾有幾年時間不存在貨幣，所以人民對自己的貨幣沒有信心。直到現在當地人也樂於用美金，所以大家來到柬埔寨旅行可以不兌換任何柬幣，因為整個國家也可以美金通行。

上世紀的店屋保育良好

Map of
INDO-CHINA
showing proposed
BURMA-SIAM-CHINA RAILWAY.

Railways

第十章

玉佛千年漂流記

印支半島由最早期的印度與中國文化交織，到近代英法殖民，變成全球一體化的實驗室，從而誕生了獨特的混搭山寨文化。越南順化故宮山寨北京故宮，寮國在首都永珍山寨了巴黎凱旋門，而還有東南亞最珍貴的文物——翡翠玉佛，在兩個國家、四個城市，漂泊千年，我將進入玉佛誕生之地——蘭納王朝的清萊，後來轉到下一代物主——瀾滄王朝的龍坡邦，還有寮國首都永珍玉佛寺，最後抵達今天玉佛供奉的地方——曼谷玉佛寺。

世界有佛千萬尊，為何這一尊如此重要？供奉於泰國曼谷大皇宮內玉佛寺的玉佛，全名為帕佛陀大摩尼寶玉佛，被認為是泰國守護神。是一尊冥想中的佛陀雕像，雕像用翡翠雕成，外部包有黃金而高度約66厘米。而其誕生過程也充滿傳奇，傳聞佛陀轉世為悉達多前，天神將此玉石獻給他。最終被製成佛像，成了全球最早的一尊佛像。

為何這尊玉佛從印度傳來泰國？相傳很久以前根本無人知道玉佛存在，有一次打雷擊中一尊石像，發現裏面竟是一尊翡翠佛像，立即令這尊佛像聲名大噪而且價值連城，因此多年來多國開戰都是為了爭奪這尊佛像，希望將之據為己有。玉佛被發現後，開始了漫長的漂泊日子，而且再也沒有返回家鄉。今天清萊玉佛寺的玉佛像是 1991 年泰國王室為了慶祝王太后 90 歲生日，依照原玉佛

玉佛千年漂流記的終點：曼谷玉佛寺

玉佛寺中的臥佛

　　的式樣並採用加拿大清玉，再運到中國北京雕刻而成的新版本。

　　究竟真正的佛像漂到哪裏呢？玉佛漂流記的第二站來到清邁古城，為了追尋玉佛足跡，我們來到了柴迪隆寺。柴迪隆寺有四個方位的壁庵，其中這座壁庵曾供奉很珍貴的玉佛，雖然現在玉佛幾經波折漂流至異鄉，但這裏仍被清邁人視為一座最珍貴的佛塔。為何這座佛塔頂部凹凸不平？在 15 世紀初完工的這座佛塔曾是泰北最高的建築物，當時高達 82 米，但經歷泰緬戰爭、風災和地震後現在高度只剩 60 米，但只要略花想像力，不難想像當時這座佛塔如何宏偉。

清邁古城柴迪隆寺這裏曾供奉玉佛

　　1500 年，蘭納王國鄰國——瀾滄王國進入黃金時期，瀾滄國王正式接收蘭納王國，於是他把玉佛運往當時瀾滄王國首都龍坡邦。龍坡邦保留玉佛的時間很短，作為清邁蘭納王朝的國寶——玉佛，為何來了寮國？原來在 16 世紀蘭納王國面臨來自大城王國的攻擊，當時他請了寮國瀾滄國王幫助，寮國的瀾滄國王離開時取走國寶而當時的國家首都在龍坡邦，所以瀾滄國王把玉佛搶到龍坡邦供奉在寺廟中。然後這尊傳奇玉佛終於來到第三站——永珍。

　　離開清邁、去了龍坡邦，之後到寮國最偉大的國王賽塔提拉遷都，從龍坡邦遷都至永珍，賽塔提拉當然帶上他最心愛的玉佛跟他一起到永珍，並興建這座壯觀的玉佛寺安放玉佛。直至 1778 年有外敵入侵，暹羅軍隊攻至永珍的目的只有一個——搶走玉佛。暹寮戰爭令永珍玉佛寺徹底摧毀，今天的玉佛寺是 1936 至 1942 年間重建，佛寺底座的樓梯兩側有 Naga 蛇王護衛，佛寺迴廊的四周都是高大圓柱，並放置多座西元 6 至 9 世紀時期的銅鑄佛像。大殿已沒有玉佛，只有普通石佛。這佛寺只有木門是當初玉佛寺的文物，木門上雕刻了一對仙女。廟內存放了很珍貴的佛教文物和器具，儼如成了一座佛教博物館。

寮國永珍玉佛寺

永珍玉佛寺只
剩下石佛

玉佛寺重建後，讀者可能會覺得柱子和花紋，有點像西方天主教教堂，這時因為 1936 年由法國政府重新維修，所以帶有法國風情，變成今天融合了法國和寮國風情的新玉佛寺。

玉佛花落誰家？

　　這一尊充滿傳奇性的玉佛最後花落誰家？經過清邁、龍坡邦之後，當時鄭王剛建立吞武里王朝並出兵大破永珍，他最渴望搶奪的是玉佛，所以當時他從寮國永珍把玉佛搶至吞武里。後來他被拉瑪一世刺殺後，拉瑪一世要興建新皇宮遷往曼谷，而當中最需要興建的是玉佛殿，用來安放鎮國之寶——玉佛。

　　玉佛誕生的時候，泰北的蘭納王國是獨立王國。玉佛返回泰國時，泰北和泰南已統一並成為強大的吞武里王朝。吞武里王朝是潮州人鄭信建立的，他不只統一泰國並且擊退緬甸軍再次進攻，他更征服了永珍、龍坡邦和占巴塞等鄰國，還有越南以及奪下柬埔寨，武功一時無兩。他派出手下大將武藝高強的昭披耶卻克里把玉佛奪來自己王國的首府，湄南河西側吞武里府。

　　直至 1784 年 3 月 22 日，以極隆重儀式把玉佛安置在曼谷玉佛寺，安置至今已經二百多年，玉佛亦成為泰國國寶。

　　佛祖在世之時反對偶像崇拜，《金剛經》記載「佛告須菩提，凡所有相，皆是虛妄，若見諸相非相則見如來」。沒想到佛祖涅槃後二千多年，他的一尊雕像變成戰爭源頭，成為各方爭奪的對象，可謂千年玉佛漂流記「顛倒夢想」。

就是這尊玉佛，連結了東南亞幾百年的歷史。

寮國凱旋門

日常生活中提及「山寨」，是指產品、商標、外觀上仿冒名牌，但把整座外國著名建築山寨移到自己的市中心，其實是東南亞諸國悠久的傳統，譬如越南山寨了北京故宮，變成今天的順化皇宮；還有寮國山寨了巴黎凱旋門放在首都永珍。

我曾到世界很多地方都看到山寨版凱旋門，例如印度新德里的凱旋門、北韓平壤山寨的凱旋門、在羅馬尼亞布加勒斯特的山寨版凱旋門等等，當中最有特色的是寮國的凱旋門，就如寮國的傳統衣服般，充滿寮國特色。

寮國凱旋門

永珍的山寨凱旋門

這座凱旋門下方與真凱旋門的設計差不多，但有四個門，比真版只有兩個門為多，其頂部卻建了五座佛塔，因此身體是歐洲身體，頂部卻是亞洲頂部，有人會說它不倫不類，但我更傾向形容為東西合璧。

永珍版本建於巴黎凱旋門建成後一百二十年。1957至1968年，當時寮國動用了美國援助他們興建機場的資金，因此被稱為垂直跑道。到今天這座凱旋門還沒完成，本計劃在2010年永珍建都四百五十週年時，在這裏建立兩部電梯直達塔頂，但由於資金不足，工程還沒完成。塔內文字如此介紹這座建築：「遠看美得很，近看卻像怪獸」，也算十分誠實的形容。

天朝位於世界中央，因此最早在日本京都山寨了中國唐朝的長安和洛陽。長安和故宮可謂亞洲的萬世師表；歐洲代表則有花都巴黎，花都怎少得拿破崙和他的凱旋門？其實巴黎版本已是山寨貨，拿破崙山寨了羅馬

塔內天花繪上大量印度教神話人物，包括毗濕奴、大梵天、帝釋天。

凱旋門而成。現存於羅馬最古老的凱旋門——提圖斯凱旋門，可謂光
榮永遠屬於羅馬。

　　塔內天花繪上大量印度教神話人物包括毗濕奴、大梵天、帝釋天，
拱門上更有一雙立體仙女金納里，猶如一座融合羅馬建築、法國風格
和印度教神話佛塔的歐亞大雜燴佛塔建築。這正是永珍凱旋門的價值
所在，永珍這座凱旋門雖然歷史不及巴黎的那麼長，也及不上羅馬凱
旋門，連羅馬尼亞和印度的歷史也比它長，但其建築師大膽創新結合
了印度教、佛教和西方建築，這是值得嘉許的創新思想，正是這種創
新的文化交流和獨特性，我嘉許它成為明日世遺。

佛像公園之起源

　　公園是讓公眾消遣遊樂的地方，
古希臘時代是露天集會場地，希臘人
在露天場所從事運動、社交和政治運
動，其後更綜合了藝術和宗教功能。
當東方佛像遇上西方公園，那是怎麼
一回事？佛像公園的創始人——本納
師傅，他是泰國人，自幼體弱多病，
所以到處尋訪高人為他治病。攀山
越嶺期間有一次他掉進山洞內被困
多天，當他從洞口爬出來時，發覺
洞口旁坐着一名印度教高僧在打坐，
立即拜他為師，自此他便得道了。
得道後，他到了湄公河東岸找到一
片吉地，於是建造他的烏托邦。他

拱門上更有一雙立體仙女金娜莉

用石屎建成的新派佛像公園

的烏托邦是把佛教和印度教結合起來，由於他頗有個人魅力，所以吸引了很多信眾到這裏為他當義工，搬來磚塊、混凝土和鋼筋，興建他心中的烏托邦。

　　1975 年，越戰結束同時寮國染紅，並開始打壓宗教，師傅逃難至湄公河對岸的泰國。雖然他保住了自身，但卻留下這些無法過河的濕婆、觀音、猴神哈奴曼在此承受風吹雨打、日曬雨淋。幸好這裏沒發生破四舊，佛教和印度教諸神可以夜觀星象，總算是歲月靜好。這裏

雕像以印度教神明為主，混雜佛教雕塑。

這麼多斑駁猶如泛黑的佛像和石像，是否令人以為這些是古文明？錯了，其實所有石雕的年紀與我差不多，約比我大十年，1958 年才完成。而且「石雕」不是石頭雕刻而成，裏面有鋼筋，是鋼筋和混凝土製成的。除了佛像，這裏還有大量印度教雕塑，有梵天、濕婆和猴神哈奴曼，佛教和印度教混合起來共處這個建於 1958 年的佛像公園內。

其中一條石柱上有一個單腳起飛，準備射箭的帥哥，別以為他是希臘的邱比特，他的名叫阿周那，阿周那是印度教史詩《摩訶婆羅多》的人物，他騎着駿馬，以甘蔗為弓，鮮花為箭，箭射中了誰便會墮入愛河，與希臘神話的邱比特確實很相似。究竟是否如有雷同純屬巧合，還是某個文明抄襲前一個文明？這個問題至今仍未有定論。

山寨紫禁城——順化皇城

　　山寨文化歷史悠久，在山寨手機和球鞋發明前的清朝，越南已有一個嘉隆王朝。嘉隆王朝的作品山寨了整個紫禁城——順化皇城。徒有山寨皇宮的話怎麼看總少了些人氣，大陸有一齣極具人氣的宮鬥劇紅遍東南亞，當然亦包括越南，最近傳出越南會翻拍這齣宮鬥劇。主角試鏡的相片在網上曝光後引起網民熱烈討論，若越南要開拍宮鬥劇的話，應該會以順化皇城作背景。若讀者曾到訪北京紫禁城，來到這裏便會覺得越南順化皇城很眼熟。1802 年，越南阮福映稱帝，並請求中國清朝冊封他。阮朝建都順化，仿效北京紫禁城的規格，所以整體建築風格自然一脈相承，皇城外有護城河，由午門入城後開始了前朝後寢的局面。前半部是皇帝勤政之處，後方是皇帝居住的乾成殿；皇后居住的坤泰宮；皇太子居住的光明殿及其他后妃居住的順徽院等建築。整個皇城最富代表性的當然是中心的太和殿，太和殿中央有一張龍椅，從龍椅位置看出去就是大朝院。今天大朝院內仍有官階石雕，上面用漢字寫着「正一品」一直排至九品，換言之不只建築風格，連官階制度也山寨清朝那一套。

　　但順化皇城曾經受戰火破壞，只有太和殿和乾成殿保存得較完整，其他不少地方都是重建的，有些地方更荒廢了確實挺可惜。雖然現在順化皇城很多地方已破落，又有人認為它不夠氣勢只是山寨版紫禁城而已，但我覺得順化皇城很親民，我不

順化皇城

會用宏偉去形容，但詩情畫意，而且遊客也不多，更能發思古之幽情並懷緬一下中華文化其影響曾是如何巨大。

當年，越南作為清朝藩屬國，不只皇城山寨了紫禁城，連陵墓也山寨了中國特色。當時的中國已是民國後清朝已亡，啟定皇陵於 1920 年開始興建，但皇陵主人啟定皇帝只在位九年，卻花了十一年興建其陵墓，因此到他駕崩那年陵墓還沒建成。啟定皇陵雖然面積很小，但當時每天動用過萬工人去打造，創下十三朝建築中花費金額最高的紀錄。

皇陵呈日字形依山而建，共有三層。依山勢地形逐層升高，三階段樓梯共有 127 級，每階段樓梯的欄杆上雕成四條龍，是很典型的中式風格；第二層平台更加明顯，平台左右分別站立了兩排文武百官及動物和坐騎等石像，以此守護皇陵。仔細看這些皇陵侍衛身材都矮小，因為士兵不能比皇帝高。平台後座亭子裏安放了保大皇帝悼念其父啟定皇帝的追思文石碑；在第三層會看到金碧輝煌的啟成殿，其實啟定皇陵內還有很多法國元素，但影響整體建築風格最深的當然仍是中式。

另類原創水果宗教：椰子教

山寨就是最好的致敬，例如越南順化山寨了中國故宮，就是對中華文化的致敬。雖然馬雲曾說：「今天山寨產品比正版質素更好」，但即使如何細緻，我更尊敬原創精神，例如越南椰子教和高台教。喬布斯已離我們而去，但他不是世上唯一的水果教主。湄公河三角

現有蘋果教，古有椰子教。

洲的肥沃土地培養出另一種水果宗教──椰子教，椰子教創教人阮成南創立此宗教，結合了佛教、基督教、回教、高台教、和好教五個宗教，由於教主只喝椰汁和吃椰肉，其宗教就被稱為 Coconut Religion（椰子教），簡稱「椰教」，他被稱為 Coconut Monk（椰僧）。

　　平日阮成南坐在龍椅上傳教，前方的廣場上有九條龍，這是由於湄公河三角洲有九條分支，因此又稱為九龍江，便有九條龍。教主自稱椰王，但這椰王不能喝，他是人而已。為何東南亞諸國中，只有越南盛產一系列名揚中外的奇特宗教？這一點離不開它很獨特的歷史，環顧東南亞諸國歷史只有越南受三大宗教薰陶二千多年，最早是北越以中國佛教為國教；中越和南越則以印度教為國教，近百年西方殖民時法國人帶來天主教，美國人帶來基督教。由於法屬印度支那政治不穩定，相對上宗教自由加上人心思變，於是把二千多年來各種外來的東西方宗教包括儒、釋、道、印度、基督、天主、回教合併起來，猶如越南滴漏咖啡或越式法包，變成越南獨特的新生宗教。理論基礎並非一神論的基督、天主或回教，而是多神論的佛教和印度教。本來已經滿天神佛，所以加入一位耶穌和穆罕默德也不礙眼，多神教包容性強大可

這可不是機動遊戲，而是象徵世界和平，越南統一。

見一斑。

椰子島上有個像機動遊戲的裝置，大家別以為椰王愛玩機動遊戲，其實包含很深層次的政治含意。左方寫着西貢，右方柱子寫着河內，地上則有越南地圖，上面的橋名為和平之橋。這位椰王有很偉大的理想，他希望南北越早日統一，所以他平日在和平橋之下懸着如地球似的鐵籠內打坐，祈求南北越可以早日和平統一，這裏就是椰王的世界。

比椰子教早一千年，最早有三教合一創舉的是我們中國理學大師朱熹和王陽明，高舉儒、釋、道三教合一的大旗。當時西洋泰斗利瑪竇還沒上京，否則應是儒、釋、道、天主四教合一。但宋明理學只限京城學士月旦，與越南高台教和椰子教散佈民間由農村包圍城市，對人心的影響自然不能相提並論。椰子島風涼水冷，加上椰子飄香不失為旅遊好地方。但椰子教隨着教主在 1990 年去世便消失了，高峰期時曾有三千多名信徒跟着這位教主在此喝椰汁，做崇拜。

五教合一：高台教

所有宗教都導人向善不應成為衝突的根源，就如椰子教的成立是希望南北越可以早日和平統一。宗教是一碗心靈雞湯，由於人生在世面對大量未知變數，對於隨時來訪的死亡更加畏懼，因此產生出軟弱的本性，而宗教令人心安定下來，人生似乎有了方向。但自從人類有了這碗湯，便覺得別人的雞湯怪異不能下嚥，因為人人都覺得自家的心靈雞湯才是舉世美味，宗教便演變成衝突起源，由十字軍東征一直到 911 襲擊，千年不停。除了越南人把越式扎肉放進法包內，他們也會把東西方宗教合併，除了椰子教還有這個高台教。世界由於宗教的出現變得更加和平還是混亂？若大家看過由於宗教對立而導致的恐怖襲擊，可能會有所反思。若我們不求異而是存同，這世界會否如高台

教般變得更加和平？

　　位於越南峴港的高台廟建於 1956 年，是西寧以外最大的高台廟。高台廟的入口分為右門為男眾使用，左門為女眾使用。這做法師承猶太教，因哭牆分為男左女右，猶太會堂也分為男女會堂或時段，後來回教更發揚光大。伊朗連巴士和餐廳座位也是男女分坐，大部份回教國家的機場安檢也有男女之分。

　　佛教寺和庵把出家男女分開，古代距離須相隔三里，男女眾修持時也要分開以合禮教，就是所謂男女授受不親。越南人是著名的「拿來主義者」，比日本人更直接大膽，高台教是越南土生宗教，廟內牌匾用越南文寫上「萬教同源」四字，指所有宗教來自同一來源，因此看到五大宗教教主都在，中間是耶穌、兩邊除了站着佛祖還有孔子、老子和穆罕默德。

　　越南人在 1925 年聖誕節，把五大宗教如揚州炒飯般合併起來，彷彿開設混合菜西餐廳般。聖堂中央供奉着地球，上面畫着一隻巨大神眼，象徵高台教最高神靈高台，代表人間所有事情都逃不過高台神眼的審視。

　　高台神眼的靈感可能來自尼泊爾，因為當地佛塔上都畫上這些神眼。高台一詞出自《道德經》第 20 章：「眾人熙熙，如享太牢，如春登台」，現時高台教有四百多萬信眾

　　在越南絕非小眾宗教，是僅次於佛教和天主教的第三大主流宗教。每天晨昏六時、正午和子夜十二時都有

高台神眼

祈禱儀式。我上次前來時這裏有雨果、李白、孫中山還有莎士比亞等名人畫像，把他們變成神。當時令我感覺震撼的是，孫中山也成了神，現在他們仍膜拜那些聖人，但這座廟已沒有再掛出來，反而在胡志明市和西貢的高台廟內仍保存着這些聖人畫像。把宗教、文學、政治共冶一爐，話題性十足，也反映出越南人對外來文化兼容並蓄的包容性。

另類旅遊方式——義遊

香港人熱愛旅遊，有人去旅行為了吃喝玩樂、有人為了購物、有人為了打卡，各有不同目的。不知讀者有否考慮另一種新的旅行方式——義遊（Volunteer traveling），令旅遊成了可持續發展的過程。你在旅程中抽出半天至一天當義工，不是去逛街購物，拍照打卡。

現在寮國也為遊客提供這種義工，有間學校也是一間書店，老闆為遊客提供場地去當義工在這裏教小朋友英、日、法語或普通話。在這裏除了教導小孩英文或普通話也可以為小孩買書，這是雙語課本一邊是老撾文、另一邊是英文，一疊書售價八萬基普，約值七十多港元，買書後放在捐書籃，他們會把書送給鄉村小朋友讓他們學好英語，知識改變命運就由各位決定捐書的這一刻開始。

位於仰光市郊的兒童

我在寮國參與義教

之家與香港很有淵源，由香港的善長仁翁捐助建成，以作幫助本地和山區少數民族的小朋友，除了為他們提供舒適居所，還為他們提供良好的教育。這中心歡迎善長仁翁到來探訪，除了到大金塔打卡或到遊覽景點拍照，也可以來探望小朋友。很簡單，我們跟他們玩耍他們已經很開心了，也可捐助物資或每月捐款，可以幫助他們改變人生，很可能只需我們喝一次茶的花費，已足夠他們一個月的生活費。「勵‧緬」在 2015 年成立，是一班多次到緬甸的香港朋友成立的組織，他們成立這慈善機構主要有幾項工作，包括一些助養工作，現時有百多名小朋友進行如宣明會的一對一助養；機構也有進行社區項目，例如太陽能燈、協助他們打水井或鋪路等。機構在香港籌款協助他們進行，他們也有資助緬甸本地大學生的學業，還有一項社會企業名為 Craving

這個位於仰光市郊的兒童
之家由香港人捐助

義工們和村童
相處融洽

Good，就如中國諺語「授人以魚不如授人以漁」，即使教了他們捕魚，但也希望他們捕得的魚有好的售賣地方，希望他們能多賺點生活費，所以如果各位讀者有興趣另類義遊的話，可以由此更加了解。

初會日本義工

十年內第四次到緬甸。但就是我第一次的海外慈善活動，為仁人家園擔任建屋大使，這次到緬甸勃固 Bago 鄉村，用一週時間為流離失所的風災災民建屋。

緬甸長年受水災困擾，但超過八成家庭只能用竹、木搭建簡陋居所，房屋平均一年內已有倒塌的危機，遇上水災更是不堪設想。慈善機構仁人家園改良竹材，自 2008 年起到當地興建穩固竹屋，並以磚頭加固地基，令房屋不但抗災，更可用十年之久。今年，機構招募了六十四名日本大學生義工及九名香港義工（以及我這個「仁人家園建屋大使」）到緬甸南部地區 Bago 勃固，為當地八戶低收入家庭興建竹屋。

仁人家園今年已第七度舉辦「青年領袖建屋之旅」，屬亞太地區最大型的年度青年活動，目的是呼籲整個亞太區的青年以義工、籌款和宣傳等活動，喚起公眾關注全球貧窮住屋問題。自 2017 年 12 月起，已在 17 個國家及地區展開活動，範圍包括中國、香港、澳洲、柬埔寨、孟加拉、斐濟、印度、印尼、日本、尼泊爾、紐西蘭、菲律賓、新加坡、南韓、斯里蘭卡、泰國及越南等。

我和八位香港義工匯合，三小時後到達仰光。每兩三年來一次仰光，但每次仰光帶給我的震撼仍然是那麼巨大，這應該是亞洲最善變的大城市了。五年前首次見到仰光機場有了可口可樂的紅色廣告，這次變成了電訊商和三星手機的廣告。仰光機場明顯多了很多人，到達

的遊客被分為三隊，最少人排隊的就是緬甸護照，開了四個櫃枱。東協有單獨的一條龍，也有三個櫃枱。最多人排隊就是外國人士護照，只有兩個櫃枱，大排長龍，等了一小時才過關。

同機有 25 個穿着整齊黃色 T 恤日本年輕人，想不到，原來他們也是仁人家園的義工，來自東京武藏大學。由於他們的英文實在太爛，緬甸接待單位居然要我這個香港義工做翻譯！

緬甸仁人家園的工作人員接了香港及日本的義工後，一齊前往附近餐廳晚餐。原來除了這間和我們同機的東京武藏大學同學，還有其他日本大學生。東京六大名校之一的立教大學、青山大學，以及名校國立築波大學，總共 64 名日本大學生，成為了這次 Asia Youth Build 活動的主力軍，因為現在是日本大學的春假。他們都有各自的活動制服及隊名，例如以緬甸國鳥或國花命名，十分富有團隊精神。來自香港的義工，加上一名工作人員及我這個建屋大使，一共才九人，日本、香港人丁相距太遠。大學生們吃飯時已經十分興奮活躍，令我感覺彷彿回去了大學的迎新營！

飯後我們去了仰光 North Point 超級市場購物，因為工作地點在沒有超市的鄉村，大家都在這裏先行補充物資。開了一個半小時車，到達目的地的時候已經是夜晚十點鐘。

這間位於 Bago 市邊陲的 Kanbawza Hinthar Hotel 有十幾間平房，香港義工和武藏大學同學就住在這裏。港幣 260 一晚（義工自付），設施簡單，尚算乾淨，目測為二星級。不過令我坐立不安的是見到蚊子在室內飛來飛去，但酒店又沒有蚊帳或蚊香。我要在這間房間住一個多星期，為了每晚可以安眠，於是決定用了半個小時展開拍蚊大行動，總共殲滅了五隻蚊子，才放心睡覺。

緬甸之夢：竹屋築希望

　　寧靜舒適的日產私家車駛離了顛簸不平的沙石小路，駛上了平坦寬闊的柏油馬路，速度快了一倍，我卻叫司機開慢一些。一直回望，再回望，黃沙滾滾的那片熱土。灰塵之中，埋藏了我們曾經的汗滴。熱浪之下，迴盪着我們放縱的笑語。高腳竹屋之上，還有洗腦的緬文神曲《鳴個喇叭》（緬文：你好！）。回不去了，回不去了，一切都跌落在緬甸 Bago 不知名鄉郊的田間。

　　我在異鄉發了一場夢。這場夢有一個星期這麼長。夢中時光倒流了三十年。我重回了 1980 年代的大學生活。夢中的我甚麼都不懂，甚麼都不怕，對任何事情都充滿好奇，有用不完的精力，因為每天都是陽光燦爛，每刻只有笑容滿面，日夜無憂無慮大放題。

每天一早和同學們入村做義工

我和同學們在 35 度的高溫下瀟灑地揮散汗水，盡情地燃燒青春。辛苦得不得了，但白天到黑夜還載歌載舞，而且傻乎乎地不問回報，只會信任，以及無償付出。冷漠的都市、殘酷的社會離我們是那麼遙遠不可及，因為我們甚麼都不怕，因為沒有甚麼可以失去，最大的本錢就是兩個字「青春」。我們都不是「社會人」（日語 Shakaijin 意即投身職場的人士），都是大學生。

　　捉不到的那種遙遠感覺，竟然近在咫尺。我就像吃了回春藥，有用不完的精力，有笑不完的本錢，前面的路即使那麼遙遠，即使看不清楚，這一刻也是一生最好的時光。

　　我完全不明白為甚麼這個八日旅程這麼神奇，會有回春藥的強勁效能。那是富可敵國如李嘉誠也買不到的珍貴感覺。

　　「一個星期足夠嗎？」雖然這是一個十年來最辛苦的一次旅行，但是彈指之間已經到了尾聲。接載我去仰光的日產私家車一早就來了酒店等，我和武藏大學、築波大學的同學們逐個握手道別，看見伊藤小姐的眼中已經濕濕。我趕快望向太陽的一邊，讓她看不見我的淚光。

和他們初次見面，恍如昨日，其實是在一個星期之前的仰光機場，快樂的時光雖然辛苦，但是如梭、但是難忘，而且終身難忘。

用竹子修建竹屋

重獲初心

　　這次旅行是我每一年十多次旅行中的其中一個，但是完全出乎我的意料之外，我像找到了旅行的初心，那種感覺就像我在三十年前大

學一年級第一次去歐洲旅行一樣，對這個陌生的世界充滿了憧憬，就像牙牙學步的嬰兒一樣，準備開始探索這個巨大的地球。原來不一定要去甚麼十大景點、七大奇蹟、五大洲，即使在最偏遠的緬甸 Bago 的一個貧窮小村落，也可以看見地球上最光輝的人性、宇宙之間最燦爛的笑容、最真摯的淚光、最初開始旅行的心。

十年內第四次到我深愛的佛國緬甸。但是就是我第一次的海外慈善活動，這次為仁人家園擔任建屋大使，到緬甸仰光北部的 Bago，用一週時間為流離失所的風災災民建竹屋。

衣食足而知榮辱。我投身慈善事業也是最近十年的事，例如為小母牛籌款、為 Green Monday、Shark Saver 等慈善機構擔任大使等。但這次一同參與建竹屋的日本義工，全部都是初次海外旅行的大學生，不止用光了自己寶貴的春假，更捐出自己的兼職收入，由亞洲最富裕的國家來到最貧窮的國家做義工，令遲到的我自慚形穢。

我相信過多十年，在原宿以及銀座的時節街頭，在山手線擠迫的車廂之中，我們一定會重逢。

一個簡單的眼神，穿着西裝的會社員、OL 成了新鮮社會人，白髮蒼蒼的我看到了那個彷彿曾相識的面孔，我會講一句：「鳴個喇叭！你還好嗎？你還記得那一年春假，我們在緬甸起竹屋嗎？」

我們完成竹屋後，舉行贈送儀式。

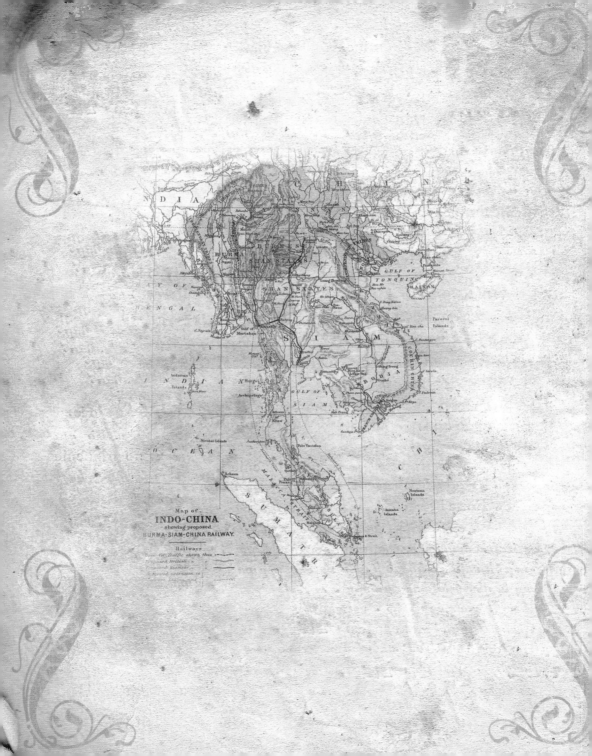

Map of
INDO-CHINA
showing proposed
BURMA-SIAM-CHINA RAILWAY.

第十一章 千年榮光半島史

我帶大家走過了半島半世紀的動盪血腥、英法殖民的百年流金、印支半島來自中國、印度的文化宗教留痕，是時候回看一下，東南亞五國自身的王朝興衰、千年榮光。

　　唐宋元明清我們都會背，但東南亞的朝代有些甚麼呢？

　　倉頡造字，天雨粟，鬼夜哭，因為有了文字，中國就有了正統的史書「正史」，二十四史記載逾四千年的中國歷史，脈絡清晰；但東南亞的文字出現很晚，早期歷史靠口耳相傳，沒有文字記錄，更加神秘！

　　進入黑暗時代之前，柬埔寨曾經有輝煌一時的高棉帝國，跨越中國四個朝代，留下世界七大奇蹟的吳哥窟！我在大吳哥的巴戎寺的歷史浮雕中，終於找到了暗藏了歷史神秘檔案：1979 年中越戰爭之前的八百年，柬埔寨與中國宋朝就組成史上最早的「中柬聯軍」，對抗來自越南中部美山的占婆王國進攻，敵我陣勢與如有雷同，純屬巧合。

　　曼谷建都於二百三十七年前，曼谷王朝現在傳到十世王，歷史不算悠久。追溯泰國最早的王國，是《新元史》之中記載的「八百媳婦國」，今天那裏有沒有 800 個靚女？

　　遇到英國人，緬甸末代皇帝錫袍下場比清朝末代皇帝溥儀稍微好運一點，但緬甸版的慈禧太后蘇帕雅萊，就因為諾貝爾獎詩人 Kipling 的著名詩作，被西方人廣為認識。

進入黑暗時代之前，柬埔寨曾經有輝煌一時的高棉帝國。

巴戎寺穿越宋朝

馮小剛導演的《芳華》描繪的 1979 年的中越戰爭，並非第一次中國聯手柬埔寨打擊越南，早在 1177 年，宋朝軍隊已經與高棉聯軍，對付越南的占婆王國軍隊侵略。檔案在哪裏？就在吳哥城的巴戎寺牆上。

柬埔寨吳哥王朝沒有中國文字式的史記，但就用石頭浮雕記錄自己的歷史。巴戎寺的浮雕共有 1,200 米長，刻畫了 11,000 個人物，其中更埋藏了一個比一帶一路更早、宋朝時的中柬聯軍。

大部份遊客來巴戎寺，是為了拍攝柬埔寨著名的地標建築「高棉的微笑」，以闍耶跋摩七世的形象所雕刻的四面佛像。在圍繞寺廟的長達 1,200 米浮雕中，找尋這個宋朝時的中柬聯軍主題，需要眼力加毅力。

1177 年宋神宗年間，中柬聯軍與越南占婆的兵戎相見。宋朝將軍騎馬，步行的宋朝士兵蓄鬍束髮，髮型像《三國演義》中呂布一樣，他們身穿盔甲、手拿盾牌長矛行軍中。聯軍另一方的高棉士兵則光腳赤身就上場，高棉軍沒有戰馬，和波斯與印度一樣用戰象，所以坐在戰象上指揮中柬聯軍的就是闍耶跋摩七世。自古以來，中柬友誼一家親，柬埔寨國父西哈努克到赤柬波爾布特親北京，變得有歷史淵源。

中柬聯軍的秘密，就在巴戎寺的壁畫內。

神秘的寮國石缸

　　寮國豐沙灣的石缸平原，和英國的巨石陣，智利復活節島上的巨石人像及南美的石人圈並稱為「世界四大石器之謎」！由於寮國的交通不方便，這個石缸平原石器之謎並沒有引起大眾注意，知名度更是史前四大石器之中最低的一個。

　　環繞豐沙灣周圍數百平方公里的山中遍佈數千個石缸，石缸的分佈位置看似雜亂無章，最高的有 3 米高、1 米寬，重達好幾噸。當地人

神秘的石缸平原

石缸約有半人高

274

傳說石缸是用來釀製一種烈性米酒，以慶祝傳說中神秘巨人克敵制勝。根據石缸的大小和附近的骨骸，考古學家認為，它們屬於二千五百年前某個神秘古代文明的墓地，這個文明可能在湄公河與北部灣之間已經被人遺忘的陸上商貿線路上往來而誕生的，同時早已消失。這些石缸的真正用途是甚麼？是誰製作的？至今都是個謎。

二千五百年前正值中國的春秋戰國時代，如果這個推論屬實，石缸平原應該是東南亞最古早的文明之一。

前往豐沙灣交通並不方便，由首都永珍搭通宵巴士需要一晚時間，由龍坡邦往豐沙灣的巴士也要八小時，如果時間不足的遊客，可以考慮來這個首都永珍的凱山豐威漢博物館，前面也有數個由豐沙灣搬過來的石缸供遊客打卡，緬懷一下這個神秘的東南亞文明之源。

越南的由來

前文曾介紹的兩個世界文化遺產包括會安古鎮和美山聖地，兩地都屬於越南的廣南省。廣南省與廣東省和廣西省有否前世姻緣？在二千多年前的秦朝，南越王國首府位於廣州，疆土直達越南。1802 年，阮福映建立阮朝，翌年他派大使到中國請求把國號改為南越，但被嘉慶帝駁回，最後把國名從「南越」倒轉改成「越南」，這就是越南國名的由來。

南越國首府在廣州，所以正式地說不算是東南亞土生王朝。直至公元 10 世紀，印支半島終於出現兩個強大的土生王朝，其一是位於越南中部美山的占婆王朝，另一個是新興的柬埔寨吳哥王朝。一山不能藏二虎，兩王國不斷開戰，而兩王國追溯源頭同屬印度文明產物，根據美山聖地發現的碑文記載，占婆和吳哥王國的國王二人，都是印度史詩《摩訶婆羅多》記載在十王戰爭中戰敗的武將阿奴文陀的子孫，

因此這兩個文明都信奉印度教。今天的柬埔寨是佛教國家；至於越南同時有佛教、基督教和高台教徒。印度教在這兩國都是千年前曾經流行的過去式，當地人今天看到在美山和吳哥的濕婆像和毗濕奴像也會混淆，更何況是遊客？

位於越南中部的世遺美山聖地

　　美山聖地可謂至今仍然保存唯一可以實在地看到和摸到的占婆文明證據。美山聖地曾是占婆國王舉行宗教儀式的重地，也是占婆王室和貴族的墓地，證明當時這裏是占婆王朝非常重要的宗教和政治中心。占婆大量接收印度文明，信仰則以婆羅門教為主，以濕婆、毗濕奴或大梵天等各種印度教雕像為主。占婆王朝曾經盛極一時，三次攻陷越南陳朝首都昇龍，也曾征戰吳哥，成為海上絲路的小霸王。後來國勢轉衰，逐漸成了越南的藩屬，最後更被越南吞併，留下這個唯一的美山聖地成為世界文化遺產。

找尋吳哥王朝的秦始皇

東南亞五國中，柬埔寨既小又貧窮，但這小國曾經輝煌一時，建立東南亞最強大的高棉帝國。而高棉帝國統治中心就是世上最大的神廟——吳哥窟，這麼宏偉的建築吳哥窟為何被高棉人遺棄？這與越南占婆無關，而是與一個新盛民族——暹羅有關。1431 年，暹羅攻破吳哥城，吳哥王朝逼於無奈立即遷都至金邊——一個遠離暹羅的地方，於是吳哥窟便荒廢了。暹羅王朝看到吳哥王朝如此輝煌的文明，不但將整個吳哥窟複製在自己的大皇宮內，更抄襲它全部的宗教文化，因此今天在泰國看到關於印度教的影響，全都來自吳哥王朝。

由《盜墓者羅拉》到《花樣年華》，吳哥城應該是東南亞最熱門的古蹟之一。早在 1992 年已列入《世界文化遺產名錄》，吳哥城的面積約 3,000 平方公里，曾擁有 50 至 100 萬人口，一度是工業革命前全

曾一度消失數百年的吳哥窟

球面積最大的城市。這座古城在 1431 年被暹羅（即今天的泰國）佔領後，大肆破壞城市建築，灌溉系統被破壞後，賴以為生的田地無法耕種，吳哥王朝便遷都金邊。棄守後的吳哥逐漸凋零，最後變成廢墟。

吳哥王朝的闍耶跋摩二世在柬埔寨有秦始皇般的地位，他在世時，吳哥王朝達到最闊的疆土，佔領整個印支半島，也是吳哥王朝最輝煌的時候；他在世時花了三十七年興建陵墓，其陵墓今天見於柬埔寨國旗和鈔票，是柬埔寨的國家象徵。

闍耶跋摩二世信奉婆羅門教毗濕奴派，宣稱自己是毗濕奴神的化身，這就是影響今天泰國王室的神王信仰的起源。吳哥窟又稱小吳哥，就是闍耶跋摩二世的陵墓，是整個吳哥城古蹟裏唯一朝西的寺廟，也是全世界面積最大的廟宇。這條吳哥窟迴廊上刻有成千上萬的將士，很多將軍騎着大象作戰。如何找出哪個才是闍耶跋摩二世？

首先，人物中有一個戴着尖帽子，代表他是國王；第二，旗幟上有他的象徵，站着一個有六隻手臂的毗濕奴。

闍耶跋摩二世逝世後，吳哥王國陷入內亂，當時還是王子的闍耶跋摩七世驅逐占城人。1181 年登基為王，在位三十多年高棉帝國達至興盛，他在廢墟首都大興土木重建吳哥城。1819 年，法國人雷慕沙首

次把元朝人周達觀所寫的《真臘風土記》譯成法文，令世人知道吳哥的存在。1861 年法國生物學家亨利・穆奧為了尋找新的熱帶動物標本，無意間在原始森林

騎着大象的闍耶跋摩二世

裏發現了這座宏偉驚人的古廟遺蹟。

元朝周達觀所著《真臘風土記》是現存與真臘同時代，對這高棉王國的唯一文字紀錄，根據描繪「州城周圍可二十里，有五門，門各兩重，惟東向開二門，餘向皆一門，城之外皆巨濠，濠之外皆通衢大橋」，今天站在大吳哥城的城門，看到的就是周達觀當時所見的景象。除了重建吳哥城，闍耶跋摩七世也從印度教改信佛教，建立唯一的佛教國寺巴戎寺，這也是

闍耶跋摩二世的旗杆上站有六隻手臂的毗濕奴

吳哥內最後一座國寺，在巴戎寺的中心高台上會看到著名的高棉的微笑，約二百張微笑面孔一直俯瞰巴戎寺和吳哥，樣貌根據當時的闍耶跋摩七世雕成。

泰族人興起

越南中部地區的占婆王國、柬埔寨最偉大的吳哥王朝到了 14 世紀都開始衰敗，取而代之的是泰族人興起，兩個王朝分別是素可泰王朝

和蘭納王朝，前者是泰國歷史上首個有史料記載的王國，後者位於泰北。追溯泰國最早的王國是《新元史》記載的八百媳婦國，是一個大泰人王國。

中國雲南有個西雙版納傣族自治州，懂泰語的朋友都知道，「西雙」就是「12」，西雙版納就是「十二千田」。西雙版納的的傣族、緬甸境內的撣族、與泰國的泰族，其實都是一家人，而且來源都是中國怒江，以及瀾滄江中上游的哀牢人。哀牢古國歷史極為悠久，但是記載少之又少，哀牢古國的中心地區位於今雲南省保山市。泰國泰族分為泰國北部山區的大泰，以及湄公河流域的小泰。如果比較，泰北的大泰人比較高大白皙，混血了高棉族的小泰人比較矮小黝黑。大泰人與小泰人曾經長期對峙，各講不同的泰語方言。

七百年前蘭納王國定都於清邁，第一位國王孟萊王的母親，正是來自中國西雙版納的景洪公主，當時蒙古的大軍已經攻克了大理國，孟萊王為了躲避蒙古人的軍隊，便向南發展，建立清萊和清邁兩座城市，這就是著名的「八百媳婦國」，《新元史·八百媳婦傳》記載：「八百

今天站在大吳哥城的城門，看到的就是周達觀當時所見的景象（除了房車）。

媳婦者，夷名景邁，世傳其長，有妻八百，各領一寨，故名。」那裏還有沒有 800 個靚女？

妹頭到柴迪隆寺

八百媳婦國首位國王就是三王像中央的孟萊王。歐洲王室講究血統，若王室絕後便會從別國邀請國王到本國上任。蘭納王國也曾因為這樣，王室沒有後代而到瀾滄王國請王子來擔任國王，後來他回到寮國當國王時，帶走蘭納最重要的國寶玉佛到龍坡邦。作為八百媳婦國首都，清邁古城至今已有七百年歷史。城牆仍然保留着，從高空俯瞰會發覺這古城呈正方形，圍繞一圈便會看到四角的塔樓遺蹟。清邁古城現正申請列為世界文化遺產，至今仍能在這座古城內看到當天蘭納王朝如何風光，古城內行經三四條街便有一間廟，全都金碧輝煌。

當中最有代表性的是柴迪隆寺，遊客來到柴迪隆寺定要入鄉隨俗許個願，寺廟提供的祈願彩帶是蘭納王朝風格的，顏色很鮮艷又華麗，風格非常獨特。而用彩帶代替香燭祈福又可以令色彩繽紛，整間廟宇更加富麗堂皇，又不會製造煙霧減少污染。令整間廟宇更加富麗堂皇其實不只是彩帶，蘭納王朝還有很多很有特色的建築，例如看到當時工匠的手藝，寺廟內的窗框、柱樑和屋頂都有很多精細雕刻。

除了柴迪隆寺，附近的帕邢寺亦很有參觀價值，與柴迪隆寺同樣是清邁最著名的佛寺之一。由孟萊王於 1345 年為供奉其父的骨灰建成，當時的規模沒有這麼大，經過多年擴建後才有今天的規模。相傳佛塔內更保存了佛祖釋迦牟尼的舍利子，因此歷代皇帝對這座佛寺特

別尊崇。到帕邢寺，當然要細看蘭納王朝的建築風格，普遍是窄長設計，屋頂很尖，用色豐富；柱樑上有一些仔細的雕刻，極花心思，可以想像當時他們對工藝的追求。

不少人會選帕邢寺為心中最佳寺廟，因為這裏處處細膩精緻，更是清邁古城內保存得最好的寺廟，木雕和壁畫的手工非常細緻，由內至外和由上至下，若真的細心欣賞，恐怕看半天也不夠。這種建築風格，也影響了周邊不少國家。

清邁作為古城更越來越年輕，因為喜歡這裏的年輕人，尤其是文青越來越多，清邁是一個仍然有心跳，仍然有呼吸的古城。古蹟能好好保存之餘，還有年輕人為這裏注入新生命。例如近年開了很多漂亮咖啡店，也會定期舉辦市集售賣手作品，充滿藝術氣息，因此這裏絕對是新舊交替的地方。

緬甸最後的餘暉

緬甸的最大城市仰光並不古老，在 18 世紀英國殖民緬甸前，與香港一樣是個小漁村，因此仰光的建築物以殖民建築而聞名。真正擁有緬甸古典風情，就是緬甸首個統一王國——蒲甘王國首都蒲甘城。蒲甘王國的開國之塔瑞喜宮塔是蒲甘最古老

蒲甘王國的瑞喜宮塔

的寺廟，也是蒲甘唯一用石頭堆砌的建築，是緬甸佛塔的源頭。很多遊客來到，會朝地上一個有水的洞拍照，因為傳聞有一次國王想欣賞

好一幅活生生的「清明上河圖」映畫戲

塔頂，但黃金塔在日照下太耀眼，其下屬想到妙計，在塔前挖一洞並灌水進去，平靜的水面如鏡子般，如此讓國王欣賞到黃金塔的塔頂。

　　緬甸位於印度和印支半島之間，變成英屬印度與法屬印度支那的磨心。英國人當然想奪取緬甸以防法國人威脅其最重要的印度。三次英緬戰爭都以英國戰勝告終，清朝從首次中英戰爭到滅亡共撐了七十年；緬甸末代王朝貢榜王朝撐了六十二年亡國，緬甸正式併入英屬印度。首次英緬戰爭時，英國佔據緬甸南部後，貢榜王朝國王敏東王於1857年決定遷都至北部，在曼德勒建城，直至1885年被英軍攻佔後宣佈落幕。現在城中保留了這座皇宮遺址，第三次英緬戰爭爆發，兩週

後攻下首都曼德勒，貢榜王朝滅亡，錫袍王被囚禁於皇宮內。1886 年 1 月 1 日，緬甸正式成為英屬印度的一省，錫袍王和王后及子女被帶往印度，在那裏度過餘生，英國人為他興建了一座豪華宮殿對應曼德勒琉璃宮。同為末代皇帝，緬甸這位末代皇帝的下場，勝於戰後入獄十多年更要受勞動改造的中國末代皇帝溥儀。

曼德勒最著名的欣賞夕陽勝地就是這條世上最長的烏本橋，長達 1.2 公里，以柚木建成。緬甸出產的柚木以防蟲和堅固聞名，由於橋太長，中間還有幾座涼亭供過橋者休息，烏本橋橫跨東塔曼湖，形成緬甸最後的餘暉。

諾貝爾獎得主英國詩人吉卜林曾寫下著名詩作《曼德勒之路》：「那裏有一個緬甸姑娘，我知道她在想念着我，回來吧，英國士兵，回到曼德勒。你穿着黃色的裙子，你戴着綠色的帽子。你的名字叫蘇柏雅萊。就和那個辛布的皇后一樣」，蘇柏雅萊之名因此後來逐漸被西方人知道，這位末代皇后心狠手辣，把末代皇帝錫袍的三十多名王子和公主全押至江邊被大象活活踩死。其夫很軟弱有點像光緒王，自小接受西式教育，到第三次英緬戰爭爆發時，英軍能不費一槍一彈攻進當時名為琉璃宮的曼德勒皇宮，正是因為蘇柏雅萊皇后主張不抵抗政策，可算是緬甸版慈禧太后。

五國小知識

所有東南亞鈔票背後都有故事，部份都以其國父作為鈔票設計，例如柬埔寨的鈔票圖案是西哈努克；泰國鈔票當然是泰王；寮國鈔票則是凱山・豐威漢；越南鈔票少不了胡伯伯，每種鈔票都看到胡伯伯的圖樣，幣值是 1 港元兌換 3,000 盾，銀碼頗大但買不到甚麼。為何用盾作為貨幣單位？因為越南傳統受中國影響用銅錢作貨幣。今天他們

不再用銅錢，但就保留盾作為錢幣單位。越南鈔票的設計很精美，面值較大的越南盾已用塑膠材質，而且是透明的，感覺比紙鈔乾淨。

　　唯一一個較特別的國家緬甸，曾經以國父昂山將軍作鈔票設計，但今天已換了設計，改用神獸因特。在所有寺廟和政府機構外都會看到這頭神獸，牠其實是一頭獅子，用看守寺廟的獅子作設計。當然還有白象，大白象在所有東南亞國家中代表最吉祥的神獸，是很罕見的代表吉祥的神獸。另外還有他們很重要的古蹟，例如以曼德勒王宮作設計。這些面值看上去都很正常有 50、100 或 200 元，原來在 1980 年代時因為軍政府的迷信，有些很特殊的面值，我當時見過有 15、35 和 45 因特的鈔票，因此購物時必須計算精準若是 10、20 元很易計算，但若是 35、25 或 15 元計算時，數學頭腦較差也算不來呢！

緬甸鈔票

Map of
INDO-CHINA
showing proposed
BURMA-SIAM-CHINA RAILWAY.

第十二章

活着的文化遺產

世界遺產是由聯合國教科文組織負責執行的世界公約，保育全世界最重要又有普世價值的自然遺產和文化遺產，除了這些觸摸得到的自然遺產和文化遺產，人類還有很多無法觸摸的非物質文化遺產，例如宗教、圖騰、儀式、舞蹈、音樂或民俗民風之事，於是在 2003 年聯合國教科文組織開始一項新計劃——《保護非物質文化公約》保護這些無法觸摸而又體現着人類活着的財富。與前面的章節不同，內容集中在建築或遺蹟這些物質上的世界文化遺產，這一章將帶大家進入這個非物質文化的世界，多姿多彩的東南亞人民日常生活，例如影響泰國新年的柬埔寨潑水祝福、來自印度的柬埔寨天女舞與越南水上木偶劇、了解一下東南亞每天早上的化緣為何只有寮國保留下跪方式、泰國的國粹泰式按摩和茉莉花環製作，最後在寮國古都龍坡邦度過歲月靜好的一天。

潑水節的起源

吳哥窟是全球最大的印度教寺廟，柬埔寨何時從印度教改信佛教？關鍵人物是闍耶跋摩七世，他是吳哥王朝接近尾聲時的國王，完成了從印度教轉型信奉大乘佛教。其中一個證據，是巴戎寺一幅壁畫上描繪了闍耶跋摩七世及妃嬪們在佛教寺廟接受和尚祝福，用潑水方式進行祝福。水在印度教中代表潔淨，可以洗淨人的罪惡，那時他把這潑水儀式從印度教帶來佛教，並一直流傳至今天。

水除了是生命之源，更是文明之源，工業革命前的人類古代文明也是逐水而生。

本書所介紹的五個國家，全都依賴東南亞的母親河——湄公河而生生不息。沐浴在印度宗教有很重要的宗教含意，不只洗滌身體污垢，更重要是洗去心靈的罪孽，這是建基於其宗教理念中有關潔淨和不潔

的思想。如來到吳哥窟旅遊，遊客可以參與潑水祝福儀式。

當地導遊準備傳統紗籠褲讓我換上，一嘗佛誕時沐浴的感覺。然後大師傅開始為我唸誦佛經，雖然大部份也聽不明白，因為那是柬埔寨或巴利文，但聽得懂他唸一句「三藐三菩提」，然後用鮮花水由頭淋下來。

醍醐灌頂，若大家唸過佛經應該認得這句「三藐三菩提」，因為中文《心經》中也有這一句。源於梵文 Samyak Sambodhi，意為「至高無上的平等的覺悟」。無論是這裏的上座部佛教，還是傳誦千年的中國漢傳佛教，我們共同的老師，都是恆河旁邊那位二千五百年前第一位的覺悟者。

我在柬埔寨參與
潑水祝福儀式

仙女散花舞

水是生命之源，但生命的誕生並非簡單的十月懷胎而成就出來。根據印度教攪拌乳海的創世記，世界是由兩隊神靈用一條巨蛇 Naga 像

拔河般在乳海中拉拉扯扯，一邊是善神菩薩，另一邊是惡神阿修羅，天搖地撼就成浪花朵朵，每一朵浪花中誕生了一位名叫 Apsara 飛天仙女的女神，代表了最早的生命。Apsara 仙女舞蹈已經於 2003 年被聯合國列入《世界非物質文化遺產名錄》，代表高棉民族最重要的文化象徵之一。這種舞蹈特別強調手部動作，單單手部動作也有千多種。仙女舞已成為印度宗教的名片傳播到整個東南亞地區，無論越南美山還是柬埔寨的吳哥、泰國曼谷四面佛前，也是同樣在歌頌人類文明的誕生，另一方面展現了印度教對東南亞文明的巨大影響。

　　寮國作為全東南亞唯一的內陸國家，本身是一個相對封閉國家，但現在隨處可見中文招牌，該國的鐵路、水壩和高鐵全由中國興建。回看寮國受中國影響也是這十多年才出現，因為它並不屬於筷子文化圈，在這裏用寮國餐看不到筷子，他們跟印度及泰國一樣，習慣用刀叉吃飯。

　　寮國的對外交通不方便，香港也沒有航班直飛寮國，但我正喜歡這種與世隔絕的感覺。古城龍坡邦不只是世界文化遺產，更多次獲美國雜誌選為全球最佳旅遊城市，這裏的節奏比泰國更慢半拍，更適合度假消閒。相比我廿多年前首次到寮國，現在已大大發展了，在龍坡邦的 Three Nagas Hotel

柬埔寨傳統的仙女舞

晚餐時，有多位寮國美女大跳寮國民族舞。寮國文化不同東南亞其他國家，因為寮國由不同的老族形成，有老聽族和老龍族等。各族的衣着都不同，象徵不同民族，但看上去與泰國舞蹈有點類似，因為他們深受泰國文化影響。再追溯泰國舞的淵源，泰國舞也是由柬埔寨的宮廷仙女舞傳入。當然，相比柬埔寨的宮廷舞，她們跳得比較原始純樸，舞姿沒有那麼複雜，也不及柬埔寨宮廷舞那麼高雅，因為柬埔寨的動作更慢，步法也較整齊。看到這裏的步法也不太整齊，她們的舞是比較輕鬆的舞，這挺像寮國人的性格，他們最著名的性格是甚麼？就是「放鬆」。

越南水上木偶劇

越南河內還劍湖旁邊有一間很著名的劇場——昇龍劇院，每天上演越南傳統水上木偶劇，甚受歡迎，可以用一票難求來形容。

越南獨有的水上木偶劇最早見於紅河三角洲，發展至今已有龍噴水、火和煙花等效果，可算是越南農民版《水舞間》。劇目以傳統的越南農村生活、歷史故事和神話傳說為主，例如有牧童吹笛、放牛、插秧、釣青蛙、捕魚、祭祖等活動，其中最有趣是黎王還劍，因為劇場旁邊是還劍湖。現場大樂隊所用樂器包括響板、嗩吶、銅鑼、笛、簫、揚琴和胡琴等中樂樂器，加上還有舞龍舞獅穿插其中，顯然也受中國影響。泡在水池內的演員演出前都會喝魚露和吃老薑按摩身體，即使泡在水裏也不會覺得冷。越南水上木偶戲雖然不及現代舞台劇或舞台表演那麼豐富和多姿多彩，但也很吸引。這是千多年前的農民娛樂，洪水氾濫時，他們表演這戲來娛樂自己，很難與今天的手機時代娛樂相比，但難得的是，即使觀眾都聽不懂越南語，大家仍會捧腹大笑。我很開心看到控制木偶的演員這麼年輕，希望這項千年表演藝術能傳承下去。

昇龍劇院的水上木偶劇

托缽化緣之初心

　　少林寺上市、方丈成了行政總裁，中國佛教商業化已經達到千年未見的地步，與佛祖的初心漸行漸遠。佛祖釋迦牟尼在二千五百年前放棄自己的王子地位和榮華富貴，本意就是要脫離物質生活，遠離物質引誘去追求精神解脫，因此當時佛祖立下托缽化緣的規矩。僧侶不事經營，斷除貪念，戒除偷盜，廣行布施，心靈富有才是真正的財富，所以佛教僧侶托缽遊行街市，以募化乞食廣結佛緣，「上乞諸佛之理以資法身慧命，下乞眾生之食以資色身肉體」，因此稱為托缽化緣。

　　佛祖自己以身作則，每天乞食。大乘佛教中《金剛經》曾記載「爾時，世尊食時，着衣持缽，入舍衛大城乞食」。佛教傳至中國時由於受帝王大力支持，由梁武帝開始，佛寺有足夠資源令僧侶無須出外托缽化緣，而且可以開始素食。但東南亞的上座部佛教仍然嚴格跟隨佛陀教誨托缽化緣的步履，二千五百年不曾改變，春夏秋冬、雨季旱季

從無一天間斷，成為東南亞最悠久的非物質文化傳統之一。

　　遊走緬甸、柬埔寨和泰國的大城小鎮，天蒙蒙光時，到處都有化緣，形式為施主站在路邊向僧侶施捨食物，但只有內陸封閉的寮國，保留了最恭敬的下跪化緣儀式。

　　遊客到了寮國不要錯過下跪化緣儀式，龍坡邦很著名的化緣儀式本來是市民自發進行的傳統 Morning offering，時至今天已變成著名觀光活動。

　　清晨五點半，晨光下的法國街和旁邊的小巷，靜靜地冒出了幾十位老人家，每個人都手持竹簍，肩膀上都斜披着白色的紗籠。有的手持小木凳，然後就坐在路邊等候。沒有小木凳的，就赤足跪在路邊。除了早起的鳥語，沒有一個人說話。

　　六點正，街頭的盡頭出現橘色的一點，往前不停地延長，織到半條街那麼長，彩雲下的緞帶般飄過來，輕盈無語。原來，是一間寺廟的數十位沙彌，跟着帶頭的僧侶魚貫而行來化緣。身穿露左肩的橘色袈裟，腰間繫着黃布的腰帶，赤着腳，左肩挎着銅製的化緣缽，莊嚴無聲地慢慢沿着街旁走過來，把蒙蒙亮的街道照亮。一會兒，又有一條又一條橘色緞帶飄出來，是其他的寺廟了。

　　當領隊的僧人走到街邊第一個跪着的信徒時，就打開化緣缽，老太太就用手從竹簍裏掏出一把糯米飯，放進師傅的化緣缽。佈施供養僧人，對自己和家人都有消災延壽的作用。

　　酒店的侍應準備了新鮮糯米飯、白色紗籠、草蓆這三寶給我，讓我也一嘗跪着佈施的滋味。試了才知道，徒手不停抓出熱騰騰的糯米飯，很燙手。還要握成一小團，一小團地放入每位師傅的化緣缽。我佈施時笑着望那些十一、二歲的小沙彌，他們也友善地害羞笑一笑。

　　寮國雖然是共產主義國家，九成以上人口是佛教徒。很多男性年輕時都曾出家，守沙彌十戒。每天早晨化緣得來的千家飯，就是他們一天的糧食，而且嚴守佛教「過午不食」的戒律。

托缽乞食，就是要人放下自尊和驕傲的心謙卑地乞食。

放下自尊和驕傲的心

漢傳佛教何時開始吃素？這與梁武帝有關，梁武帝在全國推崇佛教，他用全國資源去支持佛教，所以當時的寺院無須托缽，但這等於放棄佛祖傳下來的要求。為何佛祖自己身先士卒托缽乞食，就是要人放下自尊和驕傲的心謙卑地乞食，當然還有一個很實際的原因，因為佛祖要求修行人一心修行，不可從事生產，但他們也要吃飯，所以唯一的方法就是乞食。其實化緣的意義是甚麼？化緣的緣就是緣份的緣，所有的相遇都是一種緣份。這是一種交換，大家都會更好。

這種方式，二千多年來一直傳至緬甸、寮國、柬埔寨和泰國。

在曼谷最好的半島酒店，每早也有為住客安排 Morning Offering，最大分別是施主不必下跪，站立佈施即可。地點就在酒店前的小花園，花園還有一個巨大的法輪石雕。佛祖首次法輪初轉在鹿野苑。他的說法稱為 Dharma，首次開示稱為法輪常轉，佛祖所說的佛法梵文稱為 Dharma，把佛法傳播出去便要靠車輪了，如車輪般轉來轉去便能把佛法傳至世界各地，令佛教變成世界宗教，因此稱為法輪常轉。

曼谷半島酒店花園有一個巨大的法輪石雕

泰國國粹按摩

　　為何泰式按摩這麼有名，相比其他按摩有何分別？來到泰國必須
享受泰式按摩，它的歷史很悠久，由印度傳來，給當時王室治病之用。
泰式按摩必定是從腳到頭，然後相反再相反去做，例如先是左腳，下
次是右腳。曼谷臥佛寺於 1962 年成立第一所「按摩學校」，至今培養
出世界各地超過二十萬名按摩師，泰式按摩也因而普及。而最近聯合
國教科文組織（UNESCO）正式將泰式按摩列為「非物質文化遺產」。
曼谷半島酒店的 Spa 除了可以享受泰式按摩，也會教授基本的按摩技
巧，學了一招半式，為家人愛侶提供此親密服務，必定大受歡迎！

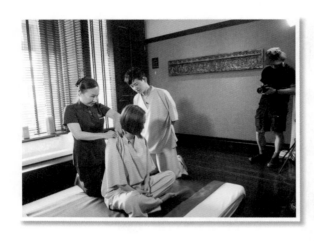

妹頭和我正在學習半島酒店傳統的泰式按摩

柬拳和泰拳

　　高棉帝國曾經是印支半島的文化中心，女性最崇尚的職業是跳仙女舞，而男性就是當拳手。泰拳名聞國際，其實來源於歷史更久的柬拳。和泰拳的最大分別是甚麼？柬拳常用肘撞而泰拳則多用膝撞。泰拳還受了西方拳擊影響，因百多年來，泰國沒有戰亂或開戰也沒經過內戰；而柬埔寨則苦難深重，一直經歷戰亂包括越戰、赤柬和法國殖民等原因，所以柬拳反而仍舊傳統十足。泰拳吸收了很多西洋拳擊技術例如常用膝撞，而柬拳仍用肘撞，因此兩者風格略有不同。

歷史更悠久的柬拳

緬甸金箔業

　　柬埔寨人打柬拳、緬甸人則喜歡打金箔。無論是仰光或我常去當義工的窮鄉僻壤，每個城市最高和最美的建築物都必定是佛塔，每座佛塔上都是金光耀眼，因為大部份佛塔貼的都是真正 24K 金箔的，而且佛塔每年都會貼上新的金箔，令佛塔無時無刻都保持金碧輝煌的最佳狀態。緬甸不是富裕國家，金箔來自千家萬戶佛教徒，很多緬甸家庭甚至沒有銀行儲蓄戶口，但每月開支剩下來的餘錢都用來購買金箔貼在佛像上。這也算是為來生，而不是這輩子做的另類儲蓄吧。

　　緬甸打金箔的工作只由男性負責，這些打箔工匠用槌打黃金原料半小時，然後再花一小時打薄，最後要經過千錘百煉，重複打這片黃金五至六小時，才能把一克黃金打成薄若蟬翼的金箔。

緬甸打金箔的工匠

曼谷鮮花與香花串

　　緬甸佛教徒用金箔獻給佛塔，泰國佛教徒則用一種特別的泰式花藝來供佛。Phuang Malai 泰式香花串，可用來拜佛或送長輩。

　　曼谷半島酒店可以學習製作 Phuang Malai。主要用茉莉花，從花

莖不同方向穿過，一邊轉一邊穿串成開花似的，然後把繩子穿過針眼，工藝一絲不苟，視力稍差者也做不來。

　　每個城市都有鮮花市場，我很愛逛巴黎和倫敦的花市，還有不少得香港旺角的花墟，逛一逛確是很提神的事。曼谷最大的「派克隆花市」（Pak Khlong Talat）出售的花與歐洲或香港鮮花市場的花完全不同，因為出售的花全是 Phuang Malai 花串，由最便宜的 10 泰銖一串，到 500 泰銖的豪華版都有。有些是敬神，有些是婚禮，還有的花串是特別供畢業典禮使用！

泰國用來敬佛的香花串

鴉片工廠變餐廳

　　越南不受上座部佛教影響，但法國的影響力並無因為法屬印度支那結束而完結。胡志明市有一間前鴉片工廠，當年鴉片貿易是法屬印度支那最主要的稅收之一。他們走私鴉片去哪裏？就是廣州灣，當時廣州灣是法屬印度支那一部份，運到那邊然後再轉賣給清國人。當年這間鴉片工廠保留下來，現在已裝修成一間很時尚的法國菜餐廳 Refinery。在這裏還認識了其老闆娘，一位風韻猶存的法越混血兒。

由鴉片工廠改建而成的法國餐廳

與世無爭的城市——龍坡邦

作為世遺的古城，龍坡邦一向都與世無爭。這裏很適合度假和放空，每天都是歲月靜好。從早到晚，龍坡邦的一天開始得很早，天還沒亮我便完成清晨布施下跪化緣，之後就可以逛朝市。朝市每天從早上 5 時開到 10 時，這朝市有甚麼特色食材？有煙燻鹹魚；另外有當地人的地道小吃食材——水牛皮，他們油炸後便直接吃下；另外有一些像電影《蟲蟲特工隊》裏的蟲子一樣的食材，是活生生的蝴蝶幼蟲，變成蝴蝶前的樣子！聽說用來油炸蛋白質很豐富，吃這一條蟲子，其蛋白質含量等於一顆雞蛋，是當地的窮人恩物，油炸至香脆便很美味。在這朝市，還會看到烏龜、蝙蝠和蜥蜴，遊客覺得很重口味吧，但相比我十多年前來已經文明許多了。當時我看到這裏有很多鸚鵡，一隻隻色彩繽紛的鸚鵡準備用油炸來吃，還有最誇張的是，看到長約一米的鱷魚，活生生的鱷魚被綁着嘴巴，買家必須整條買下，不能只買一部份，當時真的把我嚇得加快腳步，不過現在已經禁售了。鱷魚和鸚鵡等都受保護不能再在街市出售，現在大家來街市已看不到這些奇景，其實這比較好，大家可以多吃蔬菜，多吃素對身體較好，龍坡邦的朝市有很多蔬菜供遊客和當地人選購。

龍坡邦的朝市包羅萬有

除了朝市，龍坡邦夜市也很有特色，堪稱全球最安靜的夜市，攤販不像其他夜市不斷叫囂，死纏爛打，他們安靜坐着悠閒地販賣，遊客可以悠

閒地散步或購物，為龍坡邦必到的景點之一。

　　但我到龍坡邦已不只一次，十多年前曾來過，比較之下覺得有點失望。例如民族褲上的圖案現在都是印上去的，不是真正的手工十字繡，只是裝扮成十字繡。我十多年前在這裏買的褲子是真的十字繡，一針一線以人手刺繡，獨一無二。我個人不喜歡這些由工廠大規模生產的產品，這並非由本地人做的，看得出這些褲子很可能是泰國或柬埔寨工廠做的，手工的褲子全球只有一條，但工廠褲子卻可以有一萬條一模一樣。無論在各地，到清邁或暹粒都會看到這些雷同產品，令我們購物時的樂趣大減，相較之下會顯得龍坡邦沒甚麼特色了，只因全球一體化了。

　　因此我覺得還是那一句，好趁青春去旅行。現在的夜市已被工廠製品佔據了，讀者想尋回真正的寮國手工織物的話，除了龍坡邦的高級酒店 Boutique 店，賣到 300 美金一條手工十字繡褲子，現在乘船去湄公河的紡織村也能找尋到真正手工的民族織物。

從未見過如此安守本份的夜市小販

「唧唧復唧唧　木蘭當户織」

　　絲綢原產於中國，我們所謂的絲綢之路，大家通常以為自西安出發，自玉門關經過新疆，一直前往中亞最後到達羅馬。其實還有另一條絲綢之路名為西南絲綢之路，正式名稱是「蜀身毒路」，蜀指蜀地

四川，身毒則是從前對印度古稱。四川絲綢如何傳到印度那麼遠？就是經過湄公河。

　　蜀國絲綢先到雲南，離開雲南便到湄公河，再經瀾滄江到寮國和緬甸，最後抵達印度。因此現在看到寮國有很多手工絲綢紡織，歷史悠久，是由中國傳來的。

　　今天坐船來到紡織村，希望找尋到人手製的民族服。原來大姐要花六個月去織，售價是 80 萬基普。花那麼長時間，若要知道是人手還是機械織成就得看背面，看看背面的底線，若看到底線不太工整有些打結，便知道應該是手工而非機械織成。有些店舖只賣布料，買了布料可以自行製成褲子。但這裏沒有出售現貨褲子的，最後我選了這一

我選了這一幅像桌布的手織布料，
成交價為 20 萬基普。

我又入手了寮國手工苗族服裝

幅像桌布的手織布料，成交價為 20 萬基普（約 20 美元）。

回港後我找裁縫，用這做成了一條褲子，我是一個民族服控，不是收藏，而是直接將民族服當日常衣服來穿。寮國是民族服的寶藏，每次來旅行我都收穫豐富，只是這次的收穫比廿年前貴了不止十倍。歐美人士已經發現這些手工織物的珍貴，中國雲南少數民族如白族的織片已經升值了幾十倍，我以前買一件寮國手工繡衫只需 10 至 20 美元，現在已經 200 美元起跳了，手工繁複的也有上千元美元一件。有趣的是，夜市平價工廠貨更為便宜了，以前買 5 美元的 T 恤，現在只需 1 美元了。旅行時買民族服，原來我也算是另類成功投資了，三十年下來已經有過百件來自五大洲的手工民族服！

東南亞屋脊——寮國

寮國作為東南亞屋脊，境內有很多山，而當中八成地方是山脊，也因此有很多河流和瀑布。其中一個瀑布 Kwangsi（發音和「廣西」一樣）離市區 25 公里，這裏共有三層瀑布，每層有不同風光，最下一層很寧靜，適合大家在這裏閒待；最上一層是野餐區；中間一層瀑布有十多米高的落差，不算壯觀，但瀑布下的清澈水池，成了天然的游泳池。我和歐洲遊客都有備而來，紛紛換上泳衣躍入水潭中。我們的跳水台就是樹幹上的一條繩子，盪去水潭中間就跳下去，清涼透心。和我一齊玩水的還有一對愛爾蘭來的小情侶，來 Luang Prabang 玩了四個月，還不肯回國，真令我羨慕不已。

最高的第三層瀑布最大，有三十多米高，響聲震天，瀑布下水霧瀰漫，成為當地人的野餐聖地。遊完水肚子咕嚕叫，酒店已準備了午餐便當，由於草地上的公用木桌有限，侍應向一早來霸位的當地人「買」了一個木桌，好讓我不用坐地上野餐，然後遞上冰凍毛巾及飲

料，感覺十分高尚。打開巨大的便當木盒，前菜有精緻的竹筒涼粉，還有沙律、三文治、水果、甜品等。在瀑布伴奏下的午餐，果然有驚喜！

這裏的臨時跳水台是一塊木頭，既濕滑又不平坦，站在上面可能已很害怕。世界遺產分為文化遺產和自然遺產，自然遺產通常由保育或自然美的角度出發，選擇具有突出的普世價值或生物多樣化的天然名勝。這是位於湄公河熱帶雨林中的關西瀑布生物多樣化很豐富而不為人知，將來有機會成為自然遺產。

我在關西瀑布跳水

Map of
INDO-CHINA
showing proposed
BURMA-SIAM-CHINA RAILWAY.

Railways

第十三章
泛舟湄公河

在過去十二章，我們從香港的旺角電腦中心出發，經過緬甸、寮國、柬埔寨、泰國和越南，從二戰後血腥的獨立故事開始說起，懷緬英法殖民時代，追溯到上古中國與印度文化的深遠影響，發掘各國的原生文明文化。湄公河是東南亞最長的河流，河流發源於天朝上國的青海，在中國境內稱為瀾滄江，出國後則稱為湄公河。在柬埔寨文裏「湄公」是母親之意，因為這條河孕育了五個東南亞國家，本章我們將沿着這條母親河展開《明日世遺》終點的「湄公河之旅」。

水作為生命之源，古人與非洲大遷徙的動物一樣逐水源而居。東南亞人民可謂湄公河兒女，作為亞洲最重要的跨國水系，湄公河是全球第十二長的河流，在亞洲則排在第七位。流域中生活了 3 億 2,600 萬民眾，湄公河五國中柬埔寨最小，人均國內生產總值排在倒數第二位；唯一的內陸國家寮國，人口最少；人口最多的是越南，經濟增長也

東南亞的母親之河——湄公河

最快；我們最熟悉的泰國則最富裕；在五國中，緬甸的面積最大但其人均國內生產總值最低。

中華文明發源於黃河兩岸，河水彎又彎，船邊綁着的都是鄉愁，河流滋養着先人因為人類五千年農業文明都是逐河而生的。河流文明具有內向性的特點，「君不見湄公河之水天朝來，奔流到海不復回。」這條河的上游來自天朝上國中國，河流文明是古代六大文明中算是主流文明，只有一個不屬河流文明是海洋文明國家，就是發源於克里特島的希臘文明。希臘文明當然是歐洲文明的祖先，只有歐洲文明屬於海洋文明，其他五大文明都是河流文明。

河流文明的特色是逐水而居屬農業文化很內向型，相反海洋文明則很外向型。過去五百年，海洋文明征服全世界包括印度支那，但代表海洋文明的法國已離開，取而代之的是代表河流文明的中國再次回歸這裏。在龍坡邦，我們看到很多全是中文字的餐廳和招牌、寫了中文字的工地、高鐵和橋樑全是中國人為他們興建，證明此處已回歸河流文明的懷抱。

一水二名

　　瀾滄江和湄公河一水二名，是東南亞重要的跨國河流。此河上游發源於中國青藏高原，在中國境內稱為瀾滄江，離開中國邊境後變成寮國和緬甸的界河，由這一段開始稱為湄公河，向東流入寮國後奔流到上游的龍坡邦——因河岸而興旺起來的千年古城。

　　龍坡邦是世界文化遺產的古城，這裏有很多半天河船遊，除了可以欣賞兩岸風景，更可以看到龍坡邦興建中的首座跨河大橋，而且這座大橋大有來頭。大家常聽說東方快車，真正的東方快車就是龍坡邦的高鐵，出發點是昆明，由去年開始興建，乘坐高鐵從昆明出發，六小時後便抵達龍坡邦，高鐵離開龍坡邦後就到萬象，萬象就是永珍，即寮國首都。若大家乘搭巴士從龍坡邦前往永珍需11小時，乘坐高鐵只需兩小時，因此寮國人高度期待這條可以節省五倍時間的高鐵。

　　離開寮國後，這條高鐵延伸往泰國，從龍坡邦出發只需

橫亙湄公河的中國高鐵橋

湄公河旁的千年古城

五小時便抵達泰國，這條高鐵經過馬來西亞最後抵達新加坡，全程少於一天，只需廿多小時便能從昆明直達新加坡，預計在 2022 年建成。

雖屬同一條大江，相比在泰國、越南和柬埔寨經過的河船，寮國這一段在以前我認為是最原始風貌的，兩岸的古老原始森林，就像在細說千年故事，沒甚麼人工痕跡。相比其他地方，東南亞已高速工業化，這裏只有正在興建的大橋工程正在改變湄公河的面貌。

東南亞的「鋰電池」

除了高鐵還有水壩。我問了當地寮國人，原來中國已在下游興建了四座水壩，未來更籌劃興建 30 座水壩，正由於興建了這麼多發電站，令寮國成了東南亞的「鋰電池」，得以向中國、柬埔寨和泰國出售電

力，改善本國生活。

　　相比上次到訪，我也發現寮國人的生活水平已大大提高，物價也大幅飆升，每次興建水壩也是對生態的破壞，不但成千上萬居民要遷徙，無數的村莊和森林也被淹沒，更有不少生物因而絕種。但它同時改善了寮國人的生活，若不是靠出售電力，這國家一向沒有出口貿易，其產品如白米無法輸出，不靠水電難以維生，因此這個兩難題至今仍困擾着我，究竟應該保育還是發展？不只困擾香港，寮國也面臨這個問題。

凌亂千佛洞

　　公元 8 世紀，第一支老族移民離開中國雲南，沿着湄公河順流而下來到這片湄公河平原，開始了他們的文明。這裏是帕烏千佛洞，距龍坡邦約兩小時船程，1545 年被龍坡邦國王發現後，最初用來供奉蛇神 Naga。在 18 至 20 世紀之間，很多商人和居民為了祈福把佛像留在這洞內，每年新年國王會帶居民前來這裏舉行大型宗教儀式，直至1975 年成了社會主義國家後，這個傳統便停止了。現在寮國是社會主義國家，因此這裏已全無宗教儀式進行。這跟寮國人的性格一樣很隨意、有點懶惰，他們只是利用這天然溶洞把佛像亂七八糟放在這裏，

千佛洞的佛像眾多

便成了龍坡邦很重要的景點。現時上洞留下 1,500 尊佛像，下洞則有 2,500 尊，由於不少屬古董因此被遊客偷去不少。

在今年中國高鐵公司建成第一座跨越湄公河的高鐵橋樑前，跨越湄公河只能靠竹橋。這些竹橋只能在旱季時搭建，因為當水位升至貼近竹橋時，整道竹橋會被沖走，因此竹橋在雨季便會消失。這道橋只有一年壽命，到了旱季，他們再用竹建造新橋，每年都會搭建新的竹橋。這應該是全球最原始的橋樑，下次若你在旱季時來到龍坡邦，可以看看這季節限定竹橋還在不在。

從前要過河，就是靠這些季節限定竹橋。

一水兩國

作為東南亞五國的母親河，湄公河也是一條界河。離開中國國境，它立即成為緬甸和寮國的界河，河的東岸是寮國，河的西岸則是緬甸，但這一段只有二百多公里，河段並不長，接下來那一段便長得多，九百多公里的河道成泰國和寮國邊界。

當我正站在寮國首都永珍，過了河便是泰國，大叫一聲對岸也聽

得見。很少國家的首都會如此靠近邊界，因為對自身國家安全而言極之危險，首都在他國的射程內會很容易被入侵進而亡國，所以誰也不會定都於邊境。為何寮國首都永珍建在界河畔？其中有段歷史，瀾滄王國最強盛時同時擁有河的兩岸土地，另一邊岸直至泰北的清邁和清萊同屬瀾滄王國的土地，國王為了方便管理便建都於這邊河岸。即使把對岸還給泰國後，亦沒有遷都的打算而保留河岸的一邊作為首都。

永珍位於湄公河東岸，對面已是泰國廊開。從前到對岸要乘搭渡輪，自從 1990 年澳洲政府贊助建成這座友誼橋便不同了，現在大家可以乘坐巴士從永珍出發，90 分鐘已能抵達廊開市中心，而且只需要 1.5 美元。現在很多寮國人在週末也會開車或乘巴士到對岸購物，好比我們平日到深圳購物那麼方便。

河畔夜市

在永珍的湄公河畔夜市正式名稱是昭阿努公園夜市，昭阿努是誰？他是萬象王國最悲劇的亡國之君。他廣受寮國人民尊敬，他統治期間寮國成了泰國戰爭下的犧牲品，最後昭阿努被泰王拉瑪三世斬首示眾，國家滅亡。由於他英勇抗敵，因此成了寮國民族英雄。與我曾介紹的龍坡邦夜市比較，首都這河邊夜市比較摩登，龍坡邦夜市賣的都是傳統或扮傳統手工藝品；湄公河畔夜市的

河岸的昭阿努公園夜市

大部份攤位銷售的是時裝、潮流服飾或手機配件，仔細看看產品出產地大部份來自中國、越南或泰國的工廠貨，所以唯一好處就是便宜，很多貨品售價標為一萬基普，約為九港元。我在這裏也收穫豐富，旁邊還有很多小吃攤檔，遊客可以一邊迎着河風，一邊度過悠閒的永珍一夜。

坐落在湄公河東岸的永珍被譽為全球最悠閒的首都，有多悠閒？這裏除了留下大量法式建築，還有法國飲食習慣，例如你去法式咖啡店，除了可以喝杯咖啡，還有閃電泡芙，是很傳統的法國甜點。另外

還有牛角包，特別的是用漢堡包的方法來做的。坐在河邊可以很輕鬆地閒坐一個下午，品嚐這種名為閃電泡芙的甜品，形容它實在太美味，會讓人電光火石一剎那便把它吃下。

在悠閒的永珍拍攝節目也是享受

蠢蠢欲動的寮國

若你曾在十多前來過寮國，會發覺這裏很多事物如閃電般變化，這國家正面對百年難遇的改變機會，相比我在廿年前首次到寮國時，它是很封閉的內陸國家，現在這裏的外國遊客大增，外國投資大增，隨處可見韓文，更多是簡體字的招牌，還有招商或地產廣告；也有很多說普通話的遊客，他們除了接受人民幣，也接受泰幣。逛夜市時我發覺若以泰語發問，他們通常會用泰語回答你。

現在這地方蠢蠢欲動，是緊接胡志明市和金邊第三個將會開發的地方，就是從前名不經傳很多人還弄不清楚究竟是哪裏，是老撾還是寮國？是永珍還是萬象？很多人至今仍未弄清楚。其實永珍就是萬象，寮國就是老撾，只是中國大陸的翻譯與港、台翻譯不同。作為一帶一路在中國境外的主要國家兼邁進東南亞的關口，寮國與中國的關係很友好，包括本地橋樑、高鐵、機鐵、公路或醫院也是中國援建的，因此這裏對中國的依賴性頗大。

華為的廣告遍佈永珍

當然有些當地人覺得太依賴中國投資，但的確令這裏發展迅速，首都馬路兩旁那些工地或正在動工的地方，標示全是簡體字，列明建築公司來自中國的北京、雲南或貴州等地方，連市中心廣場內的噴泉，也列明中國政府送給老撾人民的禮物。噴泉前還有兩雙瓷做大象的漂亮擺設列明自貢人民所贈，自貢是在四川省內的一個城市。

永珍旁邊的湄公河不只是泰國與寮國之間的界河，也帶來了上游的中國人。福德廟的廟祝劉先生就是上世紀的難民，中國時局動盪時廣東沿岸居民便下南洋，但寮國是內陸國家沒有海岸線，所以這裏的華人都是沿着湄公河上游的雲南漂流到永珍。而其中亦有不少在中國經歷三反、五反，然後開始文化大革命而逃亡的平民，他們一生為了渴望的自由而顛簸流離，最後終於在永珍、在湄公河畔找到他們最後的棲息地。從前這裏只有二、三千潮州人，排華時更四散逃亡，而現在這裏有三十多萬華人，全是來自中國大陸的商人。老華僑顛簸流離

寮國的大媽也在跳起廣場舞

的故事挺令人感慨過去長達世紀的逃亡。

中國對寮國的影響力，若果是過去式就如福德廟這種傳統文化，而現在式則是中國式高分貝廣場舞。音樂響起來，廣場是舞台，一跳返老再跳還童，廣場舞又稱大媽舞是 21 世紀最「重要」的中國文化符號之一，舞者以強勁音樂聚集大媽一起共同參與的街頭舞蹈。這種文化從何時開始已無從稽考，但作為中國軟實力輸出外國後巴黎羅浮宮、紐約時代廣場、莫斯科紅場都因為突然出現一群中國大媽跳舞、阻街和噪音污染被當地警方驅趕，屯門大媽舞也多次被街坊投訴滋擾。但到了永珍廣場舞，不只無人驅趕，而且很有秩序，場面也很盛大，每當每天日落湄公河時夜市的廣場便響起強勁音樂，彷彿整個永珍的大媽都齊集這裏。

孕育吳哥文明之河川

離開寮國，河水繼續流向柬埔寨。湄公河最上游成了緬甸和寮國的界河長達 234 公里，流入寮國境內的湄公河長達 777 公里，再成為寮國和泰國界河長 976 公里，離開後進入柬埔寨境內幹流為 501 公里，途中與起源於東南亞最大的淡水湖洞里薩湖的支流洞里薩河匯合成為滔滔洪流。

洞里薩河與湄公河的關係就如探戈舞伴般，12 月至 4 月的枯水期湖水經過河道注入湄公河，5 月至 11 月的豐水期則流回湖水內，一來

一往又互相傾慕一樣，我們可以說洞里薩湖有調節湄公河的功能。洞里薩湖的河水如同泥漿一樣似的，究竟這種環境如何孕育出吳哥文明？

我們到達了洞里薩湖底，剛才在湖中行車，兩旁全是高腳屋，可以看到船隻都擱淺了，因為現在是旱季，旱季時這裏的面積縮至 2,700 平方公里。居民住在這些高腳屋內，房子築得很高，是為了在雨季時可以乘船穿梭湖上。這些都是漁民之家，由於湄公河水中有很多沖積物質帶來的養份，因此湖中滋生了大量魚蝦，無論旱季或雨季都出產豐富，所以洞里薩湖是柬埔寨北部最重要的肉食倉庫。湖的四周有 300 萬以上民眾直接或間接以漁業為生，沿着這條河前往洞里薩湖，可以看到兩岸的高腳屋四周全是垃圾，這條河的河水如泥漿般。這裏的環境實在不敢恭維，我就試過遊船要停下，因為馬達纏住了垃圾。

眼前看到洞里薩湖簡陋的高腳屋，相比輝煌的吳哥窟，很難想像來自同一個民族。吳哥窟位於洞里薩湖 30 公里外，洞里薩湖的沖積平原土地肥沃，加上高棉人懂得興建灌溉系統，令其經濟上可以支持重要而獨特的神王信仰。這一套信仰令百萬計民眾相信供奉神王是與生俱來的責任，這輩子行正道會令下輩子會投胎成王，不然便會投胎為奴。修建吳哥窟的民工相信這輩子努力工作可令他們在來生好好投胎，即使現世如何不堪，要住在這些簡陋的高腳屋內也會努力工作去興建一座輝煌的吳哥窟。這就是宗教的力量，創造出人類的璀璨文明，包括埃及法老王、瑪雅王或印加王都是這樣自吹自擂為人間的神，再令人民甘心為他賣命、賣力。

這次在洞里薩湖拍攝十分驚險，從沒乘坐過這麼危險的河船，因為船上沒有任何安全措施，航行時顛簸嚴重，每有其他快船在旁經過便嚴重傾斜，令泥水傾注船內，我乘坐後發現衣服都沾滿泥濘，現在我明白為何船伕穿深色衣服，因為實在太髒了。我即使站在外邊也聞到臭味，沿着洞里薩湖住了三百多萬人，相比我上次前來人口大大增加。連農業部長也發覺問題很嚴重，因為他們把排泄物和生活垃圾直

洞里薩湖的高腳屋

接傾倒出來，這裏沒有任何排污設施，人口越多這裏的高腳屋越見擠擁，環境污染越來越嚴重。農業部長呼籲漁民遷離洞里薩湖，希望保育這個湖。很多文明都因為人口膨脹最後消失了，例如復活節島上的文明、吳哥窟文明也因為人口膨脹後令水土流失導致自然環境受破壞，最後令文明消失，不知道這是否洞里薩湖的未來。

湄公河的女兒：金邊

　　離開洞里薩湖，湄公河一直向南奔流，河中漂流着一尊佛像令一個新的城市誕生，最後更取代了吳哥城，成為柬埔寨新首都——金邊。

　　湄公河流經緬甸、寮國、泰國，終於來到柬埔寨。柬埔寨的湄公河總長度 501 公里，流經最大城市首都金邊。金邊的英文是 Phnom Penh，Phnom 在高棉語中代表山，Penh 是一名老婆婆的名字，所以加

起來就是婆婆山之意。在成為新首都之前數世紀，傳聞一名老婆婆在金邊河大洪水時撿到一些佛像，她便在名為塔仔山的地方搭建寺廟供奉佛像，附近慢慢形成城市，而城市便取名 Phnom Penh。相比終年遊客人頭洶湧的吳哥窟和旁邊的暹粒市，金邊的遊客不算多，因為這裏代表的柬埔寨記憶是黑暗時代的回憶。

我坐在金邊 FCC 餐廳遙望湄公河

吳哥王朝是高棉民族的黃金盛世，但 1430 年暹羅兵臨吳哥城下並攻破吳哥，最後由於吳哥的位置太接近暹羅，最終國王放棄吳哥並遷都金邊。此後，柬埔寨國勢衰落，一直持續受越南和暹羅兩個鄰國侵略，這段時間稱為柬埔寨黑暗時代。原屬吳哥王朝的下柬埔寨也在此時被越南人佔領，柬越開始交惡，以前的下柬埔寨就是現時越南經濟最發達的地區，今天稱為「湄公河三角洲」，而其中最大的城市西貢，

現稱胡志明市。

　　湄公河流經緬甸、寮國、泰國，匯流了起源於東南亞最大的淡水湖洞里薩湖的支流洞里薩河，變成滔滔洪流，最後流至今天屬越南的湄公河三角洲，這是東南亞地區最大的平原，是越南最富庶的地區，也是越南人口最密集之地。這裏河旺物阜，乘坐小船穿梭於縱橫交錯的河道，望向一望無際的稻田，好一個魚米之鄉！

湄公河一日遊

　　由胡志明市出發，泛舟湄公河三角洲十分輕鬆寫意，而且景點眾多，值得安排一日遊，我曾經騎單車，也曾經坐船遊湄公河三角洲。

　　湄公河流到這裏形成了肥沃的三角洲，然後出海，離開發源地的青海省已經 4,350 米，這裏也是我們行程的終點。這裏是越南的魚米之鄉，越南南部七成農業人口集中這裏，因為這裏的稻米兩年達七熟之多，每年稻米產量比日韓加起來還多。稻米以外還出產很多水果，例如芒果、木瓜、菠蘿、火龍果到龍眼，賣到香港的越南水果大都是這裏出產的，母親河之名實至名歸。一日遊安排了水果餐，我更第一次見到了火龍果樹！

　　三角洲的形成是由於江河奔流帶來大量泥沙到出海口，當遇

越南火龍果暢銷香港

到很鹹的海水時，形成形狀如三角形的沖積平原，湄公河三角洲與珠江三角洲同樣都是很肥沃的土地，所以這裏的出產很豐富。一日遊安排了的河鮮午餐十分豐富，桌上所有食品都是湄公河三角洲農產品，例如恐龍蛋，是用糯米炸成的，香港一些食肆也有出售，我們取名更矜貴，名為東方之珠。

我在介紹湄公河的河鮮大餐

其他當然還有河蝦、春卷，還有極具特色的湄公河魚，這種可以站立擺放的炸魚，菜名是 Elephant Ear Fish 直譯就是象耳魚。進食方法也很有越南特色，要先把米紙泡水，加上生菜再夾一些米粉，撕下一小片魚肉再沾一點魚露，像平日包春卷般卷起來。讀者來到可以試一試這道菜式，因為米紙有彈性，配上蔬菜中和了炸魚的油味再加上米粉令其層次很豐富。我曾上網看到湄公河三角洲一日之旅的食物是劣食，午餐只有一碗白飯加上兩片肉片，而我這次為讀者介紹的豐富午餐是要特別預訂的，每人收費九美元，但我個人覺得很值得，有這麼多特色本地料理總比吃一盒肉片飯好，訂一日遊時不要貪平。

湄公河離開金邊後變成兩支分流，在越南境內稱為前江和後江。這條江把三角洲分成三部份，後江以南部份名為金甌半島，由於湄公河泥沙的淤積，半島每年向西南海邊延伸 60 至 80 米，半島西側海灘是熱帶獨有的紅樹林。在這裏可以體驗越南最傳統的搖船文化，我體驗的時候正下着滂沱大雨，我們坐在小木船上，一位老婆婆為我們划槳，向着湄公河三角洲紅樹林進發。河道兩邊全是水椰子樹，其果實

老婆婆為我們划木槳，投奔怒海。

是水椰子，小小呈白色，是可以食用的果子。這裏的河道很窄，因此不能讓有馬達的大船航行，只有這種最傳統的木船才能進來，很有風情。雨勢這麼大令我想起 1975 年，北越攻至南越首都西貢時，船民乘坐這種木船在滂沱大雨下投奔怒海，逃往哪裏？下一站也是西貢，但那個西貢是香港的越南船民中心。

中法交織──永長寺

來到這裏以為自己去了法國，其實身處越南湄公河三角洲的永長寺。永長寺是湄公河三角洲其中一間最著名的寺廟，外觀看上去有很多羅馬柱廊，但羅馬石柱上卻是雕龍畫鳳，有中式龍鳳雕刻，仔細一看，牆上有很多洛可可風格牆飾，既有法式風情也有中式味道。

這間充滿法式風情的漢傳佛教寺廟與其歷史很有關係，巨型的南無本師釋迦牟尼佛雕像，下方的越南文唸出來、聽上去與廣東話發音一模一樣，因為這裏是越南，這裏的佛教屬於傳統漢傳佛教，即我們

説的大乘佛教，與其他東南亞四國不同，其他四國屬於上座部佛教與中國傳來的漢傳佛教無關。二千五百年前，印度小王子在菩提樹下頓悟的人間真理，他經過戈壁沙漠傳至中國，再經過南中國海傳至交趾這兒。上世紀更有法國殖民的春風化雨，結果昇華成了這間具有法式風情的漢傳佛教寺廟。湄公河之水天朝來，這裏有越南獨特的混血建築、文化和宗教，這裏就是明日世遺。

中法交融的永長寺

回到終點

位於湄公河三角洲最大城市西貢，原是名為水真臘的高棉人小漁村，被越南佔領後到了法國殖民時代改稱西貢，被法國人打造成東方

小巴黎，這裏與深受中國文化影響的河內大不一樣，直至 1976 年改名胡志明市。

　　胡志明帶我們第一章由旺角電腦中心出發，夥同西哈努克親王帶我們走進越南、柬埔寨和寮國，這三國充滿血腥暴力的近代史。然後我們進入兩個和風細雨的佛國——泰國和緬甸，每天黎明都重複着釋迦牟尼二千五百年前的行動——托缽化緣，上座部佛教保留了不變的佛祖初心。昂山將軍與美麗的女兒素姬帶我們遊覽這剛開放的黃金之國最大的城市仰光，英國人為這裏不只帶來東南亞最大規模的維多利亞式建築群，還有英式完善城市規劃，撞擊旁邊法國人正在照花都興建的兩個小巴黎——金邊（柬埔寨）和胡志明市（越南）。東南亞就是世界一體化的縮影，二千年來全球化的第一個實驗室。遠在英法殖民前的二千多年，兩個主要的亞洲文明已在東南亞展開首次角力——印度和中華，造就了印度支那。比較東南亞五國的佛寺和佛塔建築風格異同，追溯漂泊千年的一尊玉佛，最後終於沿着湄公河順流而下經過緬甸、寮國、泰國和柬埔寨，最後到了越南湄公河三角洲，也到了本書的終點。

一條湄公河，孕育了五國燦爛文明

水，世界上最神奇的物質，由哪裏來？

可能你會説，來自天上的雲、來自南極的冰塊，

地球上每一滴水，已經存在了數十億年，全部都來自於幾十萬光年以外的外星球！地球形成之初，水分子隨着太陽系邊緣的小行星同衛星來到地球，從此沒有消失過，以不同形式狀態存在於地球的海洋、河流、冰川、土壤、植物、動物之間，輪迴循環、生生不息、不生不滅、不垢不淨、不增不減。

湄公河的河水，奔流了 4,200 公里，到湄公河三角洲，河水滔滔不息，奔向大海。這條河的每一滴水，承載着來自外太空的前世記憶，侏羅紀時期的恐龍尖叫，印支半島的榮辱千年。輪迴成吳哥窟百萬民工石匠揮灑如雨的汗水，緬甸蒲甘剛入世的三千佛塔前的綿綿細雨，凝成金邊 S21 監獄中鐵鏈上的斑斑血漬，滴成了西貢小姐眼中望向美國大兵的那一滴眼淚。

創世紀初 Naga 蛇王攪伴乳海時擊起的浪花朵朵，凝結成柬埔寨、越南、泰國、寮國的翩翩起舞天女。乳海中央的須彌山，承托起的只不過是三千大千世界的一小世界。由曼谷到龍坡邦，延續了二千五百年的托鉢化緣身影，每一件桔紅色的袈裟上，繡着恆河邊的小王子悟出的真理：弱水三千只取一瓢。因為每一滴水，裏邊還有萬億個細菌、萬億個大千世界。其中一個小千世界的孤島週末，正在上演《明日世遺》結局篇：泛舟湄公河。

此節目構思於年初和風細雨的尖沙咀海旁、拍攝於山雨欲來的五國春天、首映於天動地撼的特區夏日、播到結局篇已經是天涼心灰的秋後。明日復明日，昨日俱往矣，今昔已物似人非，誰還介意明日呢？

後記：一年一會

生不逢時，就像兵荒馬亂時出生的嬰兒，未懂事已經開始逃難。

2018 年此時，奇妙電視正式改名為「開電視」，《明治憑甚麼》熱播之時，已經開始計劃下一季節目。自從播出《明治憑甚麼》之後，很多觀眾希望我繼續拍攝日本系列文化旅遊節目，例如以大正、昭和或平成為主題。但我很害怕第二季、更恐懼重複自己，所以我義無反顧走出溫室的安全地帶，找尋一個陌生的不安全題材來挑戰自己。

《世界遺產》是日本 TBS 電視台製作的經典長壽節目，由 1996 年一直播到現在，早已超過一千集，無綫電視也曾購入，並找來蘇玉華等人配音播放，節目歷史已經長過香港特區，仍然寶刀未老。以開電視及小弟之力，無法達到這個神枱級節目。我於是另闢蹊徑，找尋尚未成為世遺的隱世景點，命名為《明日世遺》，節目用倒敘方式，由東南亞近代史開始，倒帶到殖民百年、中英角力、中印交匯、原生文明、王朝混戰，最後沿着湄公河順流而下，找尋明日的世界遺產。

2019 年過年之後，每個月都去荃灣有線電視大廈開一次大會，每個星期都同製作公司開小會，3 月份簽約，4 月份已經開拍景點，5 月份出發拍攝越南及柬埔寨，6 月正在拍攝泰國及寮國時，香港局勢開始動盪，7 月拍攝緬甸，總共五趟旅程。

循導演要求，我首次出發前分開場景寫好稿，和以往現場才想講甚麼，很不一樣。文字可以寫得深遠而感性，總比一下車想到甚麼吹甚麼來得更有誠意。

拍攝回來後再執稿，因為現場很多新發現、新鏡頭、新觀感。721 事件後的首個週末，社會氣氛極為惡劣時，節目開始首播，一邊趕後期，邊播邊剪，我就一邊看示威直播，一邊不停寫稿、配音，所以相比《明治憑甚麼》全部是現場介紹，《明日世遺》有一半都是後期配音，

更接近我心目中的嚴謹紀錄片形式。

和風細雨之時，泡一碗宇治抹茶回看世遺，是一種精緻小確幸。室外打到飛起，寢食不安之際，誰還有心思看文化節目呢？這一篇十月懷胎的畢業論文，回到深度旅遊的初心，由頭三集的近代政治歷史，到英法殖民亞洲的橫向比較、中國及印度宗教對東南亞的影響力、到五國建築藝術風格的異同，最後沿湄公河順流而下，交出一份天文地理人文科學的大學畢業論文，當13集的《明日世遺》變成明日黃花時，滾滾河水帶不走淡淡哀愁，由首播「赤色半島」的初夏，播到結局的深秋時分，硝煙未平、動盪加劇。

轉眼已經到了春天，前文寫過「湄公河弱水三千只取一瓢。」因為每一滴水，裏邊還有萬億個細菌、萬億個大千世界」。比細菌更細小一千倍的病毒，終於令一場瘟疫變成全球大爆發。春瘟肆虐，在家抗疫，正好著書，全球封關，重溫拍攝五國時的的五次行程，原來已經事隔一年了！這也是我寫作十週年的紀念之作，《足足五千年》至今剛好著成廿本旅遊作品。結稿之時，窗外已經黎明，還有你的玉手揭到此頁，也算是明日世遺的奇緣，再會。

再會湄公河

鳴謝

眾多的台前幕後功臣：

這個節目由籌備到拍攝到播出，歷時一年。感恩無數功臣的協助，人強馬壯幕後團隊包括：

我的拍檔妹頭，帶了很多歡笑聲給這個節目；

我的商台好兄弟馮志豐，專程到緬甸做節目嘉賓；

亦師亦友的陶傑，他對殖民史的見解，無人能及；

聯合國教科文組織的 Antony Tam 以及文化部長 Ms. Hanh，為明日世遺站台；

柬埔寨皇室公主 Princess Sita，為我導航這個苦盡甘來的國家歷史；

我的最佳拍檔「Vaca 小牛角」保溫杯，無論人參茶還是菊花茶，都是旅遊必備；

出門必需的「豐隆保險」，全年計劃最適合經常出門的旅遊達人；

我的服裝贊助 Columbia Sportswear 以及 GO WILD 一站式旅遊裝備專門店，一次過買齊各式旅遊用品，連防蚊服裝都有專門牌子！

我的髮型師 IL Colpo 的 Danny Kung，有他我才有了自信的外觀；

產品贊助： Klook

泰國：泰國旅遊局、AirAsia、曼谷半島酒店、曼谷東方文華酒店、Anantara Chiang Mai Serviced Suites

寮國：3 Nagas Luang Prabang、Sofitel Luang Prabang、Satri House

柬埔寨：金邊 Raffles Hotel Le Royal、

緬甸：仰光 Governor Residence、仰光 The Strand、

越南：河內 Metropole Hotel、Mercure Danang French Village Bana Hills、會安 M Gallery Hoi An、

香港：大館及 Dragonfly

香港開電視營運總監梁淑儀 Irene，監製盧天恩 Grace，編審魏秋姍。製作公司 Wondersky 的老闆 Kevin，導演莊文傑 Kidman，製片余韋阡 Victor，資料撰稿鍾琰 Yan，攝影師鄒恆 Tree、胡子亮 Terry、洪文軒、陸子俊、廖健忠、王英杰等；剪接師冼晉諾及城城、視像效果陳侃志、美術總監鄭暉、外事部的曾醒明、Rebecca 及 Vivian 等等，不能盡錄，有這麼多功臣的協助，才得以完成此節目。

明日世遺，等待你來。

www.cosmosbooks.com.hk

書　　名	明日世遺
作　　者	項明生
編　　輯	郭坤輝
美術編輯	楊曉林
封面設計	郭志民
出　　版	天地圖書有限公司
	香港黃竹坑道46號
	新興工業大廈11樓（總寫字樓）
	電話：2528 3671 傳真：2865 2609
	香港灣仔莊士敦道30號地庫／1樓（門市部）
	電話：2865 0708 傳真：2861 1541
印　　刷	亨泰印刷有限公司
	香港柴灣利眾街德景工業大廈10字樓
	電話：2896 3687 傳真：2558 1902
發　　行	香港聯合書刊物流有限公司
	香港新界大埔汀麗路36號中華商務印刷大廈3字樓
	電話：2150 2100 傳真：2407 3062
出版日期	2020年7月 初版・香港